Illustration de couverture :
© Ivan Grlic - Fotolia.com

# MICHELLE
# LA REBELLE

DU MÊME AUTEUR

Editions Lucien Souny

*Michelle la rebelle*

*La Coupable de la Chandeleur*

*La Rançon des amants*

Judith Rapet

# MICHELLE
# LA REBELLE

Lucien Souny

Editions Lucien Souny, 2007-2012
Les Allois • 87400 La Geneytouse

# PREMIERE PARTIE

# Le temps de la soumission

Une épaisse fumée noire trouait le ciel et obscurcissait l'horizon. Mathurin, le dos tourné, ne s'en aperçut pas tout de suite. A califourchon sur le toit de sa maison, il disposait les tubles* en terre cuite confectionnées au Tâtre par son ami Jean Rolland du village des Bourraud. Avec toute la minutie et l'adresse qui le caractérisaient, Mathurin s'apprêtait maintenant à placer une jède* renversée sur le poinçon, là où se rencontrent la poutre faîtière et les arêtiers, dans le but de protéger la charpente des intempéries. Mathurin Garnier était maître charpentier et œuvrait à la construction de sa maison. Depuis son mariage, voici huit ans, avec Marie Souef, il avait patiemment assemblé chaque moellon hourdé de chaux et de sable pour ériger de solides murs épais de trois pieds, percés d'ouvertures dont les linteaux en pierre de taille épousaient la forme d'une anse de panier. Les croisées possédaient quatre petits carreaux de verre que protégeait un volet. La porte d'entrée en bon bois de chêne, cloutée, était munie d'un robuste verrou et d'une grosse serrure. Il avait ensuite taillé la charpente, sa spécialité, toujours dans du bois de chêne, assemblé les fermes, cloué les lattes, et, en ce mois de mai de l'année 1665, il en parachevait l'édification.

Au pied de sa maison, deux tireurs de scie poussaient à la seule force des bras la lourde et longue scie aux dents acérées. Leurs efforts répétés à chaque va-et-vient de l'outil leur arrachaient un long râle dont le chuintement de la lame se faisait l'écho. Léonard Marchedieu et François

Muras, tous deux venus du pays de la Haute-Marche, avaient travaillé pour Louis Roussille, un riche laboureur de la paroisse de Messac qui les avait chassés à coups de pierres sans les payer pour leur ouvrage. Louis Roussille avait en effet prétendu que les sept brasses* de tables qu'ils avaient tirées étaient gâtées et torves. Ce qui n'était pas le cas puisque Mathurin avait été prié par le procureur d'examiner lesdites tables qu'il avait jugées tout à fait bonnes à être employées. En réalité, Louis Roussille, dont l'avarice était notoire, avait par deux fois surpris les scieurs à tirer du vin à sa barrique. Pendant que la justice seigneuriale de Montendre instruisait l'affaire, Mathurin avait donc invité les deux compères à œuvrer pour lui, ayant besoin de quelques brasses de table de cerisier nécessaires à la confection d'un meuble. Ce meuble consistait en un cabinet à deux battants orné de deux cœurs entrelacés dont il avait lui-même imaginé le motif à l'intention de Marie, son épouse bien-aimée.

Marie, qui attendait l'heure de sa délivrance… Mathurin chassa de son esprit ses inquiétudes et ses angoisses. Leur premier enfant, Bris, qui jouait aux quilles près de la maison, avait sept ans, et Marie, bien que fort jeune, l'avait mis au monde sans encombre, ne laissant pas à la matrone le temps d'intervenir. Mais Mathurin ne pouvait s'empêcher de penser à toutes ces mères qui ne connurent jamais leur enfant, ou qui furent ensevelies auprès de lui, laissant veufs et orphelins dans la détresse. Marie était robuste et Mathurin restait confiant, refusant la fatalité d'un tel malheur. Ils s'installeraient bientôt tous les quatre dans leur maison neuve et vivraient heureux. Marie continuerait à s'occuper de son potager, de son poulailler, garderait ses brebis tout en filant sa quenouille, peut-être achèteraient-ils une ou deux vaches, tandis que Mathurin exercerait son métier de charpentier. L'ouvrage ne lui manquait pas ; son statut de maître, acquis auprès des compagnons du Devoir, lui valait une solide renommée qui dépassait de loin les limites de la paroisse de Vanzac, située dans la province du Petit-Angoumois enclavée dans celle de la Saintonge.

La voix grave des scieurs de long tira Mathurin de ses songes, il essuya du revers de sa manche les gouttes de transpiration qui lui piquaient les yeux et releva la tête dans leur direction.

— Maître Mathurin ! N'avez-vous point le gosier sec ?

Mathurin avait à peine entendu l'appel de Léonard Marchedieu et de François Muras que son regard se figea sur un nuage de fumée qui avait envahi une grande partie du ciel depuis l'horizon en dessinant de larges volutes.

— Regardez là-bas ! Leur lança Mathurin en pointant son bras en direction de ce qui devait être un gigantesque brasier.

Les deux hommes se retournèrent et découvrirent à leur tour le ciel qui de bleu avait viré au gris et semblait une chape d'étain.

— Pourquoi n'entend-on pas sonner le tocsin ? s'interrogea le chevrier* en sautant prestement à terre.

— On dirait que c'est du côté des paroisses de Pommiers ou d'Expiremont ! observa Mathurin en descendant de son toit et en rejoignant ses deux compagnons qui avaient le regard rivé dans la direction de la fumée, ne sachant que faire ni que penser.

Mathurin considéra les scieurs de long que les efforts prolongés depuis la pointe du jour avaient trempés de sueur. Il se dirigea vers le puits et y fit descendre le seau de bois qu'il remonta aussitôt rempli d'une bonne eau fraîche dont ils se désaltérèrent avec délectation. Mathurin, connaissant le goût des deux hommes pour le vin, leur en avait promis à chacun un tierçon*, une fois leur ouvrage achevé.

Tandis qu'ils reprenaient des forces, leurs regards inquiets s'étaient tournés à nouveau vers la fumée. Soudain, au coin de la palisse, des échos de voix se firent entendre.

Mathurin reconnut Jacques, le maréchal-ferrant, et Pierre, un laboureur, accompagnés d'un jeune garçon d'une dizaine d'années.

— Maître Mathurin, venez vite !

Les deux hommes hâtaient le pas en direction du charpentier qui comprit immédiatement au ton de leur voix qu'un malheur venait d'avoir lieu. Sûrement était-ce lié à cet incendie.

— Qu'y a-t-il, Jacques ? Parle !

Mathurin ne laissa pas à Jacques le temps de reprendre son souffle, tant il appréhendait la nouvelle.

— C'est Gabriel Gourdet, le fils du meunier de Bourdallet, qui est venu nous prévenir…

Jacques s'interrompit pour inspirer une bouffée d'air.

— Les gens de guerre, poursuivit Pierre, ils viennent d'incendier la paroisse d'Expiremont ! Ils ont tué le vieux Matthieu qui voulait les empêcher de dévaster ses blés, puis ils se sont dirigés vers le bourg et ils ont tout pillé avant de mettre le feu. Gabriel a tout vu, continua-t-il en désignant l'enfant qui tremblait de tous ses membres, incapable d'articuler le moindre mot.

Il s'était enfui sans être vu des soldats et avait couru pour prévenir Jacques, son oncle, qui travaillait à sarcler sa vigne. Maintenant, ils venaient alerter Mathurin qui était le syndic de la présente paroisse de Vanzac. Lui saurait quoi faire en de telles circonstances.

Une heure, peut-être deux avaient pu s'écouler depuis les faits relatés par Pierre et Jacques. Les soudards, dont le nombre pouvait atteindre une vingtaine, tous à cheval, s'étaient sûrement empressés de passer leur chemin avant d'aller poursuivre leurs exactions en d'autres lieux. Mathurin n'eut aucun mal à imaginer les faits.

Depuis les guerres de la Fronde achevées voici sept ans, la contrée n'était pas pour autant débarrassée de ces hordes de soldats sans foi ni loi qui hantaient encore la campagne et terrorisaient les habitants. La raison en était simple : le logement et le ravitaillement des gens de guerre. Nombreux étaient ceux qui s'enrôlaient dans l'armée pour profiter des avantages en nature que leur offrait le statut de soldat. Mathurin avait vu à Montendre les blés et les seigles encore verts piétinés par les cent cinquante chevaux du régiment de Vendôme. Mais c'était dans la paroisse de Coux que les hommes des régiments de Poitou et de Guyenne s'étaient livrés aux pires exactions. Mathurin avait entendu les récits d'Antoine Hélyas et de Tiffaine Nias des Foucauds. Les soldats, qu'ils estimaient au nombre de deux mille, avaient festoyé huit jours durant, épuisant toutes les réserves de nourriture, sacrifiant le bétail pour leurs ripailles, vidant les barriques jusqu'à la dernière goutte. Non contents d'affamer la paroisse de Coux, ils n'épargnèrent pas un seul village, ni une seule habitation, ni un seul homme. Ils pillèrent l'argent, prirent plaisir à rompre les meubles et le métier à tisser la toile de Jean Boutin, à détruire par le feu tous les sabots que Jean Renaud avait fabriqués pour vendre, à casser les tuiles des maisons, à mettre en pièces les charrettes et autres vaisseaux vinaires et agraires, puis à achever leurs méfaits en incendiant les granges remplies de fourrage. Tout cela s'était passé sept ans auparavant, en juillet 1658. Si les habitants de Coux eurent la vie sauve, bien qu'ayant dû souffrir nombre de violences et de tourments, ils n'avaient plus de récoltes, plus de bétail, plus de vivres, plus de meubles ni de linge pour subvenir à leurs besoins, seulement des maisons éventrées ou en proie aux flammes. Bien souvent, les soldats poussaient l'horreur de leurs actes en commettant le crime de rapt*, n'hésitant pas à massacrer quiconque se mettait en travers de leur chemin, comme ce malheureux Matthieu dont le corps sans vie gisait encore au milieu de ses blés piétinés, le cœur transpercé d'un coup d'épée.

— Qu'allons-nous faire, Mathurin ? demanda Jacques, la voix brisée par l'angoisse et la crainte.

Lui aussi, en l'espace de quelques secondes, s'était remémoré les turpitudes des soldats au cours des années passées dans les provinces de Saintonge et d'Angoumois. Voilà que tout recommençait et à moins d'une lieue de leur paroisse de Vanzac. Tout comme le furent celles de Coux et d'Ozillac, la paroisse d'Expiremont n'était plus que ruines et cendres, il lui faudrait désormais se relever au prix de longs et patients efforts.

— Il faut faire sonner le tocsin et prévenir toute la paroisse. Allez-y, je vous rejoins.

En tant que syndic, Mathurin se devait de prendre des mesures et d'informer des dangers. Il demanda à ses tireurs de scie de continuer leur besogne ; la menace ne les concernait pas ; ils avaient laissé femmes et enfants dans leur pays de la Haute-Marche.

Une heure plus tard, alors que le soleil de mai était encore haut et la journée loin d'être achevée, Mathurin avait rejoint l'église, point de ralliement de toute la communauté villageoise. Depuis le village de chez Vigné, où s'élevait sa nouvelle maison, en passant par celui de la Botte, il avait parcouru la distance en à peine un quart d'heure, suivi de quelques laboureurs qui, alertés par le son du tocsin, se hâtaient de gagner l'église. Messire Louis Arnault, le prêtre de la paroisse, accourut vers Mathurin en levant les bras au ciel, inquiet d'une telle agitation et curieux d'en connaître les raisons. Devant le ballet* de l'église, Mathurin sauta avec agilité sur la petite table dont usait le notaire dans les assemblées capitulaires et se prépara à haranguer les hommes qui se massaient devant lui. Il informa donc les chefs de feu des faits appris de la bouche de Pierre et de Jacques, qui se tenaient à droite de Mathurin, tandis qu'à gauche messire Arnault, les mains jointes sur sa poitrine et les yeux mi-clos, était absorbé dans ses prières. La menace qui planait sur la paroisse était bien réelle et le syndic ne put trouver d'arguments pour rassurer ses amis. Beaucoup d'entre eux avaient vu les ruines laissées par les soldats, avaient ouï les terribles récits de ceux qui en furent les témoins. Aussi la réaction générale fut-elle unanime. On ne pouvait laisser piller ainsi les vivres acquis au prix de tant de labeur. On devait préserver tout ce qu'on pourrait, à commencer par les réserves de grain et les barriques de vin. Il existait dans de nombreux lieux de la paroisse des souterrains qui constitueraient les meilleurs abris qu'on puisse trouver. Ces caches creusées dans la banche* avaient sauvé bien des vies pendant la terrible guerre contre les Anglais, achevée en 1456. Depuis, on les avait toujours entretenues dans la crainte de les voir resservir, et aussi par respect pour ceux qui les avaient façonnées en des temps lointains. Chacun connaissait toutes les entrées de ces véritables petits labyrinthes souterrains, dissimulées sous des tapis de bruyères et de mousse, comme celui de chez Louassier ; celui de chez Fougère était accessible par un arbre creux, tandis qu'à Monsoreau il l'était depuis l'intérieur du logis. Mathurin ne pouvait pas empêcher ses amis de protéger leurs vivres et leurs vies, mais il pensait que chacun devait se battre. Il essaya donc de les convaincre que la meilleure arme dont ils disposaient était le courage. Un silence entrecoupé de quelques chuchotements quasi imperceptibles répondit aux propos de Mathurin. Une voix s'éleva, s'enhardissant à lui répondre.

— Mais avec quoi et comment nous battrons-nous ?

— Avec nos fourches et nos faux, comme en 1636. Rappelez-vous à Baignes, je n'avais que treize ans, mais j'y étais avec mon père et mon grand-père !

Chacun connaissait la bravoure de Mathurin lors de la grande jacquerie qui avait poussé tous les manants à se révolter contre les impôts écrasants. Personne n'osa répliquer, on admirait son audace et sa vaillance autant qu'on le respectait. Tandis que messire Arnault exhortait ses ouailles à chercher l'aide et le réconfort dans la prière, le maître charpentier exposa son plan.

— Toi, Gabriel, du haut de ton moulin qui domine toute la contrée, au moindre danger, tu feras tourner les ailes à l'envers : ce sera notre signal. Et toi, Michel, tu monteras dans le clocher et sonneras la cloche.

Mathurin recommanda ensuite à chacun de se tenir prêt à la moindre alerte, de rassembler et d'affûter tous les outils. De timides hochements de tête approuvèrent les injonctions du syndic.

A quelques encablures de là, dans la maison de Pierre Souef, sa fille Marie était dans les douleurs de l'enfantement. Auprès d'elle, sa mère, Guillemette Louassier, sa sœur, Michelle Souef, des voisines, Catherine et Anne Bertin, et la matrone, Jacquette Beau, qui toutes s'activaient, préparant les linges, surveillant la chauffe de l'eau, entourant Marie de paroles réconfortantes en attendant la venue de l'enfant. Depuis cinq heures, Marie souffrait le martyre. La matrone, assise près d'elle, lui épongeait le front ; ses cheveux d'un noir de jais étaient ruisselants et collaient à son front et à ses tempes. Marie, entre deux contractions qui lui lacéraient les entrailles, d'une voix entrecoupée par les halètements, réussit à demander à Jacquette Beau d'aller quérir Mathurin. A sa douleur s'ajoutait l'angoisse d'avoir entendu sonner le tocsin. La matrone la rassura de son mieux, elle savait pour avoir examiné Marie que l'enfant se présentait bien. Et, tandis qu'elle allumait une bougie, elle l'encouragea dans ses ultimes efforts.

— Quand la bougie s'éteindra, vous serez délivrée.

En prononçant ces mots, Jacquette avait serré la main de Marie dans la sienne pour l'engager à être patiente et courageuse. La parturiente considéra la bougie avec une lueur d'espoir, mais son visage était métamorphosé par la douleur qui s'insinuait dans son ventre, toujours plus vive et plus sournoise, lui arrachant parfois un cri. La souffrance qu'elle endurait depuis le matin ne lui avait laissé aucun répit, et des plaintes qu'elle voulait étouffer s'échappaient de sa gorge. Elle réclamait la présence de Mathurin, mais aucun homme n'était admis à veiller Marie, pas même le chirurgien. Mathurin serait prévenu en temps et en heure, sa présence en ces lieux aurait été aussi inutile que malvenue. Le travail ne serait plus très long.

Une voix féminine troubla le silence qui avait suivi les instructions du syndic et plongé l'assistance dans une accablante torpeur.

— Maître Mathurin ! Maître Mathurin ! Enfin, vous voilà !

Anne, malgré ses sabots et sa jupe, dont elle avait remonté un pan pour mieux courir, se frayait un passage parmi les hommes encore assemblés autour de Mathurin. Lorsqu'il entendit Anne l'appeler, son sang ne fit qu'un tour et il sauta au bas de la table sur laquelle il dominait l'assemblée. Il entraîna aussitôt la jeune femme à l'écart des paysans qui quittaient la place de l'église en émettant leurs opinions et en avouant leurs craintes. Mathurin sonda le regard d'Anne, n'osant parler le premier. Mais, lorsqu'il vit son visage s'illuminer d'un large sourire, il comprit qu'il n'avait rien à craindre.

— Marie est délivrée et vous avez une fille ! lui déclara Anne en devinant l'émotion de Mathurin qui ne pouvait articuler un mot.

Elle ajouta que grâce au ciel elles allaient bien toutes les deux. Mathurin suivit Anne jusqu'à la maison, située près du bourg, où Marie venait d'enfanter. Lorsqu'ils furent devant la porte, Anne s'effaça pour le laisser entrer le premier. Il poussa doucement le lourd battant et avança dans la pièce où il découvrit sa femme assoupie dans le grand lit à courtines. Jacquette Beau, la matrone, lui présenta l'enfant, déjà tout emmailloté, qu'elle tenait dans ses bras. Mathurin avait le cœur qui palpitait d'émotion et de bonheur, il se sentait à présent délivré de toutes ses angoisses. Il considéra ce petit être de chair qui était sa fille et en conçut aussitôt un immense sentiment d'orgueil.

D'ordinaire, les pères ne ressentaient guère de fierté à la naissance d'une fille, mais Mathurin n'était pas de ceux-là, il écoutait ce que son cœur tendre et sensible lui dictait. Il se dirigea ensuite vers le lit, entrouvrit les rideaux de cadis verts et, d'une main tremblante, repoussa une mèche rebelle avant d'effleurer de ses lèvres le front de Marie. L'épuisement et une décoction de graines de pavot l'avaient plongée dans un profond sommeil, aussi ne s'aperçut-elle pas de la présence de Mathurin. Il admira le beau visage lisse et apaisé de sa femme, puis se retira sans avoir pu articuler un seul mot. Il referma soigneusement la porte, laissant derrière lui cet univers de femmes où il n'avait pas sa place.

Pendant ces quelques minutes, Mathurin avait presque oublié les dures réalités qui l'avaient éloigné de sa maison, les événements qui se précipitaient, la mort et la ruine qui frappaient les uns, la vie et l'espoir incarnés sous les traits d'un nouveau-né. Il regagna l'église pour aller déclarer cette naissance à messire Arnault. Bien qu'ayant été ondoyée par la matrone, sa fille serait baptisée dès le lendemain.

Les cloches sonnaient à toute volée pour annoncer le baptême de Michelle Garnier, la fille de maître Mathurin, dont le prénom venait de lui être donné par sa marraine, Michelle Souef. Sous le ballet de l'église soutenu par quatre piliers, la jeune marraine âgée de quinze ans tenait fièrement dans ses bras sa filleule. Toute la paroisse était venue l'accueillir, l'admirer et recevoir l'aumône. Les enfants, échappant à la surveillance de leur mère, s'agglutinaient devant l'église, non pour mieux apercevoir le nouveau-né mais pour glaner quelques sous. Mathurin jubilait ; il arborait une culotte de coutil noire, ample des hanches aux genoux, resserrée aux chevilles, et un justaucorps de même étoffe sous lequel on distinguait une chemise de gros drap bistre. Il avait attaché à son chapeau des rubans colorés, signe de son grade d'ancien compagnon et de maître, et pris sa canne à tête noire qui l'aurait fait prendre pour un bourgeois sans son marteau de charpentier accroché à sa ceinture. Près de lui, le parrain, messire de Portmont, de la paroisse voisine de Messac, distribuait noisettes, pain bénit et quelques plus rares deniers aux pauvres qui se les disputaient. Messire de Portmont était un petit hobereau dont le logis, que Mathurin tentait de conserver debout en rafistolant de son mieux les vieux bois vermoulus des planchers et de la charpente, menaçait ruine. Il avait tenu à lui prouver sa reconnaissance en devenant le parrain de sa fille. Son épouse, aussi âgée que lui, portait une robe à collerette fraisée et vertugadin dont la mode était passée depuis fort longtemps et qui était aussi élimée que l'habit de soie de son noble mari. Ils n'avaient point d'hoirs, et leur nom, tout comme leur château, irait rejoindre un jour prochain les tréfonds de l'oubli. Quant à messire Arnault, le curé, il avait enfilé pour la circonstance sa plus belle chasuble de soie polychrome et, aux côtés de l'heureux père, observait la foule des fidèles. En ce 16 mai de l'année 1665, chacun saluait et fêtait l'arrivée de Michelle Garnier dans la paroisse de Vanzac.

— Messire de Portmont, et vous aussi messire Arnault, allons ensemble vider une chopine à la taverne !

Mathurin était si heureux qu'il ne comprit pas pourquoi messire Arnault déclinait son offre.

— Votre invitation m'honore, mais je ne puis l'accepter, Mathurin !

Le prêtre leva les bras avec dépit pour montrer qu'il ne pouvait se rendre à la taverne, surtout vêtu de ses ornements liturgiques, et quand bien même l'aurait-il été d'un simple habit sacerdotal, il était hors de question qu'il pénétrât en un tel lieu. Mathurin ne voulut rien entendre et prit ses deux compères chacun par le bras pour les entraîner vers la taverne du village. Le curé suivit de mauvaise grâce, résigné à s'interdire l'entrée de ces lieux réputés de débauche qu'étaient les cabarets. Le maître charpentier n'était certes pas un habitué des tavernes et autres cabarets, pourtant nombreux, car tout le monde pouvait tenir un débit de boissons sur simple demande, mais ce jour était exceptionnel.

Un spectacle tout autre que celui qui venait d'avoir lieu à l'église attendait les trois hommes qui se dirigeaient vers la taverne la plus proche que tenait Jean Motard. Ils entendirent des piaffements et des hennissements qui attirèrent leur attention, puis des cris de femme et ensuite toutes sortes de bruits qu'ils ne purent tout d'abord identifier. Ils échangèrent des regards interdits et stupéfaits, chargés d'interrogations et de doutes, sans toutefois interrompre leur marche qui les menait vers la place où était sise la taverne. A l'angle de la rue, ils découvrirent une charrette à moitié remplie de vivres, des barriques que des soldats au nombre de six faisaient rouler sur le sol empierré ; ils entraient et sortaient des maisons et chargeaient le tombereau de tout ce qu'il était possible d'emporter. Outre des fûts, des sacs de grains, des jambons, des cruches à huile, des minelles* renfermant fruits et légumes secs, des volailles vivantes attachées par les pattes, tout s'entassait tant bien que mal dans la charrette sous le regard d'un des soldats qui supervisait l'opération. Les cris des femmes avaient cessé, sûrement avaient-elles été maîtrisées par la poigne des cavaliers. Il n'y avait personne d'autre dans les parages, tout le village s'étant rendu à l'église. Le son des cloches avait couvert le bruit des chevaux, le sacristain tirant de toutes ses forces sur la corde ; quant au meunier, venu lui aussi assister au baptême, avait failli à son poste. La naissance de Michelle Garnier avait plongé tous les membres de la paroisse dans une liesse qui leur avait fait oublier le danger et la menace dont Mathurin les avait entretenus la veille.

En découvrant les hôtes indésirables, Mathurin et ses deux amis avaient esquissé un pas en arrière. Messire de Portmont, voyant que Mathurin s'apprêtait à bondir, n'eut que le temps de le retenir par le revers de manche.

— Enfin, maître Mathurin, êtes-vous fou ? N'avez-vous pas compris que ces soudards vont vous tailler en pièces si vous tentez de vous interposer ?

Le vieux châtelain avait parlé d'une voix ferme qui ne lui était guère familière. Le curé avait saisi l'autre bras de Mathurin qui se trouvait prisonnier entre leurs mains.

— Ce serait pure folie en effet que de se commettre avec cette engeance ; je vous en supplie, n'intervenez point !

La voix de l'ecclésiastique se voulait plus implorante et pressante. Mais Mathurin, qui avait les yeux fixés sur les pillards, se dégagea d'un geste sec qui surprit le curé et le hobereau et leur lança d'une voix rageuse ne supportant aucune réplique :

— Mon devoir est d'y aller !

Tremblant pour leur ami, les deux compères se tapirent dans un recoin, certains des représailles et persuadés qu'ils ne reverraient pas Mathurin vivant. Seul contre six soldats armés et aguerris ! L'officier qui commandait le détachement, du haut de sa monture, dirigeait les cinq autres en faisant résonner sa voix tonitruante.

— Hâtez-vous de me remplir ce chargement, je double la solde de celui qui me déniche un tonneau de mistelle* !

En lançant ses ordres, il faisait faire à son cheval plusieurs fois le tour de la charrette. Mathurin était maintenant face à un imposant cavalier dont le visage avait conservé la cicatrice d'un coup d'épée qui lui conférait un aspect encore plus saisissant, quasi effrayant. Mais Mathurin ne se laissa pas pour autant effaroucher par le personnage qui, du haut de son coursier, le toisa avec un évident mépris.

— Cessez immédiatement ce pillage ! ordonna avec force et autorité Mathurin dont la colère était à son comble.

Il poursuivit en précisant qu'il était le syndic de la présente paroisse. Mais le balafré, plutôt que de se laisser impressionner par les propos de Mathurin, partit d'un rire gras et lui répondit qu'il ne recevait d'ordres que du roi ! Il ne fit alors plus aucun cas du charpentier qui avisa un soldat au sortir d'une maison, les bras chargés de victuailles. Il les lui ôta en montrant qu'il voulait se faire entendre. Le soldat, agacé par le discours de Mathurin, dégaina avec promptitude son épée. Mathurin eut alors la présence d'esprit de s'emparer avec autant d'empressement d'un paux* de charrette et, s'en étant saisi de ses deux mains, para avec une adresse surprenante les coups d'épée de son adversaire sous les yeux effarés de messire de Portmont et du curé. La rage de vaincre décuplait les forces et l'habileté de Mathurin qui faisait virevolter son pieu avec vivacité. Il réussit à désarmer le soldat dont l'épée tomba au pied de l'officier dont le cheval se cabra en piaffant. D'un geste agacé, le balafré dégaina son pistolet et visa le courageux charpentier. Mathurin n'y prit pas garde. Il fixait de son regard plein de hargne le soldat désarmé tout en continuant de le menacer de son pieu lorsqu'une détonation déchira le silence, aussitôt renvoyée par l'écho. Mathurin s'effondra dans un cri de douleur, lâchant son paux pour empoigner de ses deux mains sa cuisse droite. De longues minutes s'écoulèrent avant que les cavaliers et la charrette s'en retournassent aussi tranquillement qu'ils étaient venus. Dès qu'ils eurent disparu, l'une des femmes victimes de la saisie de vivres se précipita vers Mathurin en même temps que messire de Portmont et messire Arnault, qui avaient dévalé la ruelle pour voler au secours de leur ami. Le courageux charpentier avait perdu connaissance et gisait dans son sang.

— Vite, le chirurgien ! Allez immédiatement quérir maître Léonard Roche !

La femme qui avait lancé l'ordre déchira un morceau de son jupon et entreprit de faire un garrot pour arrêter l'hémorragie. Alors que le curé se hâtait d'aller à la recherche du chirurgien, messire de Portmont sortait de sa poche une petite fiole contenant de l'eau ardente* et en versa quelques gouttes entre les lèvres de Mathurin qui revint lentement à lui.

— Pourquoi ne nous avez-vous point écoutés ? Voyez maintenant dans quel état ils vous ont mis !

Messire de Portmont, agenouillé près de son ami, lui maintenait la tête pour l'obliger à absorber quelques gouttes de plus. Il déplorait le tempérament impulsif du charpentier. Le courage et la bravoure étaient certes louables, mais il fallait parfois savoir les oublier au profit de la sagesse. Tout le village accourait maintenant sur la place de la taverne où Mathurin gisait toujours sur le sol. Le chirurgien, muni de sa trousse de cuir, se frayait un passage parmi la foule et ordonna qu'on emmenât le blessé à l'intérieur de la maison la plus proche. C'est là qu'il procéderait à la délicate intervention consistant à lui ôter la balle qui s'était logée dans la cuisse droite.

Les jours de Mathurin ne furent pas en danger, mais il lui fallut s'armer de beaucoup de courage pour affronter les outils acérés de Léonard Roche. Avec, pour seul calmant et anesthésiant, une rasade d'eau ardente et un morceau d'étoupe dans lequel il put serrer les mâchoires, le chirurgien entailla la chair vive qu'il tritura jusqu'à en extraire la balle de plomb qui s'était logée profondément. La plaie se referma après de longues semaines de repos et d'immobilisation.

Quinze ans s'étaient écoulés depuis ce jour mémorable de mai marqué par le baptême de Michelle Garnier et l'acte de bravoure de son père. Mais, si la blessure s'était refermée, elle lui avait laissé une claudication et, ayant perdu son équilibre et son agilité, Mathurin ne pouvait plus grimper sur les toits. Il n'avait pas pour autant renoncé à l'odorant parfum des ripes de bois et le métier de menuisier remplaça celui de charpentier.

A cinquante-sept ans, Mathurin était devenu un vieillard brisé, diminué par son handicap qu'il ne pouvait ni oublier ni cacher et qui lui laissait un goût amer, surtout lorsqu'il regardait la charpente de l'église de Vanzac. C'était il y avait vingt-cinq ans, son premier grand chantier entrepris seul et dont il était toujours aussi fier. Il était certain que cette charpente défierait les siècles, abriterait des générations de Vanzacais, à condition qu'aucune autre guerre ne vînt la détruire. Deux fois déjà, elle avait été la proie de la folie des hommes, pendant la guerre de Cent Ans et les guerres de Religion qui avaient opposé catholiques et protestants. L'église avait tant souffert qu'une partie de l'édifice s'était effondrée et que l'autre menaçait ruine. On avait attendu la signature de l'édit de Nantes avant d'entreprendre les travaux de reconstruction, mais ces lourds chantiers laissés à la charge des communautés villageoises étaient si longs et si coûteux que beaucoup attendirent des jours meilleurs. C'est ainsi qu'à Vanzac on avait renoncé à remonter les voûtes en pierre à croisée d'ogives, trop onéreuses, et, comme beaucoup de ses voisines victimes du même sort, elle reçut une robuste charpente pourvue de fermes en bon bois de chêne. Mathurin, armé de ses ciseaux à bois, façonnait les moulures des poutres lorsqu'une jeune fille de quinze ans était venue le féliciter et l'encourager pour son ouvrage et lui avait suggéré de signer son nom sur l'un des chevrons afin qu'il passe à la postérité. Par modestie, une fois le travail achevé, il avait simplement gravé sur un poinçon de l'abside du chevet ses initiales « M-G » et l'année 1655. La jeune fille s'appelait Marie Souef. Combien de fois Mathurin, en maniant sa varlope, se remémorait-il ses souvenirs !

Depuis la Fronde et les derniers raids de la soldatesque qui avaient valu à Mathurin sa blessure, la paix et la tranquillité avaient reconquis les campagnes durement éprouvées. Le roi avait tenté une réorganisation de ses armées, offert une solde à ses soldats et désigné des logements en attendant de leur créer des casernes. Certes, il fallait parfois lever un impôt supplémentaire pour loger, nourrir et habiller cette armée qui coûtait à chacun quelques sols et deniers de plus sur le rôle de la taille. Mais on ne vivait plus dans cette crainte et cette angoisse permanentes de voir surgir à tout instant une horde de pillards sous des costumes de mousquetaires ou de hussards, soi-disant au service du roi, mais agissant contre sa volonté et en usant de son nom. Il y avait déjà tant de malheurs au quotidien, et manger à sa faim était la préoccupation première de chacun. Le travail de la terre, rythmé par des saisons parfois fantaisistes, occupait la majeure partie des habitants. Il ne s'écoulait guère d'années sans qu'une gelée de mai détruisît en quelques minutes tous les bourgeons que dame nature avait si bien façonnés, qu'un orage de grêle ou une tempête emportât une récolte de fruits, qu'une pluie diluvienne pourrît les semences ou que la sécheresse tarît puits et fontaines. Chez les Garnier, on connaissait les caprices du temps, et, si on n'avait jamais trop manqué de pain, on n'ignorait pas ce qu'il en coûtait d'efforts et de sacrifices.

Bris, le fils aîné de Marie et de Mathurin, venait de prendre ses vingt-deux ans et travaillait avec Jean Nouhet au moulin de Malineau dans la paroisse voisine de Messac. Bris avait choisi le métier de meunier. Il aimait écouter le gémissement des engrenages en bois de cormier et le clapotis de l'eau entraînant la grande roue à aubes, il s'enivrait de l'odeur suave de la farine et rêvait de posséder un jour son propre moulin.

Michelle, quant à elle, était devenue une belle jeune fille de quinze ans, aux traits réguliers, dotée d'un visage de madone, où brillaient des yeux d'un bleu sombre illuminant un teint de rose et une peau satinée, auréolé d'une longue et lourde chevelure de boucles couleur de châtaigne qu'elle ne parvenait pas à dissimuler sous sa coiffe de lin. Michelle faisait le bonheur et la fierté de son père, qui savait pourtant qu'un jour viendrait où il lui faudrait la marier. Il ne pourrait pas toujours veiller sur elle et il devrait lui trouver un homme bon et généreux qui saurait prendre soin d'elle. Cette idée l'assombrissait. Certes, il avait de quoi lui offrir une dot confortable et les bons partis ne manqueraient pas de se présenter le moment venu. Il avait la chance de ne pas être obligé, comme beaucoup de sa condition, de placer sa fille chez un maître en la louant comme servante ou journalière. Cette situation engendrait souvent les pires drames pour ces pauvres filles qui étaient livrées à la concupiscence de leur maître. Michelle attendrait sous la bonne garde de ses parents de prendre le mari qu'ils lui choisiraient, le plus tard possible. Pour l'heure, Michelle secondait sa mère dans ses tâches quotidiennes, au jardin, aux champs, et l'aidait à garder et à soigner les bêtes. Elle était adroite à filer, ne manquait ni de courage, ni d'ardeur à l'ouvrage, était charitable envers son prochain, toujours prête à aider et à donner l'aumône aux plus pauvres. De sorte qu'elle remplaçait la servante que, sans sa présence, ils auraient dû employer.

En ce début d'automne encore chaud, Michelle prit le chemin de la forêt de la Bauche par le sentier des Queneuils pour se rendre chez la vieille Farraude. A chaque quartier de lune, elle allait quérir un remède que lui confectionnait la vieille pour soulager les douleurs de son père qui souffrait toujours de sa vieille blessure. Quelle que soit la saison, la jeune fille avait dans son panier quelques fleurs, fruits ou champignons qu'elle cueillait la plupart du temps en chemin pour offrir à la rebouteuse. Michelle était la bonté et la générosité incarnées, elle aimait donner et faire plaisir. Elle cheminait allégrement, toute fière d'avoir déniché une fricassée d'oronges, le régal de la vieille Farraude. Celle-ci n'avait jamais accepté le moindre denier pour le paiement de ses potions, de ses remèdes ou autres onguents. Michelle avait toujours, en plus de ses cueillettes, quelques produits préparés par sa mère, des œufs, un fromage de chèvre, un morceau de pain ou de lard. Le chemin, raviné par le passage des charrettes et retenu par les racines des arbres, qui menait chez la vieille traversait une partie de la forêt de la Bauche et s'enfonçait tellement au plus profond des bosquets que la lumière s'y profilait à grand-peine. Michelle se mit soudain à penser aux ganipotes*, aux fadets* et aux loups-garous qui sont les hôtes des forêts et dont les histoires terrifiantes se racontaient aux veillées. Elle frémit à l'idée de rencontrer l'un d'eux, mais se rassura en apercevant les rayons du soleil transperçant la ramure des chênes centenaires. Elle se plaisait à imaginer un monde de fées et d'enchanteurs quand elle fut soudain tirée de ses songes par un galop de cheval et des hennissements. Michelle tendit l'oreille, mais n'entendit rien d'autre que les ramages des oiseaux et le doux murmure des feuilles bruissant sous une brise légère. Elle revint sur ses pas sur une dizaine de toises et, à la croisée du chemin menant à un ancien pavillon de chasse aujourd'hui abandonné, elle eut la surprise de voir la fée que son imagination lui avait envoyée en songe. Elle tenait son cheval par la bride et marchait à grand-peine, grimaçant de douleur, ses beaux atours tout couverts de poussière et d'herbes sèches. Michelle, pétrifiée de stupéfaction, ne savait plus si elle était toujours dans son rêve ou si la belle amazone qui se tenait devant elle était bien réelle. La cavalière leva les yeux et découvrit la présence de Michelle qui décela dans son regard un appel à l'aide. Elle se précipita pour lui tendre la main, lui offrir son bras et lui demander si elle était blessée.

— Merci, jeune demoiselle, lui répondit l'amazone avec un sourire désolé, je crois que c'est ma cheville… Mon cheval s'est cabré après avoir pris peur, j'ignore pour quelle raison.

— Laissez-moi regarder votre cheville, madame.

Michelle, qui l'avait soutenue pour l'aider à marcher, la fit asseoir sur une bille de bois abandonnée là par un bûcheron. Elle souleva le bas de la jupe faite d'un tissu de brocart bleu brodé d'or et spécialement coupée pour couvrir la croupe du cheval. La fine cheville était recouverte d'un bas de soie rose. La jeune paysanne, bien que subjuguée par ces luxueuses étoffes qu'elle n'avait jamais vues auparavant, fit glisser ses doigts experts qui rencontrèrent l'anomalie et, par un savant massage, elle soulagea la dame qui s'était abandonnée aux mains de l'inconnue.

— Vous êtes une fée. Grâce à vous, je me sens beaucoup mieux et je vais pouvoir reprendre mon chemin. D'ailleurs, voici mon père et son régisseur qui m'ont rattrapée !

Deux cavaliers au petit trot firent en effet leur apparition à l'autre bout du chemin.

— Tenez, lui dit la dame, prenez ceci en guise de ma reconnaissance et en souvenir de moi.

Michelle n'osait saisir le mouchoir de soie brodé d'or qu'elle lui tendait.

— Il vous portera chance, ajouta-t-elle sur le ton de la confidence.

Elle prit la main de Michelle et y déposa délicatement la précieuse étoffe, puis referma ses doigts. Les deux cavaliers étaient arrivés à leur hauteur et, descendant de leurs montures, s'enquirent de l'incident.

— Que vous arrive-t-il, ma fille ?

— Rien de grave, ne vous inquiétez pas, mon père ; grâce à cette jeune fille, nous pouvons poursuivre notre chevauchée.

L'homme que la dame avait désigné comme étant son père était assurément un grand seigneur, à en juger par son bel habit. Il considéra Michelle en l'enveloppant d'un regard bienveillant après avoir aidé sa fille à remonter sur son cheval.

— Qui es-tu donc, jeune fille ?

L'autre cavalier, plus modestement vêtu d'un habit de drap noir, répondit à la place de Michelle qui le reconnut pour être le fermier des terres de Montausier, Charles Fradin de la Perdasse.

— C'est Michelle, la fille de maître Mathurin Garnier de la paroisse de Vanzac.

— Ton père, belle enfant, peut se flatter d'avoir une fille aussi jolie que toi. Bienheureux sera celui qui t'épousera, ajouta-t-il avec une lueur de malice dans les yeux.

Il remonta sur son cheval qu'il poussa au galop, suivi du fermier et de l'amazone qui salua Michelle d'un geste de la main accompagné d'un regard complice auquel la jeune fille répondit par une sorte de révérence. Elle les regarda s'éloigner par le chemin qui menait à l'ancien pavillon de chasse et que personne n'empruntait plus guère, ne sachant plus si cette rencontre était encore un tour joué par son imagination. Elle revint à la réalité en sentant sous ses doigts la délicate et soyeuse étoffe parfumée au jasmin. Elle reprit son chemin en pressant le pas, se rendant compte qu'elle avait pris du retard mais heureuse de serrer sur son cœur le précieux carré de soie. Michelle laissa à sa dextre le chemin creux qui menait au village de chez Ansonneau pour emprunter un sentier, si étroit qu'une charrette n'aurait pu s'y engager, menant au plus profond de la forêt, là où la vieille faisait sa demeure. Michelle aperçut enfin un filet de fumée qui s'échappait du toit fait de branchages, de fougères et de chaume savamment entrelacés. Près de là sourdait un ruisseau dont la source alimentait les besoins en eau de la vieille qui n'avait pas choisi son repaire au hasard. Lorsque Michelle eut poussé la porte de la tanière et pénétré à l'intérieur de l'unique et sombre réduit, elle aperçut la vieille Farraude qui, le dos tourné, surveillait la cuisson d'une mixture dans un chaudron noir de suie léché par les flammes.

— Ah, enfin, te voilà ! lui lança-t-elle de sa voix éraillée et sans pour autant se retourner.

Michelle avait l'habitude des persiflages de la vieille et ne prit pas garde au ton sec dont elle usait. Il en était de même des odeurs qui s'exhalaient de l'endroit où elle vivait, âcres, sucrées ou pimentées, tantôt suaves, parfois fétides. Au plancher séchaient des paquets de plantes aux vertus secrètes dont Michelle, à force de questions pour satisfaire sa curiosité toujours insatiable, connaissait pour certaines le nom et le pouvoir. Elle reconnut ici et là, suspendues un peu partout, les fleurs d'aloès dont on retirait un suc épais en écrasant les feuilles, la mandragore, l'herbe à sorcière comme on l'appelait, employée dans la composition de mystérieux philtres, le chanvre et la ciguë pour calmer les douleurs, le pavot pour faire dormir, le cytise dont les vertus pouvaient s'avérer tout aussi fatales que salvatrices, telle la belladone ou l'hellébore, et tant d'autres encore dont elle ne connaîtrait jamais ni les noms ni les pouvoirs secrets. Beaucoup de plantes juste cueillies reposaient dans des claies de jonc superposées pour y être séchées. Joubarbe, gui, véronique, mais aussi ail, écorces et rameaux de différentes essences de bois, tout entrait dans la composition des remèdes. Le seul luxe dont la maîtresse des lieux pouvait se prévaloir consistait en un mortier de marbre et un autre plus petit d'argent massif. Michelle connaissait par cœur chaque détail et chaque recoin de son antre et ne s'effarouchait plus depuis longtemps de trouver, suspendues au-dessus de sa tête, des peaux de reptiles qui séchaient auprès de quelques batraciens au milieu de tout cet assortiment de simples. Des planches de bois servant d'étagères supportaient quantité de pots de terre et d'étain remplis de graines, de baies, de poudres dont usait celle qu'on prenait le plus souvent pour une sorcière. La vieille se retourna vers Michelle, dévoilant sa bouche édentée au milieu d'une figure au teint buriné et creusée de longs et profonds sillons.

— Eh bien, ma petite Michelle, tu me sembles bien songeuse !

Et d'ajouter avec son petit rire sarcastique :

— Aurais-tu par hasard rencontré un prince charmant en chemin ?

Elle n'aurait su mieux dire, aussi Michelle entreprit de lui raconter sa rencontre en lui tendant pour preuve le mouchoir brodé de fil d'or. La vieille s'en saisit d'un geste sec et l'examina avec attention.

— Ce sont les armes des Sainte-Maure de Montausier, « d'argent à la face de gueules » !

Michelle ne comprit pas le langage de la vieille Farraude qui écoutait son récit tout en pilant des racines de pissenlits auxquelles elle incorpora quelques gouttes d'un liquide noirâtre et visqueux dont il valait mieux ignorer l'origine.

Ainsi donc, il était là ! A travers le récit que lui fit la jeune fille, la vieille comprit que Michelle avait rencontré Charles de Sainte-Maure, le duc de Montausier en personne, et sa fille, la duchesse d'Uzès. A chacune de ses rares visites sur ses terres d'Angoumois dont dépendait la paroisse de Vanzac, le duc rencontrait secrètement la vieille envers laquelle il avait conservé une éternelle reconnaissance. Il ne manquerait donc pas de lui faire savoir sa présence. Leur rencontre remontait au temps où la Fronde faisait rage dans les provinces de Saintonge et d'Angoumois. Le duc, blessé à la tête, avait eu également le bras transpercé de deux balles. Les remèdes et le savoir ajoutés aux pouvoirs de la Farraude, qui était à cette époque une fort belle jeune femme, avaient empêché l'amputation à laquelle voulaient se livrer les meilleurs médecins appelés à son chevet. Au château d'Angoulême où il logeait en qualité de gouverneur des provinces de Saintonge et d'Angoumois, il l'avait envoyé chercher sur les conseils de son valet de chambre qui connaissait ses pouvoirs. Elle se terrait au même lieu qu'aujourd'hui, dans les fins fonds de la forêt de la Bauche, et elle avait accepté de suivre Bastien Duvergne, le valet du duc, jusqu'au château d'Angoulême. Elle avait été grassement récompensée de ses services qui sauvèrent le bras du duc. C'était là qu'elle avait rencontré pour la seule et unique fois la belle Julie d'Angennes. C'était toujours elle qui avait fourni au duc, par l'intermédiaire de son même valet, quelques années auparavant, le philtre d'amour grâce auquel il séduisit le cœur de sa belle Julie. Son mortier d'argent, c'était lui, le duc de Montausier, qui le lui avait offert en gage de son estime. Elle exerçait son art depuis longtemps, tenant ses connaissances de sa mère, elle-même héritière d'une longue lignée de femmes dépositaires d'un savoir dont l'origine se perdait dans la nuit des temps. Qu'il s'agisse de remettre un membre à sa place, de soulager la douleur, de guérir plaies et brûlures ou bien de faire disparaître le fruit de certains péchés inavoués, elle connaissait et savait tout. Bien que tout le monde se défendît d'avoir affaire à elle, personne ne pouvait s'empêcher d'avoir un jour ou l'autre recours à ses services.

La vieille avait dévoilé à Michelle l'identité des nobles personnages dont elle avait fait la rencontre. Comme à son habitude, elle voulut en savoir davantage, intriguée par les quelques paroles de la vieille. La Farraude se laissa malgré elle emporter par des flots de souvenirs qui resurgissaient à sa mémoire avec une précision intacte. Elle en avait maintenant trop dit ou pas assez et, d'après l'éclat qui brillait dans les yeux de Michelle, elle comprit qu'il lui fallait poursuivre son récit. La vieille femme appréciait la compagnie de la jeune fille, sa vivacité d'esprit, son intelligence et sa remarquable mémoire ; aussi avait-elle pris l'habitude, au fil de ses visites, de lui enseigner quelques-uns de ses secrets pour qu'elle en use à des fins personnelles. Elle prit donc un vrai plaisir à lui conter l'histoire du duc de Montausier et de Julie d'Angennes. Tout en parlant, elle ajouta à sa mixture quelques graines de colchique et un peu d'herbe de Saint-Christophe réduite en poudre.

— Le duc de Montausier ne nous honore pas souvent de sa visite, et sa fille moins encore ! Il est vrai que le château n'est guère digne de les recevoir.

Michelle avait déjà aperçu les tours de Montausier, léchées par le lierre et à moitié dissimulées sous les frondaisons des chênes, où manquaient de-ci de-là quelques ardoises. Les herbes folles avaient remplacé les fleurs qu'un jardinier cultivait jadis. La végétation encombrait les alentours à tel point qu'on l'eût cru abandonné. Pourtant, quelques domestiques vivaient là sous les ordres du régisseur, Fradin de la Perdasse, qui, nanti d'une procuration signée du duc, agissait en son nom et percevait les rentes seigneuriales dues par les tenanciers. Même la chapelle avait été transformée en habitation pour un domestique.

— Le château, jadis fort bien meublé et dont les jardins formaient des dentelles de buis, n'est plus entretenu depuis la mort de Léon de Sainte-Maure en 1615. Son besoin de briller lui avait fait hypothéquer dangereusement ses terres et ses rentes. Sa femme, Marguerite de Chateaubriand, dut vivre dans une quasi-pauvreté, contrainte de vendre meubles et bijoux et de restreindre son train de vie pour éviter la ruine totale. Charles de Sainte-Maure, dont l'éducation fut confiée à son oncle, le comte de Brassac, fut placé dès l'âge de dix ans au collège de Sedan pour apprendre le métier des armes. Il s'illustra très vite dans cette discipline où son courage et sa bravoure devinrent légendaires, tout comme sa fidélité au roi. C'est là qu'il commença à fréquenter l'hôtel de Rambouillet, rue Saint-Thomas-du-Louvre à Paris, où il rencontra Julie d'Angennes dont il s'éprit dès la première seconde.

Michelle était fascinée par le récit de la vieille qui ne s'interrompait que le temps de rajouter quelques brindilles pour raviver les faibles braises qui se consumaient dans la cheminée.

— Mais cette Julie, continua la Farraude, avait le cœur aussi dur que celui d'un artichaut et fit la sourde oreille aux propositions de mariage de notre duc. Dans le salon où la belle Julie recevait poètes et écrivains, on ne se passionnait que pour les belles lettres, la musique et la peinture. Le salon, aux murs tendus de tapisseries dont la couleur dominante était le bleu, décoré de meubles luxueux, de fleurs et de porcelaines aussi fines que rares, avait été dénommé « la Chambre Bleue ». Durant plus de dix ans, Montausier y séjourna pendant les trêves hivernales des campagnes militaires, y poursuivant sa cour assidue envers Julie qui s'en flattait, mais refusait toujours de se donner un maître, car pour elle mariage rimait avec esclavage. Il eut également à déjouer la rivalité des autres soupirants qui se pressaient, fort nombreux, auprès de la belle duchesse.

Michelle buvait les paroles de la vieille qui continuait à piler ses racines et à surveiller la cuisson de sa mixture dont l'odeur âcre avait envahi toute la chaumière.

— Alors, s'enquit Michelle, impatiente de connaître la fin de l'histoire, il l'a épousée, cette Julie ?

— Oui, mais seulement après avoir trouvé le moyen de la faire succomber !

Michelle, qui ne laissait aucun répit à la narratrice, voulait tout connaître de l'histoire peu banale du duc et de Julie.

— Comment l'a-t-il séduite ?

— En lui offrant un livre de poésies tout entier dédié à sa gloire et à sa beauté… et aussi grâce à un philtre de ma composition dont la couverture était imprégnée.

Michelle était bouche bée, impressionnée par cette dernière révélation que la Farraude n'avait jamais confessée à quiconque et qui devrait rester leur secret à toutes deux. Michelle promit qu'elle ne le dévoilerait jamais. D'autant qu'en ce moment même, à Paris, on brûlait certaines sorcières soupçonnées d'avoir fabriqué des philtres et des poisons. Mieux valait rester discret quand on détenait ce genre de pouvoir.

— Enfin, à trente-huit ans, Julie d'Angennes finit par accepter l'idée d'épouser le duc de Montausier après avoir découvert au matin de sa fête le précieux livre de maroquin rouge posé sur sa table de toilette.

La vieille se mit alors à déclamer un de ces madrigaux que Montausier avait lui-même composé pour sa belle. Le son de la voix de la vieille laissait transparaître une émotion et une sorte de nostalgie qui n'échappa pas à Michelle.

*Cause de tant de feux, source de tant de pleurs,*
*Julie, accorde ma requête,*
*Comme à toutes ces autres fleurs,*
*Donne-moi place sur ta tête,*
*Devant le lustre de mon teint,*
*L'éclat des plus beaux lys s'éteint,*
*Partout ailleurs je leur fais honte,*
*Seulement dans ton sein leur blancheur me surmonte.*

Michelle, éblouie par la beauté, le rythme et la musique de ces mots si bien dits, se jura à son tour de les conserver dans un coin de sa mémoire.

— Elle l'épousa donc, poursuivit-elle, et lui donna trois enfants, dont une fille, Julie-Marie, qui seule survécut. Elle épousa le duc de Crussol d'Uzès. C'est elle qui t'a donné son mouchoir de soie qui, me semble-t-il, a certainement dû appartenir à sa mère, Julie d'Angennes.

Michelle avait laissé parler la Farraude sans plus l'interrompre, mais une question lui brûlait les lèvres :

— Une femme peut donc choisir de refuser le mariage ?

Michelle avait retenu de cette histoire le caractère et la personnalité peu commune de Julie, mais la vieille se défendit de lui avoir raconté de telles absurdités. Le mariage étant le sort de toutes les femmes, Michelle n'y échapperait pas plus que les autres. Pourquoi aurait-elle ce choix et pourquoi en serait-il autrement ? Le visage de la jeune fille, déçue du changement de ton de la vieille, se rembrunit. Elle ne parvenait pas à comprendre pourquoi, sous le prétexte qu'elle était une femme, elle devrait subir le joug d'un homme, qu'en plus elle n'aurait pas choisi. Michelle venait de toucher du doigt un problème qui jusque-là ne l'avait encore jamais effleurée. Elle ne voulait point se marier, pas plus demain que dans dix ans !

La Farraude voulut la ramener à la réalité en lui faisant prendre conscience qu'elle, Michelle Garnier, n'était point la fille d'un duc ou d'un marquis pour pouvoir vivre comme elle l'entendait et se permettre de telles fantaisies. Mais Michelle ne voulait comprendre et partageait les idées de cette Julie qu'elle imaginait sous les traits de la belle amazone qu'elle avait rencontrée dans le chemin creux. Ce n'était pas parce qu'elle était une simple paysanne qu'elle n'avait pas le droit de penser comme elle l'entendait. Et si personne à ce jour n'avait osé le faire, eh bien, elle serait la première !

— D'ailleurs, renchérit la Farraude, n'as-tu point pris tes quinze ans ? Il faudra te faire à cette idée que tes parents te marieront bientôt. Et, avec un minois comme le tien, les soupirants ne devraient pas tarder à pointer le bout de leur nez !

Michelle ramena sa lèvre inférieure en une sorte de moue et fronça les sourcils, prouvant ainsi à la vieille qu'il fallait en finir sur ce sujet qui irritait sa susceptibilité.

— Voilà ta potion, ma fille, et promets-moi d'oublier très vite notre discussion.

Michelle vida sur la planche mal équarrie qui tenait lieu de table le contenu de son panier dans lequel elle disposa la précieuse fiole qui avait la vertu de soulager la douleur de son père. La vieille remercia la jeune fille pour ses champignons et le morceau de lard envoyé par sa mère et la regarda s'éloigner en se disant qu'elle n'aurait peut-être pas dû lui raconter cette histoire. Elle avait certes ravivé de vieux souvenirs, mais elle avait inspiré un drôle de discours à Michelle ! La jouvencelle semblait dotée d'un sacré tempérament, mais cela ne lui permettrait pas d'échapper pour autant à son destin ! La vieille resta un long moment le regard perdu dans le vague. Le soleil déclinait à l'horizon, la pénombre s'installa en même temps que la fraîcheur. La vieille femme réprima un frisson et s'enferma dans sa tanière où elle s'apprêta à continuer ses mystérieuses expérimentations.

Michelle avait parcouru la demi-lieue la séparant du village de chez Vigné en un temps record, tant elle avait hâte de regagner son foyer. Elle était bien décidée à éclaircir avec sa mère cette histoire de mariage. Jamais il n'en avait été question, pas plus que pour son frère Bris, de sept ans son aîné. Elle avait donc décidé de dire à sa mère qu'elle ne voulait pas qu'on la force au mariage.

D'ailleurs, pourquoi son père ou sa mère seraient-ils pressés de se séparer d'elle pendant qu'elle leur rendait tant de services ? Qui irait quérir les remèdes chez la vieille ? Qui s'occuperait de cuire la soupe, de traire la chèvre, de ramasser le bois mort ? La liste des tâches qu'elle accomplissait quotidiennement était décidément trop longue pour les énumérer toutes ! Il semblait impossible que sa mère pût un jour se passer d'elle. Les questions affluaient à son esprit et s'y bousculaient à tel point que Michelle ne savait plus que penser. Il était pourtant vrai que toutes les femmes qu'elle connaissait étaient mariées, et, même si certaines étaient veuves, il n'y avait que la Farraude qui n'avait jamais eu d'homme. Mais cette vieille était un cas, recluse au fond des bois dans sa cabane de fortune. Michelle avait beau se creuser la tête, dans la contrée elle ne connaissait aucune fille ayant dépassé les vingt-deux ou vingt-trois ans qui ne soit mariée et entourée de marmaille. Mais alors, comment ferait-elle pour échapper à ce destin qu'elle refusait obstinément ? Michelle ralentit sa marche en apercevant le village de chez Vigné, elle inspira un grand coup pour tenter de ralentir les battements précipités de son cœur et calmer son excitation et chassa de son esprit ses doutes et ses angoisses. Elle allait bientôt avoir la réponse à toutes ses interrogations.

Marie Souef, tout en filant, surveillait ses brebis qui pacageaient. Elle tournait avec adresse entre le pouce et l'index le fil de chanvre qui s'embobinait ensuite autour du fuseau, répétant inlassablement ces mêmes gestes des heures durant. Marie était habile à filer et avait acquis une dextérité qui lui permettait de tirer profit du surplus de sa production en la vendant aux tisserands. Marie eut la surprise de voir sa fille accourir jusqu'à elle, tout essoufflée. Michelle grimpa prestement le petit promontoire où Marie avait l'habitude de s'installer pour mieux dominer la contrée et avoir l'œil sur ses bêtes.

— Eh bien, ma fille, te voilà bien agitée ! Que se passe-t-il ?

Michelle ne prit pas le temps de justifier ses émotions et répondit par une autre question.

— Mère, est-il vrai que toutes les filles doivent se marier ?

Marie ne put s'empêcher de sourire en éprouvant un soulagement, l'émoi de sa fille lui ayant fait craindre un incident fâcheux. Elle lui répondit en lui adressant un sourire empreint de tendresse maternelle.

— Mais oui, bien sûr, quelle drôle de question ! Notre mission est d'assurer la génération et il est tout légitime que tu en sois préoccupée.

Marie considéra soudain le visage rembruni de sa fille.

— Vous vous trompez, mère, je ne m'en préoccupe pas du tout, au contraire, coupa sèchement Michelle, je voulais justement vous dire que je ne veux pas me marier, jamais !

Marie avait donc mal interprété les paroles de sa fille et, stupéfaite, chercha les raisons d'un tel renoncement.

— Mais pourquoi donc ne voudrais-tu pas te marier ? Voudrais-tu entrer en religion ?

Michelle s'empressa de lui répondre qu'elle ne s'en sentait aucunement la vocation.

— Mais alors, pourquoi ?

Marie ne voyait pas d'autre raison et, ne pouvant s'expliquer le motif de ce soudain ressentiment, elle chercha à dissiper l'animosité de sa fille et à la rassurer.

— Le mariage est le plus beau des sacrements, il n'a rien de pénible ni de désagréable…

— Mariage rime avec esclavage ! l'interrompit Michelle.

Sur ce, elle tourna les talons en laissant sa mère toute décontenancée.

Marie ne put rien ajouter pour tenter de lui dire qu'il n'était pas question de mariage pour l'instant, elle était encore bien jeune. Mais que signifiaient ces propos et comment formuler de telles conclusions ? Et surtout d'où et de qui Michelle tenait-elle ce curieux adage selon lequel mariage rime avec esclavage ? Il fallait que quelqu'un lui eût inspiré de telles absurdités et qui avait-elle pu rencontrer ce jour, hormis la vieille Farraude ?

Michelle avait quinze ans, l'âge de Marie quand elle croisa pour la première fois le regard de Mathurin, pour ne plus jamais le quitter. Mais il est vrai que le couple formé par Marie et Mathurin était plutôt exceptionnel, tant ils étaient animés d'une inclination réciproque. Mathurin avait trente-trois ans et était orphelin de père et de mère quand il épousa Marie, laquelle n'eut aucun mal à persuader ses parents de la laisser épouser le maître charpentier. Ils avaient fait ce qu'on peut appeler un mariage d'amour, fait assez rare pour qu'il mérite d'être signalé. Peu de ménages pouvaient se prévaloir d'une telle harmonie et d'une telle entente, basées sur la tendresse et l'amour qui les unissaient. Beaucoup de femmes au contraire avaient à se plaindre d'un mari qu'on leur avait trop souvent imposé, qui se montrait violent et impulsif sous l'effet de la piquette. Marie et Mathurin étaient suffisamment conscients de cela pour ne pas entraîner leurs enfants dans de mauvais mariages. Pourtant, ils songeaient depuis peu à établir Bris. Mais Michelle était encore une enfant naïve et ignorante, qui n'avait encore jamais senti son cœur se gonfler dans sa poitrine aux premiers émois de l'amour. Mais, se persuada Marie, elle changera bien vite d'opinion, le jour où elle croisera le chemin d'un homme aussi bon et généreux que son père. Ce jour viendra, aussi sûr que Michelle sera une bonne épouse et une bonne mère. Marie tenta de se convaincre de ses pensées, mais, pour l'heure, elle avait beau tourner et retourner ses réflexions, elle ne comprenait toujours pas les curieux sentiments qui animaient le cœur de sa fille.

Elle scruta le ciel, considéra le soleil qui avait baissé à l'horizon et en conclut qu'il était l'heure de rentrer. Elle enroula son fil autour du quenouillon* et rassembla ses brebis pour les ramener à leur toit où elles passaient la nuit. Marie rentra au village de chez Vigné, l'esprit soucieux et préoccupé, néanmoins résolue à percer le secret de Michelle. Elle avait décidé de ne pas en parler à Mathurin pour ne pas l'inquiéter inutilement.

Les brumes de novembre avaient enveloppé la campagne d'un voile gris et humide, nimbé la cime des arbres et le clocher de l'église de ses vapeurs glaciales. Ce froid pénétrant avait retenu Marie à la maison où elle poursuivait ses activités de fileuse près de la cheminée. Dans l'âtre mijotait doucement le pot de soupe et à la crémaillère était suspendu un grand chaudron rempli d'eau bouillante. Puis les brumes cédèrent la place à de fortes gelées, mais les journées ensoleillées permirent à Mathurin d'entreprendre en forêt quelques coupes. Son fils Bris, qui n'allait pas toujours au moulin de maître Jean Nouhet, l'accompagna. Mathurin avait promis à Marie de profiter de ces moments d'intimité avec son fils pour l'entretenir des projets de mariage qu'il concevait à son égard. Mais il ne savait comment aborder le sujet qui le mettait mal à l'aise, et la matinée s'écoula sans qu'il osât parler. Il s'enhardit pourtant alors qu'ils s'apprêtaient à déballer leur collation. Marie avait mis dans la besace de Mathurin deux belles tranches de pain qu'accompagnaient un morceau de lard, un peu de fromage et quelques noix.

— Dis donc, Bris, te souviens-tu de la Marie Mauron du village des Merles à Sainte-Radegonde ?

C'est tout ce que Mathurin avait trouvé à dire pour aborder la question. Bris leva les yeux vers son père, soudain attentif à ses paroles.

— Oui, père, je vois.

Bris n'était pas dupe et comprit où son père voulait en venir, ce qui n'était pas pour lui déplaire. Evoquer le nom d'une jeune fille n'avait en effet rien d'innocent. Et cette Marie Mauron, il l'avait rencontrée aux Rogations, cette procession qui avait lieu les trois jours précédant l'Ascension. Les Garnier possédaient quelques carreaux de terre en la paroisse circonvoisine de celle de Vanzac, Sainte-Radegonde, c'est pourquoi ils prenaient toujours part à la procession dont le but était d'assurer une bonne récolte et de prévenir des gelées et autres fléaux si courants en ce mois de mai. Leurs regards, pourtant aussi timides que discrets, n'avaient pas échappé à la vigilance de Marie Souef, qui en mère attentive et soucieuse du bonheur de ses enfants épiait Bris. C'est ainsi qu'elle avait remarqué une attirance réciproque entre les deux jeunes gens. En accord avec Mathurin, elle avait pris auprès du curé Arnault des renseignements sur les Mauron qui, leur avait-il révélé, étaient fort à leur aise, possédant du bien. Aussi Mathurin avait-il pensé à l'établissement de son fils en envisageant l'acquisition d'une portion dans le moulin à eau de la Briasse. Il craignait malgré tout que les Mauron ne trouvassent la dot de Bris insuffisante.

— Nous avons pensé avec ta mère, poursuivit Mathurin, qu'elle pourrait bien faire ton affaire, si bien sûr elle te convient.

— Oh, père ! Pour sûr que, si vous y consentez, j'en serai heureux !

Bris cacha sa joie, il aurait été malvenu de faire éclater son bonheur. Il pensa que ses parents avaient sûrement surpris entre eux quelques œillades mal dissimulées. Marie Mauron était certes à son goût, et il avait de bonnes raisons de croire qu'il ne la laissait pas indifférente. En ramenant la pochée de ses clients, Bris l'avait croisée plusieurs fois sur le chemin de Baignes. Mais son père était réputé dur en affaires et il fut pris du même doute que Mathurin. Louis Mauron, riche laboureur à bœufs, consentirait-il à donner sa fille à un modeste chasseron* comme lui ? Mathurin devina les pensées de son fils et lui parla alors de son projet d'acquérir le quart du moulin de la Briasse qui était à vendre contre la somme de cinq cents livres. Bris n'en croyait pas ses oreilles et s'étonna que son père ait pu réunir une telle somme.

— C'est une somme énorme, père !

Bris était abasourdi par autant de bonnes nouvelles et n'osait y croire. Epouser la femme qu'il aimait et devenir propriétaire d'un moulin, ne fût-ce que de la quarte partie, étaient autant de rêves qu'il ne pensait jamais réaliser. Il ne posséderait le moulin qu'un jour sur quatre ; beaucoup de meuniers procédaient ainsi, en se partageant le moulin un nombre de jours défini par la valeur de leurdite portion. Un jour sur quatre, c'était déjà inespéré, et, le reste du temps, il pourrait continuer à travailler chez maître Nouhet ou bien en affermer un autre. Bris retint sa joie ; la partie n'était pas gagnée : il restait à convaincre les Mauron père et mère.

Bris mordit avec appétit dans son pain auquel il trouva un meilleur goût qu'à l'habitude. Quant à Mathurin, il se sentit soulagé et heureux du bonheur futur de son fils. Une fois de plus, pensa-t-il, l'intuition de Marie avait fait ses preuves.

— J'irai parler au père Mauron et, d'ici Noël, nous les inviterons à passer la veillée.

— Je crois bien que votre fille est au goût de mon drôle, avait dit Mathurin au père Mauron.

Louis Mauron, en bon maquignon, n'avait pas dit oui tout de suite. Sans décliner l'offre, il demandait réflexion. Il fallait aussi en informer l'intéressée, qui s'était bien gardée de dévoiler ses sentiments. Mais, avait rétorqué le père Mauron, la question n'était pas là, l'inclination n'avait pas de réelle importance. Mathurin comprit qu'ils tomberaient d'accord si sa générosité était à la hauteur de son attente. Il lui faudrait ajouter un peu plus que prévu pour convaincre le vieux pingre de laisser sa fille. Mais Mathurin était prêt pour le bonheur de son fils à concéder quelques sillons de terre de plus. Louis Mauron n'avait apparemment pas réservé un autre parti à sa fille, ce qui était déjà un fait rassurant. Le rendez-vous pour la veillée fut fixé le jour de la Saint-Thomas, 21 décembre, chez les Garnier. Le père Mauron accepta l'invitation d'autant plus volontiers qu'il n'aurait pas à fournir le boire et le manger. D'ici là, les partis pourraient à loisir réfléchir, faire leurs comptes et proposer leurs offres avant de conclure ce qui n'était autre qu'un marché.

Michelle n'avait pas été informée des préparatifs qui se tramaient en vue des futures épousailles de Bris. Marie n'avait pu réussir à percer le mystère de sa fille quant à son aversion soudaine pour le mariage. Mais peut-être ne fallait-il pas s'en inquiéter et seulement laisser le temps au temps… Après tout, cela ne la concernait pas. Michelle ne prêta aucune attention particulière au fait qu'on attendait ce soir-là du monde pour la veillée. Pourtant, quelques instants avant leur arrivée, Marie avait cru bon d'avouer à sa fille qu'ils avaient convié les Mauron de Sainte-Radegonde. Michelle n'en avait jamais entendu parler auparavant. Alors Marie s'enhardit à lui expliquer que les Mauron avaient une fille qui était au goût de son frère et que peut-être un mariage serait conclu. Marie espérait une réaction de la part de Michelle, qui se contenta de répondre par un haussement d'épaules. Elle semblait toujours aussi réfractaire et sa mère n'insista pas. Elles continuèrent en silence à préparer les châtaignes qui cuiraient dans le diable* devant la cheminée. On dégusterait aussi les raisins conservés sur la ficelle de chanvre suspendue à la cadène* et que l'on gardait généralement jusqu'à Noël. Puis on se délierait la langue et on se réchaufferait le cœur avec le petit vin blanc de colombard* venant de la vigne de Mathurin. Dans la grande cheminée brûlait un bon feu. Chez les Garnier, on ne ménageait pas le bois qui ne manquait pas grâce à l'activité de Mathurin.

Marie pensa que la soirée s'annonçait sous les meilleurs auspices, tant elle avait hâte de faire la connaissance de cette famille qui allait s'allier à la leur. Bien que Michelle n'ait pas dit un mot, sa mère pensa qu'elle se dériderait à l'arrivée de leurs invités et qu'elle leur ferait bonne figure. Ce n'était pas le prochain mariage de son frère qui allait ternir sa gaieté coutumière. Marie s'assura du regard que tout était en ordre, ses meubles fleuraient bon la cire, tout était fin prêt pour recevoir ses convives auxquels il fallait réserver le meilleur accueil et donner la meilleure impression.

Une bonne lieue séparait le village des Merles, sis en la paroisse de Sainte-Radegonde, de celui de chez Vigné. Les Mauron avaient attelé la carriole à leur percheron, tant pour gagner du temps que pour témoigner de leur aisance. Le vent qui soufflait en rafales tirait des gémissements aux grands ormeaux séculaires et des bourrasques d'une pluie glaciale balayaient la campagne enténébrée. Les sabots du cheval conduisant la famille Mauron résonnèrent soudain dans la cour empierrée.

Bris sentit son cœur se serrer dans sa poitrine, son destin allait se jouer ce soir. Il n'ignorait pas que son père devrait faire pencher la balance s'il voulait gagner le cœur de sa belle. Leur sort était désormais entre les mains des deux compères. Mathurin avait ouvert l'huis pour recevoir ses hôtes. Marie et sa mère descendirent de la voiture, suivies d'un grand gars que Mathurin ne connaissait pas et que Louis Mauron présenta comme l'aîné de ses quatre fils. Bien qu'on ne l'attendît pas, il fut accueilli de bonne grâce et tout le monde s'empressa de pénétrer dans la chambre chauffatoire*. Une fois faites les présentations, on invita les convives à se réchauffer en évoquant la froidure du temps, les craintes et les espoirs des récoltes à venir, l'avancée des labours et des semailles, Noël qui approchait. Puis Mathurin convia Louis Mauron à le suivre dans l'antichambre meublée d'un bois de lit où dormait Michelle, d'une petite table et de deux chaises de jonc où prirent place les deux hommes. Ils seraient ainsi plus à l'aise pour négocier leur « affaire » et discuter à loisir. Marie Souef leur porta un pichet de vin et deux gobelets d'étain, tandis que dans la grande salle les jeunes gens énoisaient* et les deux mères filaient devant la cheminée. Quant à Michelle, elle avait aussi pris sa quenouille, mais s'était retirée dans le coin le plus sombre, pour mieux manifester son indifférence envers les Mauron. Bris, Marie et son frère, qui se prénommait François, étaient assis autour de la table, occupés à casser les noix qu'ils extrayaient ensuite de leur coque. Marie Souef, agacée de l'attitude boudeuse de sa fille, lui ordonna de rejoindre les jeunes gens et de les aider à énoiser. Elle se leva en évitant le regard pour une fois sévère de sa mère et obéit de mauvaise grâce en s'installant sur un tabouret près de Bris. Elle s'empara d'un maillet et s'exécuta à contrecœur, bien qu'à l'ordinaire cette tâche lui fût agréable. Mais, ce soir-là, elle manifestait un ennui qui n'échappa pas à sa mère. Les coups de maillet rythmaient les timides discours de Bris et de Marie, auxquels Michelle s'abstenait de participer. Quant à François, placé face à Michelle, elle sentit son regard se poser sur elle et l'envelopper désagréablement. De plus, il était si maladroit qu'il ne cessait de taper à côté de sa cible et poussait à chaque fois un juron. Sa sœur lui jeta quelques œillades pour lui signifier un peu plus de contenance, mais il n'en tenait pas compte et les noix continuaient de s'échapper de ses doigts malhabiles. Michelle avait grand-hâte de voir la veillée se terminer, exaspérée par les jurements et les blasphèmes de François Mauron. Quel grossier personnage ! pensa-t-elle. Comment l'élue du cœur de Bris pouvait-elle avoir un frère aussi rustre ?

Marie Mauron était certes moins jolie que Michelle : elle avait le visage rond et potelé, les joues rosies par le feu, mais aussi par l'émoi que lui procurait la présence de Bris à son côté. Sa robuste constitution, ses hanches larges et ses formes généreuses feraient d'elle assurément une bonne mère de famille.

— Votre sœur est charmante, dit-elle, alors que Michelle, qui ne lui avait rien dit, ne s'attendait pas à pareil compliment.

Elle ne répondit pas, mais s'obligea à lever les yeux vers Marie en tâchant d'éviter le regard lourd, frôlant l'indécence, de son frère. Elle aurait préféré être à cent lieues de ces gens qui ne lui inspiraient qu'ennui et lassitude. Heureusement, sur la demande de Bris, elle alla chercher au chai un pichet de vin, heureuse d'échapper à leur pesante compagnie.

— Ah, enfin, je commençais à avoir soif !

C'était François qui avait parlé malgré le regard sévère que sa sœur, gênée de l'incorrection de ses propos, lui lançait.

Michelle avait à peine posé le pichet qu'il s'empressa de s'en servir une bonne rasade, but d'un trait et, après avoir reposé le gobelet, s'essuya du revers de sa manche et éructa bruyamment. Michelle dissimulait mal son impatience et son malaise, d'autant que François la fixait d'un regard de plus en plus insistant. N'y tenant plus, elle quitta brusquement la table, sous les yeux ahuris de Bris et de Marie, qui n'avaient pas remarqué le manège de François. Marie Souef, assise face à la cheminée qui lui procurait lumière et chaleur, n'avait pas pris garde aux regards inconvenants dont sa fille était victime. Michelle, d'un ton sec, prétexta qu'il lui fallait aller quérir d'autres noix. Elle sortit humer l'air frais de la nuit et le vent de galerne* qui lui fouetta le visage. Comme elle aurait aimé fuir ce malotru ! Mais il lui fallait continuer de supporter cette veillée aussi désagréable qu'interminable. Elle remplit son panier de noix, puis s'arma de courage pour rejoindre les autres. Que pouvait bien faire son père avec ce maudit Mauron ? Enfermés dans sa chambre, que pouvaient-ils avoir à se dire qui durât un si long temps ? Michelle en voulait presque à son frère d'avoir jeté son dévolu sur cette famille.

Pendant ce temps, le père Garnier traitait de l'« affaire » avec le père Mauron. Comme Mathurin l'avait pressenti, Louis Mauron se montra coriace et âpre au gain. Il avait fallu ajouter à la portion de moulin quelques carreaux de terre jouxtant la propriété des Mauron et encore un lit, un coffre, un plat et une assiette d'étain comme la tradition l'entendait. Mais le vieux Mauron était venu avec une autre idée en tête. Il avait entretenu Mathurin de la difficulté de marier ses enfants, de trouver des familles honorables et honnêtes, avec du bien comme les leurs. Mathurin acquiesça aux propos de son compère sans toutefois comprendre tout de suite où celui-ci souhaitait en venir. Tout en parlant, le père Mauron, à l'image de son fils François, se versait de grandes rasades de vin qu'il avalait cul sec.

— Alors, voilà : puisque vous reconnaissez la justesse de mon discours, eh bien, j'avais pensé que nous pourrions faire d'une pierre deux coups !

Mathurin était loin d'imaginer le message que son rusé compère cherchait à faire passer ; aussi resta-t-il bouche bée, abasourdi.

— Avouez donc que mon fils François pourrait bien faire l'affaire de votre fille !

Mathurin en sursauta de surprise. Il était si atterré qu'il ne trouva rien à répondre, sinon des propos bredouillants.

— C'est que… elle est encore jeune… et il y a une différence d'âge ! réussit-il à articuler avec grande difficulté.

Son compère avait l'avantage d'avoir prémédité son coup et n'était pas à court d'arguments auxquels Mathurin restait sans voix. Bien renseigné, il n'ignorait pas que Marie Souef était de dix-sept ans la cadette de son mari et qu'il l'avait épousée précisément à l'âge de quinze ans. Quinze ans, n'était-ce pas l'âge de Michelle, l'âge idéal pour le mariage et la maternité ?

— Nos deux familles, continua le père Mauron, n'ont jamais eu de lien de parenté pour empêcher l'union de nos enfants ; alors, père Garnier, je vous le dis, vous ne trouverez jamais autre part meilleur parti pour votre fille !

Mathurin, comme estourbi par un terrible coup de massue, était incapable de penser, de trouver le moindre argument pour contrer les propos de son interlocuteur.

Le père Mauron, qui considérait le silence de Mathurin comme approbateur, continua sans la moindre vergogne de le harceler.

— Bon, alors, dit-il d'un ton impatient, qu'allez-vous mettre dans la corbeille de mariage ?

Comme le père Garnier ne trouvait rien à dire, ce fut l'autre qui une fois encore lui vint en aide. Il avança une somme pour la dot, certes bien modeste, mais dont il saurait se contenter.

— Huit cents livres ! Mais c'est une somme énorme que je n'ai pas… du moins momentanément.

Mathurin avait réagi bien qu'il ne voulût montrer ses limites au père Mauron.

— Comment ? Que me dites-vous là ? Il se trouvera bien quelque usurier à qui vous l'emprunterez. Savez-vous combien je délaisse à mon fils en avancement d'hoirie ?

Mathurin, éberlué, secoua négativement la tête.

Le vieux maquignon fit mine de se lancer dans de longs et savants calculs, s'aidant de ses doigts, marmonnant quelques bribes incompréhensibles, puis avança une somme qui fit écarquiller de surprise les yeux de Mathurin.

— Deux mille livres ! répéta Mathurin comme pour se persuader qu'il n'avait pas rêvé.

Le père Mauron, qui avait produit l'effet escompté, soupira d'aise en hochant la tête. On était en effet loin de la portion de moulin que Mathurin offrait à son fils. Et le père Garnier ne put que s'extasier de la générosité de son compère. Celui-ci en profita pour user une fois de plus de son esprit mercantile.

— Vous qui êtes de la partie, je vous laisse le soin des meubles. Vous avez bien quelques tables de cerisier bien sèches, pour tailler un lit, un coffre et quelques chaises à votre fille.

Avant de laisser le temps à Mathurin de répliquer, il se servit une chopine pour sceller leur marché et saluer leur bon entendement.

— Père Garnier, quelle bonne idée vous avez eue de venir me demander pour votre fils la main de ma fille !

Sur ce, il partit d'un rire sardonique.

Il ne restait plus qu'à fixer la date des épousailles et celle du contrat de mariage qui rapporterait par écrit les conditions dont il venait d'être question. Mathurin n'avait presque rien dit et il n'avait fait qu'effleurer de ses lèvres le verre que le père Mauron avait eu la courtoisie de lui remplir. Le compère se leva, ouvrit la porte et héla leurs femmes qui étaient toujours devant la cheminée. Elles posèrent leur quenouille et retrouvèrent les hommes dans la petite chambre de Michelle. Louis Mauron referma la porte derrière elles dans le souci de rester discret et entreprit de présenter aux deux femmes la tournure de l'affaire. La mère Mauron, de connivence avec son mari, feignit la surprise, mais s'empressa de répondre pendant que Marie Souef accusait le coup.

— C'est une très bonne idée que vous avez eue, père Garnier, d'autant que cela nous économisera les frais d'un second mariage.

La mère de Michelle resta interdite, fixant Mathurin d'un air de reproche. Comment avait-il pu décider de l'avenir de sa fille sans lui en parler ? Elle n'osait croire qu'il avait pu faire ça !

— Est-il vrai que tu veux marier Michelle ? Mais pourquoi ? Pourquoi ne m'en avoir jamais parlé ?

Marie plantait son regard désespéré dans celui, impénétrable, de Mathurin.

— Et pardi ! répondit le père Mauron, quand on offre deux mille livres de dot à son fils, il n'y a pas à hésiter ! Et puis, ces affaires-là, ça se décide entre hommes !

Marie scrutait toujours le visage de Mathurin dans l'espoir d'y déceler un indice. Mais il avait la bouche sèche, la tête qui tournait, et était incapable de formuler le moindre mot. Le père Mauron continua d'exposer avec moult conviction qu'ils ne trouveraient meilleur parti pour leur fille avec des biens d'une valeur de deux mille livres. Marie Souef avait bien entendu, il avait su mettre le ton et l'accent pour faire sonner les trois mots principaux : deux mille livres.

— Alors, répondit Marie Souef avec un certain dépit dans la voix, si Mathurin a donné son accord…

Elle ne souhaitait que le bonheur de sa fille, et avec une telle dot elle serait assurée de manger chaque jour à sa faim.

Elle aurait même une servante, ainsi que les en assura Louis Mauron, en plus des domestiques et des journaliers employés en fonction des travaux et des saisons. Leur ferme était l'une des plus grosses de Sainte-Radegonde, avec quatre paires de bœufs, des journaux* de terre qui se comptaient par dizaines ; on y élevait cochons, moutons, vaches et volailles de toutes sortes. Bien sûr, dut reconnaître la mère Mauron, Michelle était encore bien jeune et elle aurait beaucoup à apprendre pour devenir la maîtresse d'une telle ferme, mais elle lui enseignerait tout ce qu'elle devrait savoir.

Les Mauron surent remontrer aux Garnier que leur fille était promise, grâce à eux, à un bel avenir. Ils soupesèrent les pertes et profits, les avantages et les inconvénients de ce double mariage, tandis que Marie et Mathurin écoutaient sans mot dire leurs commentaires. Ils finirent par conclure qu'ils s'accommoderaient malgré tout de la dot, bien que fort modeste, que les Garnier offraient à leurs enfants. Il était temps de prendre congé puisque l'affaire était arrangée. Marie Souef, qui n'avait presque rien dit, s'enhardit à leur proposer quelques châtaignes encore tièdes auxquelles les jeunes gens avaient fait honneur, mais ils prétextèrent l'heure tardive. La famille Mauron s'apprêta à partir au grand soulagement de Michelle. Seuls, Marie et Bris manifestèrent quelques regrets à l'idée de devoir se séparer à en juger par leurs regards empreints de désolation. Marie Souef, qui jusque-là n'avait pas prêté d'attention particulière à François Mauron, se mit à le considérer et fut saisie d'une désagréable sensation. Il ne possédait aucun attrait physique pour charmer une aussi jolie jeune fille que Michelle. Noir de poil, les lèvres minces dévoilant quelques chicots, de petits yeux ronds inexpressifs dont il clignait sans cesse : à trente ans, François Mauron en paraissait bien le double. Mais ce qui désola le plus Marie Souef était l'apparente simplicité d'esprit qui se dégageait de lui, le faisant presque ressembler à un pauvre imbécile.

Michelle retrouva sa petite chambre et s'endormit d'un sommeil perturbé par les hôtes de la veillée. Elle fit cette nuit-là de drôles de cauchemars où elle courait à perdre haleine pour échapper à son poursuivant qui avait les traits de François Mauron. Aussi s'éveilla-t-elle le lendemain de méchante humeur.

Marie et Mathurin se couchèrent sans échanger le moindre mot, aucun d'eux n'en éprouva le désir. Marie en voulait à son mari d'avoir cédé si vite et si facilement au père Mauron. Quant à Mathurin, il commençait seulement à prendre conscience de ce qu'il avait fait et en concevait un insupportable sentiment de trahison. Au matin, il s'éveilla avec l'impression d'avoir fait un mauvais rêve.

Marie Souef profita de l'absence de sa fille, sortie panser les animaux, pour entretenir Mathurin de la situation et essayer de lui soutirer des explications. D'autant plus qu'il faudrait prévenir Michelle de ce qui l'attendait d'ici deux mois, et elle ne s'en sentait aucun courage. La cérémonie des doubles épousailles était prévue pour le mois de février, seul mois où le labeur des champs laissait un peu de répit, et avant le carême qui aurait repoussé trop loin.

— Je crains que Michelle ne soit pas enchantée de la nouvelle, avait souligné Marie. Elle n'est point préparée !

— Il est maintenant impossible de reculer ; que penseraient de nous les Mauron ?

Les Garnier n'avaient que des questions sans réponse et des regrets au goût amer. Pourtant, Mathurin se sentait de plus en plus responsable d'avoir conclu ce mariage avec tant de hâte. Ils tentèrent mutuellement de se rassurer et de trouver quelques consolations.

— Il est vrai que nous n'aurions jamais rencontré un parti avec deux mille livres ! Nous ne devons rien regretter, affirma Marie, qui savait pourtant plus encore que son mari combien il serait difficile de l'annoncer à Michelle.

Ils allaient devoir trouver de sérieux arguments pour la convaincre d'épouser le frère de Marie Mauron. Marie Souef tenta de chasser de son esprit la vision qu'elle conservait de François Mauron et d'imaginer la somme de deux mille livres en bons louis d'or. Il lui semblerait ainsi plus facile de se préparer à affronter sa fille. L'argent, n'était-ce pas un atout de poids, surtout lorsqu'il s'agissait de deux mille livres ? Cette somme obsédait Marie Souef. Jamais elle ne l'avait possédée. Que sa fille puisse vivre à l'abri et avoir autant d'argent était pour elle une raison de plus à considérer. Michelle devrait comprendre que ce mariage était la chance de sa vie. Mathurin devait même s'enorgueillir d'avoir su convaincre le père Mauron de prendre sa fille pour nore*. Marie délirait à force de se chercher au moins une véritable raison pour donner sa fille à ce rustaud. Dans quelques minutes, Michelle serait là et elle le lui annoncerait le plus simplement et le plus naturellement du monde.

Mathurin ne s'en sentait ni la force ni le courage, et pensait qu'une mère saurait mieux parler de ces choses à sa fille. Son sentiment de culpabilité croissait au fil des secondes et lui faisait appréhender l'entretien qui allait suivre. Qu'allait-elle penser de lui ? Qu'il n'était qu'un lâche et un traître qui s'était laissé abuser par ce rusé de Mauron ! Pourtant, en plus de la leur donner, il devrait s'endetter pour payer sa dot qu'il ne prévoyait pas si tôt, ni si élevée. Michelle ne pourrait tout simplement jamais lui pardonner. Voilà dans quel état d'esprit se trouvaient Marie et Mathurin lorsque leur fille entra en secouant sa pèlerine pour enlever la poussière des bûches qu'elle avait apportées.

Marie consulta Mathurin du regard et inspira profondément, tant pour se donner du courage que pour imposer son autorité. Michelle déposa au pied de la cheminée les bûches de chêne et gagna la table où sa mère préparait navets, raves et choux pour la soupe. Elle s'empara d'une cruche en terre cuite qu'elle trouva vide.

— Je vais remplir la cruche au puits, dit-elle à sa mère.

— Michelle, justement avec ton père nous parlions de la famille Mauron…

Marie guettait les moindres réactions de Michelle, mais son visage demeurait aussi impavide qu'impénétrable.

— Nous voulions savoir ce que tu penses d'eux.

Marie essayait de masquer sa confusion tout en appréhendant la réponse de Michelle qui ne se fit pas attendre.

— Rien, pourquoi ? Le mariage de mon frère ne me concerne pas, pas plus que ces gens.

Le ton de sa voix, d'abord indifférent, se fit plus méprisant. Ce ton qui ne lui ressemblait pas excéda sa mère qui lui rétorqua :

— Détrompe-toi, et sache que ceux que tu nommes avec tant de mépris « ces gens » vont devenir ta famille puisqu'en même temps que ton frère Bris tu vas épouser François Mauron qui a deux mille livres de dot !

Elle avait parlé d'une voix ferme et autoritaire, qu'elle n'avait jamais eu besoin d'employer jusqu'à ce jour. Elle était exaspérée de l'insolence de sa fille. Un grand fracas déchira le silence. Michelle, dans sa stupeur, avait lâché la cruche qu'elle tenait entre les mains. Pétrifiée d'horreur, elle considérait les innombrables fragments qui jonchaient le sol. Marie déplora sa maladresse en se précipitant pour constater les dégâts.

— Malheureuse, une cruche toute neuve et vernissée !

Elle n'avait rien trouvé d'autre à dire. Elle l'avait achetée quinze sols à la dernière foire de Baignes aux potiers du Tâtre qui venaient vendre leur production. Il lui faudrait maintenant la remplacer.

Les quelques secondes de stupéfaction passées, Michelle s'enfuit comme une démente dévorée par un démon intérieur en pleurant toutes les larmes de son corps. Marie comprit à quel point elle avait offensé sa fille et s'effondra à son tour, laissant exploser sa douleur et ses pleurs. Mathurin, qui travaillait à la confection d'un panier de bois, lâcha précipitamment son ouvrage pour rejoindre sa femme et se mit à sangloter avec elle. Il était le seul responsable de tout ce malheur.

Malgré ses sabots qui lui meurtrissaient les pieds, Michelle courait en direction de la forêt, sans but. Elle cherchait à fuir son destin, car il ne s'agissait ni d'un mauvais rêve ni d'une plaisanterie, sa mère venait bel et bien de lui annoncer qu'elle allait épouser ce rustre de François Mauron. Ses larmes qui affluaient sans qu'elle puisse les refouler lui brouillaient la vue. Elle trébucha à plusieurs reprises sur des racines. Elle n'aurait pu imaginer pire que cela et eut préféré la mort. A bout de forces, hors d'haleine, Michelle stoppa sa course folle pour reprendre sa respiration. Elle s'adossa au tronc d'un vieux chêne et se laissa choir au pied de l'arbre dans un tapis de fougères et de mousse où, le visage caché dans ses mains, elle laissa éclater ses sanglots de désespoir. De longs râles qu'elle ne cherchait pas à dissimuler s'échappaient de sa gorge. Elle se sentit sombrer au plus profond d'un abîme d'où rien ni personne ne pouvait l'arracher. Comment était-ce possible que son père et sa mère lui imposent un tel châtiment ? Elle qui justement avait averti sa mère de son refus du mariage. Pourquoi n'avait-elle pas respecté sa décision ? Ils avaient donc décidé de faire son malheur. Michelle en était là de ses interrogations quand une main caressa ses cheveux défaits qui noyaient son visage. Elle tressaillit à ce contact. Mais, reconnaissant le toucher noueux des doigts décharnés, elle redressa son beau visage ruisselant de larmes vers celui, racorni et buriné, d'une vieille femme.

— Eh bien, en voilà un chagrin, ma petite Michelle ! Dis-moi plutôt ce qui t'arrive de si grave.

La vieille Farraude ramassait des simples quand elle fut alertée par les sanglots de Michelle qu'elle avait trouvée recroquevillée au pied d'un chêne. Entre deux hoquets, Michelle réussit à lui raconter la raison de son désespoir.

— Ainsi, tes parents ont décidé de te marier et le jeune homme n'est pas à ton goût, bien entendu ?

— Il est vieux et repoussant, répondit avec dégoût la jeune fille.

— Mais il a du bien ! rétorqua avec fatalisme la vieille Farraude.

Des biens dont Michelle se moquait. Elle implorait la vieille du regard, cherchant un secours et un réconfort qu'elle seule pouvait lui apporter. Alors la vieille lui promit de faire tout ce qui était en son pouvoir pour l'aider. Un jour viendrait où elle serait libre, mais, pour l'heure, elle devait obéir à ses parents.

— Je t'aiderai à trouver la force d'obéir, mais promets-moi de ne jamais en tenir rigueur à tes parents.

— Jamais ! Plutôt mourir !

Michelle planta un regard si empreint de détresse que la Farraude dut rassembler toutes ses forces de persuasion. Elle serra les mains de Michelle dans les siennes, les éclairs de son regard transpercèrent la jeune fille qui recouvra peu à peu ses esprits et un peu d'espoir.

— Maintenant, lui dit-elle, va retrouver les tiens et fais-moi confiance.

Michelle sécha ses larmes et reprit le chemin de chez Vigné. Elle s'accrocha désespérément aux paroles de la vieille qui lui revenaient sans cesse en mémoire : « Un jour, tu seras de nouveau libre… fais-moi confiance… mais tu dois obéir à tes parents… »

Elle se cramponna si fort aux promesses de la Farraude qu'elle parvint presque à faire oublier à Marie et à Mathurin sa crise de larmes et la cruche cassée à l'annonce de son prochain mariage. D'ailleurs, à son retour, ses parents ne lui firent aucune remontrance, considérant qu'elle était revenue à la raison. Marie se félicitait même de sa sagesse. Elle en oublia jusqu'à ses drôles de discours contre le mariage tenus, quelque temps auparavant. Michelle se résignait comme beaucoup d'autres dans son cas et, avec le temps, elle accepterait sa condition. Mais, en réalité, la jeune fille agissait sous l'emprise d'une force incontrôlable, elle nageait dans une sorte d'inconscience qui l'empêchait de penser, de prendre conscience de ce qui l'attendait.

Les deux familles avaient scellé, par un contrat passé chez maître Roche, le marché conclu entre eux. Louis Mauron avait dû accepter, sans montrer sa mauvaise grâce, le délai de cinq ans demandé par Mathurin pour payer la dot de Michelle, moyennant un intérêt au denier vingt*. Le même contrat spécifiait également qu'elle irait faire sa demeure dans la maison et compagnie de Louis Mauron et de Marie Pineau, sa femme, en la paroisse de Sainte-Radegonde. Michelle devait en outre participer par son travail aux acquêts qui se feraient dans la communauté dont elle ferait désormais partie. La préparlée* avait assisté sans mot dire au contrat de mariage qui allait l'enchaîner pour toujours aux Mauron.

Chaque soir, Mathurin œuvrait à la fabrication des meubles qu'il devait livrer à sa fille le lendemain de la bénédiction nuptiale. Puis les trois bans furent publiés aux messes paroissiales. Marie offrit à sa fille une robe neuve qu'elle fit tailler dans un beau tissu de droguet bleu à fines rayures blanches. Michelle semblait accepter sans broncher ses prochaines épousailles, et c'est alors que Marie s'enhardit à lui parler de ce qu'était la vie conjugale. Elle la rassura avec des mots simples et tendres destinés à lui faire entendre ce que serait la première nuit passée aux côtés de son époux, cet homme qu'il lui faudrait recevoir et apprendre à aimer, auquel elle devrait s'offrir sans honte et sans mesure, à qui elle ne devrait rien refuser et tout donner du plus intime de son corps. Marie évoqua les enfants qui naîtraient de leur union, il en était ainsi de la vie et de son éternelle continuité.

Michelle avait écouté sa mère sans répliquer et, à la fin de ses propos, elle avait seulement répondu : « Oui, mère », d'une voix sans timbre. Car, s'il était un discours auquel Michelle voulait accorder un crédit, ce n'était pas celui de sa mère, mais bien celui de la vieille Farraude. Elle lui avait promis la liberté, un mot devenu si cher à la jeune fille qu'elle s'y accrochait de toute la force de son âme. Quant aux paroles de sa mère, elle se jurait de les oublier, même si elle feignait la soumission. Comment pourrait-elle devenir l'esclave de cet homme qu'elle abominait et qui lui inspirait la plus vive répugnance ? Elle laissait pourtant Marie jouer son rôle de mère, continuant ses recommandations à la future épouse qu'elle serait bientôt et qui cachait au plus profond d'elle-même ses angoisses et ses incertitudes.

Ses visites régulières chez la Farraude étaient les seuls instants où il lui semblait échapper à son destin. Elle repartait toujours le cœur gonflé d'espoir et avec la force suffisante pour affronter la dure réalité du quotidien. Si Marie se réjouissait chaque jour de voir sa fille enfin raisonnable, Mathurin, au contraire, avait observé avec amertume que la prunelle de ses yeux n'avait plus le même éclat et que l'écho de sa voix ne résonnait plus du même timbre juvénile et insouciant. Certaines fois, il se considérait comme un monstre qui s'était laissé suborner en donnant sa fille au premier venu. Peut-être était-ce par crainte de décevoir le père Mauron qui aurait alors pu leur refuser la main de sa fille Marie. Dans un tel cas, il eût fait le malheur de son fils, mais, en acceptant cet odieux marché, n'avait-il pas fait celui de sa fille ? Michelle, sa fille bien-aimée qui faisait sa fierté et sa félicité, comme elle devait lui en vouloir d'avoir été aussi lâche ! Mais Michelle ne s'était rangée à la volonté de ses parents que pour mieux obéir à la vieille Farraude qui le lui avait fait jurer. Elle croyait en son pouvoir de lui faire retrouver la liberté, bien que ne sachant ni quand ni comment. Mais ce changement dans le cours si tranquille de son destin, c'était à son frère Bris qu'elle le devait, c'était lui le vrai responsable de son malheur. Bris qui, au contraire, avait du mal à dissimuler son bonheur. Secrètement, c'est à lui qu'elle en voulait. Pourquoi Bris avait-il jeté son dévolu sur cette famille ? Pourquoi Marie Mauron avait-elle un frère si détestable ? Et pourquoi était-elle si hostile au mariage ?

La veille de la date prévue pour les doubles épousailles, le 9 février de l'année 1681, Michelle se rendit à l'église où messire Arnault l'attendait en confession. Le brave curé avait beaucoup d'affection pour sa jeune paroissienne qu'il avait baptisée, vue grandir, et en laquelle il reconnaissait la foi d'une bonne chrétienne. Le prêtre l'accueillit avec sa bonhomie habituelle, mais Michelle crut percevoir dans sa voix un accent de mélancolie.

— Je suis fort triste, ma petite Michelle, de savoir que tu nous quittes pour la paroisse de Sainte-Radegonde, lui dit-il tandis qu'il l'introduisait dans l'église et qu'ils se dirigeaient vers le confessionnal.

C'est alors que Michelle, qui avait elle aussi beaucoup d'amitié pour le curé, ne put retenir ses larmes et éclata en sanglots. Louis Arnault pensa que ces pleurs étaient dus à l'émotion et rassura Michelle. Mais il se rendit vite à l'évidence qu'il s'était mépris lorsque la jeune fille lui livra le fond de son cœur en lui révélant qu'elle épousait François Mauron contre son gré. Il était le seul, avec la vieille Farraude, à connaître son secret. Le prêtre eut quelques difficultés à trouver les arguments pour convaincre Michelle d'accomplir son devoir, d'obéir à ses parents et d'aimer son prochain puisque les Mauron allaient devenir sa nouvelle famille. Mais, plutôt que de la rasséréner, les paroles du curé contribuèrent à accentuer les sanglots de Michelle. Le prêtre, qui avait le matin même entendu ce François Mauron en confession, avait ressenti à son contact une désagréable impression qu'il ne pouvait d'ailleurs s'expliquer.

L'homme lui déplaisait sans qu'il pût en définir la raison véritable. Il avait, comme il se devait, pris auprès de son vieil ami, le curé de Sainte-Radegonde, des renseignements sur cette famille qui allait s'allier avec les Garnier. Il souhaitait s'assurer que ces Mauron étaient de bons catholiques et d'honnêtes gens, ce que lui avait certifié messire de Gallut, ainsi qu'il l'avait notifié dans son registre des âmes. Pourtant, messire Arnault n'était pas rassuré et compatissait malgré lui à la mauvaise fortune de Michelle. Le mariage devait être célébré le lendemain, il était trop tard pour tenter d'intervenir auprès de Mathurin. Que pouvait-il faire pour sauver Michelle d'un destin contraire à sa volonté ? Il lui parla alors d'une de ses nièces qui se préparait prochainement à prononcer ses vœux à l'abbaye aux Dames de Saintes. Michelle était plus qu'une bonne chrétienne, pieuse et charitable, et peut-être avait-elle quelque vocation pour entrer en religion, auquel cas le couvent pouvait la sauver du mariage. Mais elle lui assura qu'elle n'avait pas plus de vocation pour le couvent que pour épouser François Mauron. Son seul désir était de continuer à vivre libre. Le brave curé éprouva quelques difficultés à comprendre quel était ce curieux sentiment de liberté qui animait tant le cœur de Michelle. Il ne savait plus comment apaiser son désespoir, alors il lui parla de sainte Quitterie.

— Sais-tu qui était sainte Quitterie, mon enfant ?

— La patronne de notre église.

— En effet, mais connais-tu le destin qui fut le sien ?

Michelle secoua la tête. Il entreprit alors de lui conter l'histoire de cette vierge martyre qui préféra se laisser couper la tête plutôt que d'obéir à son père en épousant l'homme qu'il lui destinait. Michelle fut fortement impressionnée et elle lui confessa, en plus de sa haine pour François Mauron qu'elle ne pourrait jamais aimer, sa rancœur envers son frère, qui lui, au contraire, ne manifestait que trop sa joie, et le mensonge qu'elle entretenait au sein de sa famille à qui elle dissimulait la vérité. Messire Arnault était de plus en plus désarçonné par les propos de Michelle. Il ne put que lui donner l'absolution et la réprimander pour ses mauvaises pensées. Il l'engagea à prier la Vierge et sainte Quitterie pour l'aider à accepter son destin. Elle prit congé du prêtre, les yeux encore rougis et gonflés de larmes, en lui promettant de consacrer un long temps à ses prières. Il la regarda s'éloigner, vaincu par les tourments, et se plongea aussitôt dans la prière, demandant au Tout-Puissant un secours pour sa brebis égarée.

Le mariage qu'il devait célébrer le lendemain ne le réjouissait pas ; pourtant, il en avait béni bien d'autres où les préparlés ne s'étaient pas mutuellement choisis. Le mariage n'était-il pas avant tout une association d'argent et de terres, et n'avait-il pas pour but d'assurer la descendance ? Il ne fallait y voir rien d'autre, les deux êtres que l'on unissait par ce sacrement s'accommodaient tant bien que mal l'un de l'autre et accomplissaient leur devoir de procréation. L'union charnelle n'était autorisée par l'Eglise que pour engendrer et non pour y trouver quelque plaisir condamnable. Messire Arnault tenta de se convaincre de cette doctrine pour apaiser ses doutes et ses appréhensions.

Cette nuit-là, Michelle ne put trouver le repos, et lorsqu'elle s'assoupit enfin, vaincue par l'épuisement, son sommeil fut peuplé des plus horribles cauchemars. Elle était la victime offerte en sacrifice pour le mariage de son frère. Elle courait pour échapper à son bourreau, prêt à abattre une hache sur sa nuque, comme sainte Quitterie. Elle s'éveilla en sursaut, le visage en sueur, le cœur palpitant, pour se rendre compte que son cauchemar n'était pas pire que la réalité de son destin.

En ce mardi 10 février 1681, Michelle, au bras de son frère, et Marie Mauron, au bras du sien, pénétrèrent ensemble dans l'église par la grande porte et se laissèrent conduire jusqu'au banc qui leur était réservé. Une foule de fidèles avait envahi l'édifice, parmi lesquels famille et amis des futurs mariés, mais aussi de nombreux paroissiens de Vanzac venus en curieux. Messire Arnault, l'air sombre et las, évita le regard de Michelle et, les bras levés vers le ciel, accueillit les fidèles. Michelle avait pris place près de celui qui allait devenir dans quelques instants son époux devant Dieu. Elle avait les yeux baissés et évitait tout contact avec lui. Alors que l'heure des consentements se préparait, quatre jeunes gens s'approchèrent des deux couples en tenant un drap, soutenu à ses extrémités par une tige de bois, qu'ils placèrent au-dessus de leurs têtes. Deux jeunes filles s'avancèrent en tenant un cierge allumé. Dans un petit plateau d'argent ouvragé reposaient les deux anneaux destinés à Marie et à Michelle, ainsi que deux treizains constitués de treize deniers que le prêtre devait bénir et dont il conserverait le treizième comme le voulait la tradition. Après le Pater, messire Arnault recueillit le consentement de Bris, puis de Marie, qui échangèrent un oui timide et ému. Puis, en inspirant profondément, il se retourna vers Michelle pour recevoir le sien, mais elle était si consternée qu'aucun son ne pouvait s'échapper de sa gorge. Ses lèvres tremblaient, son regard chercha en vain dans celui du prêtre un réconfort. Messire Arnault ne put que réitérer sa question pour soutirer à la jeune fille le précieux oui. Dans l'assistance, qui attendait avec fébrilité la bénédiction, les commères commencèrent à chuchoter ; des regards curieux ou inquiets convergeaient vers l'autel, s'interrogeant sur ce silence prolongé et inhabituel. Au fond de l'église, un peu à l'écart des autres fidèles, une vieille femme, le dos voûté par le poids des ans, le visage à moitié dissimulé sous un fichu de bure noire, tira d'une poche de son jupon un petit morceau de ficelle de chanvre et entreprit d'y faire trois nœuds. Tous les regards étaient rivés sur messire Arnault qui attendait le consentement de Michelle, si bien que personne ne prit garde à son curieux manège. Un remous monta le long des anciens piliers qui soutenaient jadis une voûte et s'amplifia en une véritable clameur que le curé dut faire cesser.

— Allons, mes frères, un peu de silence, s'il vous plaît !

Marie lança à Mathurin un regard tourmenté, dans celui de son mari se lisaient l'affliction et la détresse. Quant aux Mauron, ils ne les épargnèrent pas de leurs regards foudroyants de haine. Les quatre jeunes garçons qui soutenaient toujours le dais et les demoiselles d'honneur retenaient leur souffle. Malgré le froid et l'humidité qui régnaient dans l'église, le curé sentit de grosses gouttes de sueur ruisseler le long de ses tempes. Michelle avait le visage blême et livide, elle se sentit soudain vaciller. Messire Arnault n'eut que le temps de la soutenir par un mouvement ferme sur son poignet pour la faire revenir à elle. François Mauron lui jeta un œil trahissant son impatience et son agacement. Pour la troisième fois, le curé posa à Michelle son ultime demande :

— Michelle Garnier, acceptes-tu de prendre pour époux François Mauron ?

La voix du prêtre était sûre et empreinte d'une paternelle autorité. Il vit les larmes perler au coin de ses yeux dont les cernes bleutés trahissaient la fatigue. Michelle entendit alors résonner à ses tympans la voix de la vieille Farraude qui lui enjoignait d'obéir afin d'être un jour de nouveau libre. Il lui fallait donc en passer par là pour espérer voir la prédiction de la vieille se réaliser. Elle murmura alors un oui d'une voix à peine audible que seul messire Arnault put percevoir. Puis il se retourna vers François Mauron qui fut à son tour invité à prononcer son consentement. Irrité par le silence prolongé de Michelle qui n'en était pas moins évocateur, il proféra un « ouais » d'un ton rogue traduisant son impatience. Le prêtre pouvait donc procéder à la bénédiction de cette union qu'il savait vouée à l'échec. Il ne put s'empêcher d'en concevoir un sentiment de culpabilité. Si seulement Michelle s'était confessée à lui plus tôt, il aurait su éviter ce mariage. Maintenant, il était trop tard, elle était enchaînée à François Mauron pour toujours, et seule la mort pouvait désormais les séparer. Louis Arnault était mal à l'aise et acheva la cérémonie avec une certaine hâte. Pourquoi Dieu avait-il permis une union aussi mal assortie et de plus réprouvée par la préparlée ? S'agissait-il d'une épreuve, d'un châtiment ? Michelle avait-elle péché au point d'être si injustement punie ? Messire Arnault ne savait plus que croire ni que penser.

Les commères n'attendirent pas la sortie pour jaser.

— On a croisé une charrette en se rendant à l'église, lança l'une d'elle.

Chacun savait qu'il fallait y voir un signe de malheur.

— Et cette pluie qui n'a pas cessé depuis ce matin, c'est un mauvais présage pour les mariées ! répondit une autre.

— Mais, si la pluie dure pendant le repas de noce, la mariée sera riche !

C'était la vieille Farraude qui venait d'émettre cet autre dicton saintongeais. Et celui-là, elle y croyait assez. Elle s'empressa, avant qu'on lui réponde, de reprendre le chemin de sa tanière, non sans avoir une dernière fois planté son regard dans celui de Michelle qui y puisa la force d'accomplir son destin. La Farraude, en regardant s'éloigner ce couple mal assorti que formaient Michelle et François, serra entre ses doigts les trois nœuds de son petit morceau de ficelle et son visage s'éclaira d'un curieux rictus.

Marie Mauron arborait un radieux sourire au bras de Bris, tandis que Michelle se tenait à l'écart de François Mauron. Marie et Mathurin étaient consternés et ne savaient plus s'ils devaient être soulagés ou inquiets. Le père Mauron envoya une bourrade à Mathurin comme pour lui signifier que leur marché était scellé. Maintenant, il fallait songer à faire ripaille.

Les trois jours suivants y furent consacrés. Les nombreux invités durent consommer les victuailles jusqu'à la dernière miette et boire jusqu'à la dernière goutte les tonneaux de clairet. Les nouveaux époux devaient attendre la fin de ces réjouissances pour commencer leur vie conjugale et consommer à leur tour leur union. Bris et Marie n'en pouvaient plus d'attendre et ils s'échappèrent à plusieurs reprises pour échanger quelques baisers volés dans la grange à bœufs. Mais leurs ébats n'étaient que de courte durée ; dès qu'ils se croyaient enfin seuls et que la violence de leur désir les avait enlacés, quelques échos de voix les surprenaient pour les enjoindre à ripailler avec les invités. Quant à Michelle, elle tuait son ennui en aidant à la cuisine, ce qui ne se faisait généralement pas quand on était la mariée. Si François Mauron lorgnait de temps à autre sa femme en esquissant un rictus plein de concupiscence, il ne détachait désormais plus son regard de son verre et de son assiette.

Le troisième jour suivant la cérémonie, Louis Mauron s'en vint chez Mathurin prendre possession de la dot qu'il s'était engagé à lui payer en quatre termes de deux cents livres par an. Il lui donna quittance du premier terme, non sans avoir pris la précaution de recompter les trente-trois écus d'or de six livres avant de les embourser d'un air satisfait.

— François et un de ses frères viendront tantôt chercher le reste.

Sur ces mots, le père Mauron prit congé de Mathurin. Quant au reste dont il parlait, il s'agissait de Michelle et de ses meubles. Fabriqués par son père le soir à la veillée, ils consistaient en un lit complet garni de ses rideaux de cadis verts, un coffre de noyer dans lequel elle avait rangé ses hardes, nappes, serviettes et linceuls de chanvre filés par sa mère, sa quenouille, un cerceau*, un bigot* et une faucille, un plat et une assiette d'étain.

Il avait un peu cessé de pleuvoir lorsque la charrette des Mauron, attelée au percheron, vint prendre possession dudit reste. Le ciel n'avait eu de cesse de déverser des trombes d'eau depuis ce jour où messire Arnault avait béni les épousailles des Garnier avec les Mauron. Nuit et jour, l'eau s'infiltrait inexorablement partout, rendant beaucoup de chemins impraticables, et ceux qui l'étaient encore devenaient si boueux qu'on s'y encassait*. Le Lariat, et le Pharaon avaient quitté leur lit. Profitant de l'accalmie que leur offrait le ciel, Mathurin et les deux frères Mauron chargèrent la charrette qu'ils bâchèrent au moyen de vieux linceuls usés pour protéger les meubles. Michelle allait quitter la maison paternelle où elle avait vécu quinze années de bonheur et d'insouciance. Elle mit sur ses épaules sa longue cape de molleton, car l'heure du départ avait sonné et son mari commençait à manifester son impatience, à en juger par son œil agacé lorsqu'elle embrassa son père et sa mère. Elle fit un effort draconien pour retenir ses larmes et montrer son abnégation. Pourtant, Marie Souef gardait confiance et voulait toujours voir en sa fille une femme et une épouse accomplies. Mathurin voulut taire à Marie son chagrin et sa détresse, mais il savait que désormais sa fille ne lui appartenait plus ; elle était devenue la propriété de ces Mauron, de ce François Mauron qui n'était pas digne d'elle. Il avait perdu sa fille en un instant de cupidité qu'il était trop tard pour regretter.

Michelle suivait à pied le convoi qui s'acheminait vers sa nouvelle demeure au rythme lent et saccadé du percheron. François Mauron, encore grisé des trois jours de ripailles, s'était installé sur la carriole, évitant ainsi les ornières remplies de boue et la fatigue de la marche. La pluie se remit à tomber, drue et glacée. Il souleva le couvercle du coffre auquel il était adossé et en retira un morceau de linge dont il se couvrit la tête et les épaules. Son jeune frère guidait le cheval à travers les chemins ravinés par la pluie diluvienne. On dut faire un long détour pour éviter le gué du Lariat. Michelle sentait l'humidité qui avait traversé ses vêtements transir chacun de ses membres. Les efforts fournis pour marcher ne parvenaient pas à la réchauffer. Le bas de sa lourde jupe de droguet était maculé de fange, mais, accablée par le fatalisme de son sort, elle avançait péniblement et silencieusement. Elle n'avait plus même la force de penser ni de se rendre compte qu'elle était en route vers une nouvelle vie. Elle se laissait bercer par le grincement monotone des essieux et le crépitement incessant de la pluie. Soudain, un craquement, aussitôt suivi d'une avalanche de jurons proférés par François Mauron, la tira de l'état de torpeur où elle avait sombré. Le convoi s'était immobilisé, une des roues étant prisonnière d'une fondrière. Le chargement penchait dangereusement, obligeant François Mauron, qui continuait à profaner le saint nom de Dieu, à mettre pied à terre. Son frère entreprit de dégager la roue, mais en vain, tandis que Michelle se signait pour conjurer la colère du Tout-Puissant en entendant les blasphèmes de son mari.

— Pousse, mais pousse donc ! lança-t-il à l'intention de Michelle. Tu vois bien que c'est à cause de tes affaires qui sont trop lourdes, on n'a pas idée d'emmener autant d'acreries* !

Michelle fut tout d'abord stupéfaite de s'entendre ainsi reprocher d'être la cause de l'incident. Elle entreprit alors de pousser, aidée en cela par son jeune beau-frère. Mais, au lieu de dégager la roue profondément embourbée, elle glissa dans la boue et s'étala sur le chemin, toujours sous les insultes et les exécrations de plus en plus tempétueuses de son mari. Son beau-frère l'aida à se remettre debout et lui tendit son mouchoir de tête pour qu'elle s'essuie le visage et les mains maculés de la terre grasse et collante des chemins. Il suggéra à son aîné que le seul moyen de débloquer la roue était de décharger les meubles de la charrette, et, sans attendre la réponse, il joignit le geste à la parole. De mauvaise grâce, François s'exécuta en continuant de lancer toutes sortes de malignités. Le jeune homme s'arc-bouta sous la carriole et, d'un coup de rein, leva la roue prisonnière de l'ornière tandis que Michelle poussait pour dégager l'attelage. Il fallut ensuite recharger, et le convoi s'ébranla à nouveau, toujours au rythme des cahots qui jalonnaient le parcours. Cette fois, ce fut sans encombre qu'ils parvinrent jusqu'à la ferme des Mauron alors que la pénombre annonçait la fin de la journée. L'accueil qu'on réserva à Michelle fut plutôt froid en raison du retard et de son état fagneux* que la mère Mauron considéra d'un regard lourd de reproche. Elle invita Michelle à se changer sans tarder, car on avait besoin d'elle à l'écurie. Les hommes déchargèrent ses meubles et ses effets qu'ils montèrent au grenier, dans un recoin duquel on avait aménagé une chambre aux nouveaux époux. Délimité par une cloison de planches, le réduit était fermé par une porte de bois munie d'un gros verrou. A l'intérieur, ils déposèrent le coffre de Michelle, mais il n'y avait pas de place pour le lit à quenouilles que Mathurin avait fabriqué à sa fille avec tant d'ardeur. On avait installé une simple couchette composée d'une paillasse remplie de panouilles* et recouverte d'un matelas de plumes d'oies. La mère Mauron décida de déposer le lit de Michelle avec ses garnitures de cadis vertes dans une antichambre située près de la salle commune. Il servirait toujours à l'un des fils, à la servante ou à un quelconque hôte de passage.

Michelle n'eut pas le loisir de se reposer de sa longue et pénible marche, ni de se réchauffer, pas plus que de se familiariser avec la maison ; elle aurait tout le temps par la suite. Dès qu'elle se présenta vêtue de propre et de sec, sa belle-mère l'accompagna dans l'écurie où une servante qu'on lui présenta sous le nom de la Jeanneton avait déjà commencé la traite des vaches. Michelle fut donc invitée à se mettre au travail sans plus traîner, on n'avait que trop tardé et il n'y avait pas un instant à perdre. Michelle obtempéra aux ordres de sa belle-mère sans rechigner. La chaleur dégagée par les huit vaches lui procura une sensation de réconfort plus douce que le feu de la cheminée. Assise sur un sellot*, elle s'appliqua à empoigner de chaque main le remeuil* de la Noiraude et, d'un mouvement régulier, elle recueillit dans le seau de bois le précieux lait dont on tirerait ensuite beurre et fromage. La mère Mauron l'observait, prête à intervenir en cas de maladresse, mais Michelle prouva par ses gestes sûrs et précis qu'elle savait s'y prendre pour ce genre d'ouvrage. Elle entraîna sa servante et laissa Michelle seule dans l'étable avec pour mission de traire les vaches. La présence familière des bêtes la rassura, la douceur veloutée de leurs mamelles et leurs tendres regards la rassérénèrent.

Les repas étaient pris dans la salle principale où trônait une monumentale cheminée. Mais, chez les Mauron, seuls les hommes, à savoir le père, ses quatre fils et leurs deux valets, étaient invités à prendre place autour de la table où deux bancs leur étaient destinés. Les femmes n'y étaient pas admises, leur mission étant de servir les hommes, de veiller à ce que rien ne leur manquât. Elles mangeaient debout ou assises sur un tabouret autour de la cheminée. En avalant sa soupe de fèves agrémentée d'un morceau de lard, Michelle, qui était assise sur le tabouret à sel, observait cette grande salle meublée d'un cabinet à quatre portes et deux tiroirs dans lequel on rangeait nappes et serviettes de reparonne* ou d'étoupe. On serrait les livres de comptes, les papiers et les mémoires dans un coffre de noyer et les hardes et autres linceuls dans un second, plus grand, fait à l'antique dans un bois de chêne. Deux châlits aux courtines de cadis rouges se faisaient face à chaque angle avec leur coffre en marchepied permettant d'accéder au lit. C'était là que dormaient les maîtres et leurs deux fils cadets. Une petite porte de chêne donnait dans une antichambre où on avait déposé le lit apporté par Michelle ; on y entreposait divers outils, un vieux coffre cossonné* contenant quelques boisseaux de froment, un chevalet et un peigne à chanvre, plus quelques écheveaux de fil d'étoupe prêts à blanchir. On accédait à la maison par un couroir* dans lequel logeait la servante sur un petit bois de couchette dépourvu de rideaux. L'évier taillé dans la pierre et surmonté d'une petite ouverture en losange jouxtait un puits intérieur qui ravitaillait la maison en eau. Quelques étagères d'ormeau offraient une place aux plats, assiettes, écuelles à oreilles, pintes et chopines d'étain. Les poêlons, chaudrons d'airain, marmites et autres ustensiles avaient aussi leur place dans cette entrée où on engrangeait également les outils nécessaires aux tâches quotidiennes, tels que bigots, serpes, dails*, fourches et râteaux. Dans un petit réduit aménagé sous les degrés, étaient conservées les cruches d'huile de noix. Du couroir s'ouvrait une autre chambre également meublée d'un lit à quenouilles destiné à l'autre fils, de coffres, d'une table, de quelques chaises de jonc et d'un petit cabinet. Le reste des bâtiments était occupé par le chai, où s'alignaient de nombreuses barriques de vin clairet, cuves et basses à vendange, et des saloirs à viande en terre, par l'écurie aux vaches et la grange aux bœufs, au-dessus desquelles était le grenier à foin. Il y avait encore la buanderie où on faisait la bugée* dans les deux ponnes* en terre, le four avec la maie où on cuisait le pain. Mais aussi les toits à cochons, à brebis, à chèvres, le poulailler, les ballets, adossés aux murs et soutenus par des piliers de bois, où on mettait à l'abri les bûches et les fagots, les charrettes et les ustensiles aratoires, et où on battait le grain. Au-dessus des chambres, les greniers à grain conservaient en outre toutes les provisions, telles que fruits secs, noix, mongettes*, pois, fèves, châtaignes, à l'abri dans des minelles tressées en paille et en écorces de ronce, les graines et semences, l'ail et les oignons suspendus aux bois de charpente, mais aussi les réserves de chanvre, d'étoupe et de laine dans de vieux coffres usés. Au beau milieu de la cour, un autre puits, dont la margelle était taillée dans un énorme bloc de pierre surmonté d'un bonhomme où on accrochait la corde à la poulie, permettait d'alimenter en eau les animaux qui s'abreuvaient dans deux immenses timbres*. Un peu plus loin, une mare permettait aux canards de s'ébrouer tout leur soûl et aux bœufs s'en revenant des champs de se désaltérer. Le potager entouré d'un petit muret de pierres sèches abritait au fil des saisons toutes sortes de légumes et de plantes. Autour, le verger voyait chaque année mûrir prunes, poires, pommes, percés, cerises et coings. L'indispensable chènevière avait également sa place près des bâtiments, c'est là qu'on cultivait le chanvre qu'on faisait ensuite rouir dans la mare. Enfin, à quelques encablures de là, en descendant vers le pré des ouches, les Mauron possédaient leur lavoir personnel alimenté par les eaux d'une fontaine qui n'avait, dit-on, encore jamais tari. Voilà en quoi consistait le vaste domaine que Michelle allait découvrir au fil des jours et où elle allait devoir apprendre à vivre.

Michelle appréhendait le moment où elle se retrouverait seule avec celui qui était désormais son mari devant Dieu, mais qui représentait pour elle le personnage le plus détestable qu'elle eût jamais rencontré. Malgré elle, les paroles de sa mère lui revinrent en mémoire. Que devrait-elle faire pour éviter ce contact charnel, ce corps à corps dont lui avait parlé Marie Souef et qu'elle n'avait pas très bien compris, mais qui la dégoûtait plus que tout ? Comment pourrait-elle y échapper ? A la fin du repas, tandis que Michelle, aidée de la servante, lavait la vaisselle dans la jède, la mère Mauron se saisit de son rouet et se mit à filer à la lueur de son chareuil*. Le père Mauron distribua le travail du lendemain.

— Demain, dit-il en s'adressant aux valets, vous finirez de labourer la pièce du fief des Hillairet, il faut pouvoir l'ensemencer en avoine d'ici la prochaine lune. Vous prendrez deux paires de bœufs ! Toi, François, tu iras finir de tailler la vigne du Plantis. Le temps se remet au froid et demain il ne pleuvra pas.

S'étant vu attribuer leurs tâches, les valets se retirèrent dans un coin de la grange où chacun d'eux possédait une couchette rudimentaire. Puis, en s'adressant à Michelle, d'une voix rude et qui n'aurait supporté aucune réplique :

— Et toi, tu nous aideras à formoger* le fumier. Y en aura quelques brouettées à charroyer. Avec vos noces, on a pris du retard et on sera pas de trop !

Michelle comprit qu'on ne l'épargnerait pas et que le rude labeur qu'on commençait à lui imposer alors qu'elle était à peine arrivée ferait partie de son quotidien. Elle se tut et baissa la tête en serrant les dents en signe de soumission à son beau-père. Alors que son mari se levait de table et qu'elle achevait de ranger la dernière écuelle sur l'étagère, il lui fit signe de le suivre. Elle monta derrière lui les degrés au bout du couroir pour rejoindre le galetas qui leur tiendrait désormais lieu de chambre. La crainte et l'angoisse étreignaient son cœur qui cognait dans sa poitrine, quand soudain le visage tanné de la vieille Farraude s'imposa à son esprit avec une force saisissante. La vieille, par la seule puissance de sa pensée, lui intimait la force de résister, de vaincre ses peurs et de croire en un avenir meilleur. La dernière marche de l'escalier craqua sous ses pas et, la mort dans l'âme, même si elle se trouvait rassérénée par la vision de la vieille Farraude, elle suivit François Mauron. Qu'allait-il se passer ? Elle n'avait jamais voulu auparavant imaginer ce que serait cet instant, le premier en tête à tête avec cet homme. Ce qui était sûr, c'est qu'elle n'accepterait jamais qu'il la touche ; cette seule pensée lui était insupportable. Pourtant, elle était maintenant seule avec lui, à sa merci.

Il referma avec brusquerie la porte derrière elle, ébranlant la grossière construction de planches disjointes.

Michelle détourna son visage et tenta de faire abstraction de sa présence. Comme chaque soir, lorsqu'elle s'apprêtait à se coucher dans sa petite chambre, elle commença à se dévêtir, elle ôta sa jupe et son cotillon, son caraco et sa brassière de serge et ne conserva, comme à son ordinaire, que sa grosse chemise de chanvre. Elle retira sa coiffe qui libéra ses longs cheveux en une cascade de mèches rebelles. De son côté, François Mauron se dévêtait aussi, mais elle s'efforça de l'ignorer. Elle se coucha sur la ballasse* et les feuilles de maïs dont elle était remplie se mirent à craquer dans le silence de la nuit. Puis François Mauron souffla la flamme de la bougie posée sur le coffre et s'étendit près d'elle en poussant des soupirs d'aise. Seule la clarté de la lune pénétrait par l'œil-de-bœuf qui éclairait la soupente.

Michelle, dont les yeux s'habituaient à la pénombre, perçut des ombres sur le mur de façade blanchi à la chaux. Recroquevillée le plus près de la bordure pour ne pas sentir la présence de François Mauron auquel elle tournait le dos, elle ramena la courtepointe sous son menton et ferma les yeux en priant Dieu qu'il lui accordât le sommeil. Car trouver le sommeil en de telles circonstances lui paraissait bien difficile. Aucun d'eux n'avait prononcé le moindre mot. Michelle osait à peine respirer, elle tentait ainsi de faire oublier sa présence à François Mauron qui, au contraire, remuait en faisant bruire la paillasse. Il bougeait sans cesse et se retournait comme pour trouver une meilleure position, respirait de plus en plus fort, comme s'il se livrait à un rude effort. Michelle patienta, pensant qu'il serait bientôt vaincu par le sommeil. Puis elle le sentit s'agiter bizarrement en poussant de petits gémissements. Soudain, il releva d'un geste vif la courtepointe et, sans qu'elle ait le temps de comprendre, elle sentit sous sa chemise les grosses mains calleuses de François Mauron lui râpant la peau des cuisses, cherchant à les lui écarter avec toute la rudesse qui le caractérisait. Elle cessa de respirer et se contracta. Mais la force de son mari eut bientôt raison d'elle et, d'un geste brusque, il l'obligea à se retourner. Elle se retrouva prisonnière du corps de ce monstre qui recouvrait maintenant le sien, l'empêchant de respirer. Elle était la proie de cette bête immonde qui s'agitait toujours autant. Elle ne pouvait pas crier ni se dégager, seulement détourner son visage pour ne pas subir l'haleine fétide de son agresseur. Elle se crispait plus qu'elle ne se débattait, cherchant à prouver sa résistance. Il la maintenait d'une main ferme tandis que de l'autre il relevait sa chemise et fouillait entre ses cuisses qui se refusaient obstinément. Il grognait, râlait, tel un animal en rut.

C'était donc cela qu'avait voulu lui expliquer sa mère. Michelle était au summum de l'écœurement, mais elle réussit à vaincre son dégoût en sentant sur son ventre un morceau de chair flasque qui cherchait à s'introduire en vain dans son intimité. François haletait comme un forcené. Il peinait tellement que son visage ruisselait de sueur. Elle sentait son souffle court sur sa nuque, mais son corps, qui lui écrasait la poitrine, s'épuisa peu à peu, et il la libéra enfin de sa pression. Il roula près d'elle, pantelant et suffocant, de telle sorte qu'elle le crut près d'étouffer. Une fois libérée, elle s'empressa de ramener sa chemise qui lui découvrait une partie du corps, reprit sa position initiale, recroquevillée, les genoux sur le ventre, et ne bougea plus.

Entre deux hoquets, Michelle crut entendre François Mauron marmonner des jurons incompréhensibles, puis, au bout d'un long moment, sa respiration reprit son rythme régulier et les grognements firent place à des ronflements. Bien que vaincue par l'épuisement et l'humiliation, Michelle ne put trouver aucun repos dans le sommeil cette nuit-là. Bien sûr, en subissant ses assauts, elle s'était sentie souillée, meurtrie, par le seul contact de ses mains sur son corps. Mais rien ne s'était produit, elle était toujours pucelle, il n'avait pas atteint son objectif, elle n'avait rien ressenti de cette douleur dont lui avait parlé sa mère. Son honneur était donc sauf puisqu'elle en conclut que son mariage n'avait pas été consommé. Mais allait-il continuer ainsi ses attouchements déshonnêtes qui lui coûtaient tant d'efforts et qui faisaient naître en elle tant de dégoût et de honte ? Elle n'éprouvait que de l'écœurement et de la répugnance envers cet être qui se prenait pour son mari, mais qui ne l'était pas. Comment pouvait-elle savoir ce qui adviendrait à l'avenir ? Elle n'oserait certes faire à quiconque le récit des faits de cette nuit-là. Cette première nuit qu'on a coutume d'appeler la nuit de noces ! Elle avait beau passer et repasser dans sa mémoire les paroles de sa mère écoutées d'une oreille distraite, elle ne parvenait pas à comprendre l'étrange comportement de François Mauron. Devait-elle en conclure qu'il n'était pas un homme comme les autres ? Cette éventualité était plutôt pour la séduire, mais il était peut-être encore trop tôt pour le dire.

Quant à François Mauron, il dormait maintenant du sommeil du juste, les excès de ces trois jours de ripailles, auxquels s'ajoutait son insuccès à remplir ses devoirs conjugaux, eurent bientôt raison de lui. Il n'en était pourtant pas à sa première tentative. Il n'avait pas attendu sa nuit de noces pour s'adonner à ce genre de « devoir ». A chaque fois, c'était le même échec, la même humiliation, la même honte. Jamais il n'avait pu honorer une femme, même plaisante, qu'elle fût consentante ou non. Il avait beau se concentrer, vouloir de toute la force de ses muscles, un seul refusait toujours de lui obéir, et tous ses efforts demeuraient inefficaces. Au grand désespoir de la Jeanneton qui s'était retournée vers ses cadets plus performants. Mais François Mauron pensait que, quand il s'agirait de sa femme légitime, Dieu s'emploierait à lui donner ses pouvoirs virils. Il ne pouvait en être autrement puisque le but suprême du mariage était d'assurer la descendance. Son problème ne pouvait être qu'une punition du Dieu tout-puissant lorsqu'on s'adonnait à la « copulation charnelle » hors des liens sacrés du mariage.

Elles étaient nombreuses, les servantes employées pour les métives ou les fenaisons qu'il avait renversées au détour d'une palisse ou dans la paille d'une grange. Au grand soulagement des unes ou au grand désarroi des autres, il n'était jamais parvenu à dresser son membre viril et à besogner à sa guise ses proies. Elles ne s'étaient jamais vantées de leurs mésaventures. Et puis il y avait eu cette petite Michelle que ses parents lui avaient choisi, qui était loin de lui déplaire, si ce n'était son jeune âge qui lui donnait un air un peu trop farouche.

François Mauron s'était imaginé en la voyant pour la première fois en faire une femme toujours prête à satisfaire ses moindres désirs. Mais Dieu en avait décidé autrement, et, pas plus cette nuit-là que les suivantes, il ne fut en mesure de consommer son mariage. Il comprit que jamais il ne pourrait assurer la lignée et perpétuer son nom. Malgré quelques pénibles corps à corps que Michelle dut subir et supporter quelques nuits encore, il cessa définitivement ses tentatives infructueuses et la laissa en paix. Pour oublier ses déboires conjugaux, il prit l'habitude de passer ses soirées à la taverne. Il se livrait à des jeux de cartes ou de dés, tels que le piquet ou le lansquenet, abondamment arrosés de clairet.

Au lendemain de sa nuit de noces, le samedi, Michelle avait été requise pour aider à formoger* l'écurie, un travail rude qui incombait généralement aux hommes. Il consistait à nettoyer l'écurie des déjections des animaux qu'il fallait enlever à l'aide de fourches, disposer dans des brouettes et ensuite mettre en tas. Le fumier servirait à fertiliser les champs. Michelle peinait à cet ouvrage éreintant et répugnant que son père n'aurait jamais imaginé lui imposer. Malgré le froid de février, elle essuyait régulièrement d'un revers de manche son front ruisselant de transpiration.

Pendant ce temps, la mère Mauron et sa servante grimpaient prestement l'escalier menant au grenier et s'introduisaient dans la chambre des nouveaux époux. La mère Mauron se précipita vers la paillasse et, avec un empressement qui surprit la Jeanneton, arracha la courtepointe et les linceuls. La servante se hasarda à lui faire savoir le fond de sa pensée :

— Vos pratiques sont d'un autre temps !

Mais la belle-mère de Michelle l'ignora et continua son inspection des balins*. Elle cherchait l'indice prouvant qu'il y avait eu consommation du mariage. Ne trouvant rien pour le lui confirmer, elle se campa sur ses deux jambes et, les mains sur les hanches, oubliant la présence de la Jeanneton à ses côtés, elle pensa tout haut sans terminer sa phrase :

— Se pourrait-il que cette gueuse ne soit pas…

Mais la servante s'empressa de la ramener à d'autres pensées, ayant de bonnes raisons de croire que Michelle n'était en rien la coupable. Elle entreprit, avant d'y être invitée, de remettre en ordre toutes les couvertures que, dans sa colère, la mère Mauron avait éparpillées aux quatre coins de la chambre.

La Jeanneton était entrée au service des Mauron à l'âge de douze ans, d'abord pour garder les oies, puis les vaches, et enfin pour seconder la maîtresse de maison dans ses travaux domestiques, que ce fût au jardin, à la cuisine, au potager ou au pansage des animaux. Elle avait maintenant atteint l'âge de trente-cinq ans et était dotée d'une solide constitution. Grande et forte, elle avait un visage sans beauté, mais possédait néanmoins d'autres charmes. A la belle saison, elle savait relever ses jupes et dévoiler des mollets dont le galbe laissait deviner des cuisses aux formes non moins généreuses. Sa chemise de batiste largement décolletée offrait des tétons rebondis et lourds qui se balançaient au rythme de ses pas. Aucun des Mauron, père et fils, ne put rester insensible à autant d'attraits féminins si audacieusement et généreusement offerts. Louis Mauron fut le premier à avoir joui de ses charmes, pour laisser ensuite la place à ses fils qu'elle déniaisa à tour de rôle, à l'exception de l'aîné. Mais, si le père avait vu ses appétits calmés par l'âge, il ne se délectait pas moins de la vue de ses formes alléchantes qu'il ne se défendait pas de palper.

La Jeanneton avait une bonne place qu'elle tenait à conserver, aussi vit-elle d'un mauvais œil l'arrivée de Michelle dans la famille. Elle craignait d'être supplantée et remerciée. La jeunesse de Michelle, ses attraits physiques, son statut de seconde maîtresse de maison étaient autant d'atouts qui en faisaient sa rivale. Elle menaçait sa place, d'autant qu'elle pouvait tôt ou tard découvrir ses relations secrètes et coupables avec les fils Mauron ; auquel cas, elle serait immanquablement chassée de la maison. Pourtant, la Jeanneton n'avait rien à craindre de Michelle, qui remplaça Marie, mariée à Bris, pas plus que de la journalière qu'on employait pour les corvées et autres besognes, telles que bugée, vendanges, métives, cuisson du pain, ou pour tous ces travaux saisonniers qui requéraient un surcroît de main-d'œuvre. Bien au contraire. La mère Mauron fit de la Jeanneton non seulement sa complice, mais encore une espionne à sa solde pour mieux surveiller les moindres faits et gestes de Michelle, qu'elle soupçonna dès le lendemain de son arrivée.

Quelques jours durant, la mère Mauron continua de surveiller la couche des nouveaux époux avec le même insuccès. N'y tenant plus, elle décida de recourir à l'avis du curé et prit sans plus tarder le chemin du presbytère. La servante du curé l'introduisit dans son cabinet de travail où, assis à sa table, il était employé à l'écriture d'une lettre. L'état d'excitation nerveuse n'échappa pas au prêtre, qui s'étonna du motif de sa visite. C'est avec gêne qu'elle essaya de présenter sa requête :

— Eh bien, monsieur le curé, il s'agit du mariage de mon fils François…

Après quelques secondes de silence, pendant lesquelles elle déglutit et reprit sa respiration, elle tenta de poursuivre :

— Ce mariage, vous disais-je donc…

— Ce mariage, disiez-vous, renchérit le curé, un peu agacé de tant de mystère.

— Eh bien, voilà : il n'a pas… euh… été consommé !

Elle avait fini par avouer ce qui la tracassait tant. Le curé fronça les sourcils et, d'un air réprobateur, admonesta sa visiteuse.

— Comment pouvez-vous affirmer cela ? Qui vous en a informé ?

La mère Mauron fut décontenancée par la question du curé. Elle était trop honteuse pour oser lui avouer qu'elle avait elle-même inspecté les draps et ne put que bafouiller des propos incohérents.

— Allons, allons, ce mariage vient tout juste d'être célébré, comment pouvez-vous tirer de telles conclusions ? Il me semble que c'est un peu précipité, ne trouvez-vous pas ?

La mère Mauron, qui avait retrouvé son aplomb, répliqua d'une voix mue par son courroux :

— Vous rendez-vous compte que, si cette Michelle Garnier est une ribaude, elle pourrait salir l'honneur de notre famille, qui, elle, est respectable !

Le curé, qui ne s'attendait pas à pareille accusation de sa paroissienne, entreprit de la réprimander.

— De telles pensées de votre part m'offensent, car, à ma connaissance, les Garnier sont aussi respectables que vous ! Je suis persuadé que vous faites une grave erreur en ayant à l'égard de votre nore des sentiments aussi impertinents.

— Alors, que penser de cette situation ? dit-elle d'une voix amère en ravalant sa rancune.

Le curé, qui n'avait toujours pas été informé de la façon dont la mère Mauron avait été renseignée desdits faits, suggéra :

— Dans un tel cas, il ne peut s'agir que d'une affaire d'aiguillettes nouées !

Il ne pouvait y avoir pour lui d'autre explication. Nul n'ignore qu'un mauvais sort jeté le jour du mariage peut provoquer chez le mari une indisposition l'empêchant de remplir ses devoirs conjugaux. La mère Mauron fut terrassée par les propos du curé. Un mauvais sort jeté sur la famille ! ? Qui pouvait bien leur vouloir du mal ? Elle s'effondra, en proie à une crise nerveuse. Il était encore temps de sauver la situation, aussi le prêtre lui intima l'ordre de se ressaisir. D'ailleurs, en posant sur son interlocutrice un regard lourd de reproche et de suspicion, il lui demanda :

— Aviez-vous pris soin avant la cérémonie de faire procéder à la bénédiction du lit nuptial ?

La mère Mauron mentit en déclarant que ce détail leur avait échappé.

— Pourtant, il eût suffi à vous éviter ce genre de déconvenue ! Je me rendrai dès demain chez vous pour bénir le lit ! déclara-t-il d'un ton qui ne supportait pas de réplique.

La mère Mauron, un peu honteuse d'avoir failli à ses devoirs religieux en omettant ce détail, se confondit en remerciements et, encore toute confuse, prit congé du curé. Elle n'était pourtant pas sans ignorer cette tradition que chacun s'appliquait à respecter, mais, chez les Mauron, on avait tout simplement voulu économiser sur les frais de casuel déjà suffisamment élevés qui s'ajoutaient au reste de la noce. Elle était soulagée d'avoir pu rattraper son omission, mais regagna la ferme de chez Merle l'esprit soucieux, se demandant qui avait bien pu ensorceler son fils.

Le lendemain à la première heure, le curé se présenta chez les Mauron. Il était armé de son crucifix et d'un encensoir que portait un enfant de chœur. Michelle, qui était employée à pétrir au fournil, ne s'aperçut même pas de la présence du prêtre ; quant à François, il n'y prit pas garde. Ce fut donc la mère Mauron qui les introduisit dans le réduit du grenier. Mais toutes les oraisons et les prières qui furent dites ce matin-là par le curé de Sainte-Radegonde ne devaient rien changer au fait que François Mauron était bel et bien impuissant et condamné à le demeurer encore longtemps.

Les semaines et les mois passèrent, apportant à Michelle son lot de peines et de travaux. Levée avant le jour et toujours sous le joug de la mère Mauron, elle exécutait les tâches les plus pénibles et les plus avilissantes. Le dimanche, elle accompagnait sa belle-mère à la messe. Vêtues de propre et de neuf, elles assistaient aux offices et échangeaient quelques mots avec les autres paroissiens de Sainte-Radegonde. Chacun pouvait constater que Michelle était l'objet de toutes les attentions de sa belle-mère. Mais jamais elle n'était autorisée à l'accompagner à la foire de Baignes où elle se rendait pourtant chaque semaine près de la vieille halle pour vendre ses œufs, son beurre et ses fromages ou quelques autres produits de saison. Elle vivait séquestrée, condamnée aux travaux forcés sous la garde des deux geôlières qu'étaient sa belle-mère et la Jeanneton. Elle n'avait pas revu messire Arnault, ni la vieille Farraude, ni sa paroisse de Vanzac. Mathurin et Marie avaient à plusieurs reprises convié les Mauron à la veillée, mais à chaque fois ils déclinaient l'invitation sous de multiples prétextes. Michelle n'avait donc pas non plus revu son père et sa mère depuis ce jour mémorable de pluie où elle avait pris le chemin de Sainte-Radegonde avec la charrette qui emmenait ses affaires. Pourtant, une occasion à laquelle les Mauron ne purent se soustraire se présenta.

Ils furent contraints d'accompagner Michelle dans sa paroisse de Vanzac pour assister aux funérailles de sa mère,

Marie Souef, qu'une fluxion de poitrine avait emportée dans sa quarante-cinquième année. Les larmes de Michelle en suivant le cortège funèbre étaient certes dues à la douleur d'avoir perdu sa mère, mais aussi à l'émotion de revoir son père, et plus encore à tout ce qu'elle avait enfoui au fond de son cœur et qu'elle ne pouvait pas livrer. Mathurin ne put deviner au travers du regard mouillé de larmes de sa fille son appel au secours. Il la regarda s'éloigner au bras des Mauron sans avoir compris dans quelle détresse elle se débattait.

Quant à son frère Bris et à sa femme Marie Mauron, l'occasion de les rencontrer était souvent donnée à Michelle. Ils rendaient régulièrement visite aux Mauron et ils étaient fort bien accueillis. Marie avait donné à Bris un fils qu'on avait prénommé Louis, comme son grand-père maternel, et elle attendait un deuxième enfant qui ne tarderait pas, à en juger par son ventre rebondi. Aussi Marie, sentant son terme approcher, était venue solliciter la présence de sa mère pour ses prochaines couches. On était en pleins battages et Michelle, armée d'un fléau, était occupée à battre le grain sous l'un des ballets en compagnie des deux valets et d'un journalier. Ils disparaissaient sous un nuage de poussière et Michelle ne prit pas garde à l'arrivée de sa belle-sœur envers laquelle elle montrait toujours autant d'indifférence.

La mère Mauron avait introduit sa fille dans la chambre chauffatoire près de la cheminée et admirait son petit-fils auquel elle ne cessait de s'acharner à trouver des ressemblances avec son grand-père. Elle lui versa une grande écuelle de lait de chèvre qu'elle entreprit de lui faire boire en s'extasiant sur ses joues potelées. Mais sa gaieté fit bientôt place à une morosité qui n'échappa pas à sa fille.

— Quelque chose vous chagrine, ma mère ? s'enquit Marie.

Trois années de mariage qui s'avéraient stériles, voilà quelle était la raison de son inquiétude. Il y avait bien de quoi se faire du souci. Marie tenta de rassurer sa mère en invoquant le jeune âge de Michelle.

— C'est qu'on commence à jaser et que ce pauvre François est la risée du monde ! rétorqua la mère Mauron. Le curé avait pourtant promis qu'avec la bénédiction du lit, tout rentrerait dans l'ordre !

— Il faut laisser le temps faire son œuvre. Rappelez-vous la Jeanne des Avenaux, elle est devenue grosse au bout de sept ans de mariage.

Mais aucun des propos de Marie ne réussit à convaincre sa mère qui s'obstinait à rendre Michelle responsable de cette absence de descendance. Même certains breuvages qu'elle lui avait fait prendre à son insu demeurèrent sans effet. Dieu restait sourd à ses prières. Que devait-elle faire de plus et que devait-elle penser de cette situation désespérante ? Attendre et encore attendre !

Marie installa son fils sur le bât du mulet avec lequel elle était venue, remplit les sacs des provisions que sa mère ne manquait jamais de lui donner et reprit le chemin de la Briasse où Bris devait moudre ses pochées. La jeune femme faisait office de chasseron, elle avait appris pour cela à conduire le mulet et portait elle-même la farine aux clients. Bris avait la propriété du moulin un jour sur quatre, et le reste du temps il se louait comme journalier. Son ambition eût été d'acquérir une autre portion de moulin pour pouvoir exercer de son métier à temps complet, mais la rente qu'on demandait dépassait ses modestes moyens. Quant à son rêve de posséder un moulin à vent, il devrait y renoncer. Il fallait, pour en édifier la tonnelle de moellons avec sa calotte tournante surmontée de bardeaux et parée de ses ailes entoilées, pas moins de deux mille livres, et de plus il convenait de posséder ou d'acquérir un lopin de terre sur un point culminant propice à capter les vents. Combien de fois

Bris rêva-t-il d'un journal de cette terre inculte situé sur le terrier du Grand Fief appartenant au duc de Montausier ! Mais il n'y fallait pas songer, jamais il ne posséderait une telle somme. Il lui fallait avant toute chose nourrir sa famille qui semblait ne vouloir cesser de s'agrandir.

Cinq années s'étaient ainsi écoulées, et Marie attendait son quatrième enfant tandis que Michelle, au grand désespoir de sa belle-mère, avait le ventre toujours aussi plat. Elle abattait toujours autant de travail, trouvant le courage et la force de continuer grâce à sa résistance physique et à sa volonté de croire aux paroles de la vieille Farraude. Elle souffrait de l'absence de son père, de le savoir seul et âgé. Chaque soir, lorsqu'elle s'endormait, elle rêvait de retourner chez lui et de lui livrer le secret de son cœur. Elle n'en pouvait plus de vivre entre un mari ivrogne et une belle-mère qui la traitait comme une servante. Certes, elle partageait toujours la couche de François Mauron, mais il avait pris chaque soir l'heureuse habitude de fréquenter tavernes et cabarets des environs. Elle se couchait et s'endormait seule en remerciant le ciel de lui accorder ces quelques instants de solitude et de quiétude et de lui épargner sa présence infamante à ses côtés.

Un jour, alors qu'elle lavait dans un baquet près du puits, Michelle eut la surprise de voir arriver son mari, jurant et tempêtant, une houssine* à la main.

— Ah, je t'y prends ! Gueuse, race de sorcière, tu vas voir de quoi je suis capable.

Il s'approchait de Michelle, menaçant, mais en titubant, tellement il était ivre. La jeune femme était si interloquée de ses invectives qu'elle en fut tout d'abord clouée de surprise et en lâcha son battoir. François Mauron avait-il l'intention de la frapper ? Ses yeux hagards lançaient des éclairs. Serait-il devenu fou tout à coup ? Il semblait abandonné par le peu de raison qu'il lui restait et tout entier possédé par la démence.

— Tu vas me le payer, catin !

Michelle ne comprenait rien aux flots d'injures qu'il lui vomissait en se rapprochant d'elle. Elle recula de deux pas, de plus en plus terrifiée, et renversa un baquet d'eau. Ses sabots heurtèrent une pierre qui la déséquilibra, mais elle ne perdit du regard ce visage métamorphosé par la fureur qui continuait de la fixer. Il lui fallait fuir pour éviter ce coup qui allait s'abattre sur elle, mais, lorsqu'elle comprit le geste qui se préparait, il était trop tard. La houssine qu'il tenait fermement de ses deux mains s'abattit sur elle avant qu'elle n'ait pu amorcer un mouvement de recul. Malgré la douleur cinglante, elle tenta d'échapper au deuxième coup qu'il s'apprêtait à lui faire subir. Mais il fut plus rapide qu'elle et la rattrapa par le dos de sa chemise qui se déchira en lui dénudant les reins. Il la maintenait par un bras pour l'empêcher de fuir et lui asséna trois coups de son fouet de vime*. Michelle hurla de douleur et réussit à se délivrer, mais l'empreinte des coups avait dessiné sur son échine des marques sanguinolentes. C'en était trop, elle n'en pouvait plus ; la jeune femme sentit les larmes, dues à la douleur autant qu'à l'humiliation, lui brouiller les yeux. Sans réfléchir à ce qu'elle était en train de faire, elle se mit à courir droit devant elle, indifférente à ses sabots qui entravaient sa course folle, aux branches qui lui meurtrissaient le visage, aux ronces qui s'accrochaient à ses jupes. Elle n'avait qu'une hâte, qu'un but : échapper aux Mauron, fuir leur maison. Elle trébuchait sur les pierres qui roulaient sous ses pas, elle hurlait sa douleur en traversant bois et champs par les sentiers et les chemins creux. Elle avait coutume d'entendre jurer et blasphémer François Mauron, mais jamais encore il n'avait porté la main sur elle. Que s'était-il passé pour qu'il se transforme en un animal brutal ?

Il avait passé une partie de l'après-midi au cabaret où il avait abusé plus que de raison du vin clairet. Sans même en prendre conscience, il avait eu à l'égard de la servante un geste déplacé dont elle s'offusqua en le lui faisant savoir.

L'un des clients, toisant François de son regard mauvais, lui lança :

— Eh là, toi ! Pour qui te prends-tu ?

— Pour quelqu'un qui n'est même pas capable d'engrosser sa femme !

C'est un des clients du tripot qui avait répondu à sa place. Un rire général accompagna cette dernière réplique tandis que François vidait sa chopine. Bien que passablement ivre, il était encore suffisamment conscient pour comprendre l'affront dont il était victime et en concevoir de l'humiliation. Il se leva, se dirigea d'un pas moins assuré qu'il ne l'aurait voulu vers celui qui l'avait apostrophé et brandit vers lui un poing menaçant. L'autre fut plus prompt à esquiver et jeta François dehors. Piqué au vif, meurtri dans son orgueil, il regagna son logis en ayant conçu l'idée de se venger sur sa femme.

Une heure à peine après le départ de Michelle, alors que la nuit s'apprêtait à noircir cette triste journée de fin d'automne, on s'étonna de son absence. Tous les membres de la maisonnée furent interrogés, mais personne ne savait où avait pu passer la jeune femme. Près du puits, le baquet d'eau était toujours plein des hardes qu'elle lavait, son battoir, le seau et la planche négligemment renversés, comme si elle avait été interrompue dans son labeur. Tous, les valets, les fils, la Jeanneton, le père et la mère Mauron, avaient appelé, fouillé, sondé en vain granges et greniers, caves et écuries. François, l'esprit encore embué des effluves de vinasse, ne se souvenait même pas de leur altercation. On décida, malgré la nuit tombante, de poursuivre les recherches à l'aide de torches du côté du village voisin de Guitres où, bien que n'ayant aucune raison d'y aller, elle aurait pu se rendre. Dans un chemin creux, tout près de la maison, la mère Mauron ne tarda pas à découvrir la coiffe déchirée par les ronces que Michelle, dans sa course, avait perdue. Personne, parmi les quelques paysans encore dehors, n'avait vu la jeune femme de François Mauron. Le père Mauron décréta qu'il serait plus raisonnable d'abandonner les recherches pour ce soir, qu'on les reprendrait le lendemain. La mère Mauron suggéra, en observant la coiffe griffée, qu'elle devait être poursuivie pour ne pas prendre le temps de la ramasser. Dieu sait pourtant comme il est indécent pour une femme de se montrer en cheveux !

— Qui l'aurait poursuivie ? demanda François, intrigué par la remarque de sa mère.

— A cette saison, qui veux-tu que ce soit d'autre qu'un loup ! lui répondit-elle d'une voix sèche et sans marquer la moindre compassion.

Comme chacun sait, les loups rôdent à l'approche de l'hiver. La Jeanneton réprima un frisson aux paroles de sa maîtresse et scruta les ténèbres qui avaient envahi la campagne. La mère Mauron froissa la coiffe de Michelle dans une poche de son devanteau* et se rangea à l'avis de son mari. Tout le monde regagna la ferme où, après la traite et le pansage des bêtes, on soupa en silence, chacun pensant que Michelle avait été attaquée par un loup. Le jour suivant, on chercha encore dans les bois alentour sans pour autant trouver d'autres indices.

Michelle était arrivée chez Vigné avec la nuit, contrainte de ralentir plusieurs fois sa course, s'arrêtant pour reprendre haleine. Elle avait gagné Gadebors, les Grippes, le Portail et enfin Monsoreau, situé sur la paroisse de Vanzac, puis, du village de chez Cosson, elle fut vite à la Font de Bertin où elle bifurqua sur la gauche pour atteindre le hameau de chez Vigné. Les pieds meurtris dans ses galoches, les cheveux défaits, sa coiffe envolée, ses jupes en lambeaux : c'est dans ce triste état qu'elle franchit le seuil de la maison de Mathurin. Dans sa hâte de revoir son père, elle ouvrit la porte avec précipitation. Le vieil homme, dans la pénombre, fut saisi de stupeur en voyant dans l'embrasure de la porte se dessiner l'ombre d'une femme qu'il ne reconnut pas aussitôt. Mais elle s'avança vite pour se précipiter dans ses bras. Elle était secouée par de violentes convulsions qu'accompagnaient des sanglots nerveux. Incapables l'un et l'autre d'articuler le moindre mot, ils restèrent de longues minutes enlacés, émus et heureux de se retrouver après toutes ces années de séparation. Ce fut Mathurin qui, le premier, brisa le silence en se détachant de l'étreinte de sa fille. Il considéra alors l'état lamentable où elle se trouvait.

— M'expliqueras-tu enfin ta venue, seule, à cette heure et… dans cet état ?

Mathurin n'obtint en guise de réponse que des soupirs et des reniflements. Mais soudain elle se redressa et maîtrisa ses sanglots.

— Père, ce maudit Mauron s'en est pris à moi en me frappant, et là-bas ils me traitent plus mal qu'une servante ; je suis revenue vivre ici, je ne veux plus jamais y retourner.

Elle avait presque tout avoué en une seule phrase, laissant Mathurin abasourdi et anéanti par ses révélations. Mais il n'en restait pas moins réaliste.

— Mais, ma pauvre enfant, il va revenir te chercher, tu ne peux pas rester là.

— Il ignore que je suis ici, je me suis enfuie !

Mathurin était terrassé par les confessions de sa fille qui n'avait pas encore tout dit.

— Et puis, continua-t-elle d'une voix que la haine et la rancœur rendaient plus inflexible, François Mauron n'est pas mon mari, ce mariage n'a pas été consommé.

Mathurin allait de surprise en surprise.

— Mais… comment… est-ce possible ? bredouilla-t-il.

Il n'était pas sans ignorer la rumeur qui se colportait concernant leur mariage infécond. Ainsi donc, c'était vrai. Michelle, qui n'avait rien à cacher à son père, continua ses confessions intimes.

— François Mauron n'est pas un homme, voilà tout ! Il est parfaitement incapable de me donner un enfant et je remercie le ciel qu'il en soit ainsi. Cet homme me fait horreur, me répugne et je ne veux plus jamais soutenir sa vue.

Mathurin pensa à Marie Souef à qui la mort avait au moins épargné d'apprendre cette terrible nouvelle, elle qui croyait sa fille heureuse. Michelle précisa encore que François Mauron était seulement capable de brutalités et passait le plus clair de son temps à s'enivrer à la taverne. Sa mère ne voulait rien voir des vices de son fils et se vengeait sur elle en l'obligeant à travailler doublement. Elle prenait la place de deux servantes qu'ils n'avaient ainsi pas à payer. Michelle se retourna et son père considéra alors sa chemise déchirée et les marques des coups qui dessinaient sur ses reins des zébrures rouges. Il entreprit alors de lui panser ses plaies sanguinolentes qui avaient taché sa chemise. Mathurin, depuis qu'il connaissait la vérité, était de plus en plus rongé par le remords.

— Comment, mon enfant, lui dit-il en se lamentant, pourras-tu me pardonner d'être le responsable de tant de malheur !

Michelle le rassura sur ce point. Aujourd'hui, il était prêt à l'aider, à tout faire pour la reprendre aux Mauron, mais comment telle prouesse serait-elle possible ? Michelle était mariée à François Mauron et cela pour la vie. Michelle pensa à la vieille Farraude ; elle pourrait la cacher, trouver une solution. Elle lui avait promis qu'elle retrouverait la liberté, son sortilège n'était-il pas déjà en passe de se réaliser ? Mais Mathurin apprit à Michelle la mort de la vieille une nuit de l'hiver dernier où le froid l'avait terrassée alors qu'elle ramassait ses herbes à la pleine lune. Michelle ne put se retenir de verser une larme pour sa vieille amie en se remémorant les moments passés avec elle. Elle était maintenant quasi certaine que c'était elle qui avait noué l'aiguillette de François Mauron le jour de son mariage. Elle ne pourrait jamais l'en remercier.

— Le seul capable de nous éclairer sur la décision à prendre est messire Arnault.

Mathurin décida qu'il lui fallait aller le quérir sur-le-champ. Pendant ce temps, Michelle changerait de vêtements, ceux de sa mère étaient toujours dans le coffre près du lit. Elle attendrait son père en reprenant des forces et en mangeant un bol de soupe. Il posa sur ses épaules une peau de mouton qui le garantissait du froid et, après avoir recommandé à Michelle de ne pas bouger et de n'ouvrir à personne, il prit la direction du presbytère.

Le curé n'eut aucun mal à quitter la tiédeur de sa cheminée pour suivre Mathurin qui lui raconta en chemin les raisons qui avaient poussé Michelle à quitter le domicile conjugal. Messire Arnault ne cacha pas son inquiétude devant la situation dans laquelle se trouvait son ancienne paroissienne.

— Je vais, dit-il, écrire dès demain à mon frère Marc, qui est procureur au présidial de Saintes. Je sais qu'une affaire comme celle-ci peut se juger et qu'un mariage stérile peut être annulé. Mais tout cela n'est pas gagné, plaider la dissolution d'un mariage a un coût et il y aura des expertises. Enfin, je suis prêt à vous aider. Il est hors de question que Michelle demeure une minute de plus dans cette famille.

Michelle était attentive aux propos du curé Arnault et commençait à croire qu'elle allait bientôt retrouver sa liberté. Ainsi, son mariage pouvait être annulé, on allait reconnaître François Mauron inapte à procréer et elle serait de nouveau libre. Mais, en attendant, il lui faudrait s'entourer d'un certain nombre de précautions.

— Mais, dit-elle d'une voix soudain pleine d'angoisse, comment irai-je à Saintes ? Et puis, vont-ils me retrouver si je reste ici ?

Le curé reconnut qu'il fallait en premier lieu trouver un endroit où les Mauron ne viendraient pas la chercher. Il promit d'y réfléchir.

— Demain, je te ferai connaître un endroit où te cacher en attendant d'engager la procédure. Pour l'heure, ne te montre pas et que Dieu te garde, ma fille !

De grand matin, le lendemain, Mathurin dut quitter la maison pour aller exercer son métier de menuisier à une petite lieue de chez Vigné.

— Promets-moi de ne pas te montrer, et, si l'on vient, cache-toi au grenier. Ah, n'oublie pas de tirer le verrou derrière moi !

Mathurin n'en finissait pas avec ses recommandations, comme si Michelle eût été encore une enfant. Il savait que ces monstres de Mauron étaient capables de toutes les félonies pour la retrouver.

— Je rentrerai avant l'angélus, lui dit-il en l'embrassant.

Michelle avait acquiescé aux propos de son père et lui avait promis d'observer la plus grande prudence. Elle tourna dans la serrure la grosse clé et, une fois seule, considéra la salle plongée dans la pénombre. L'inactivité ne lui était pas coutumière, aussi s'occupa-t-elle à astiquer les meubles. Puis elle avisa la marmite de soupe qui était presque vide. Elle trouva des raves et des fèves, un morceau de lard oublié dans le saloir, et décida aussitôt d'en préparer. Elle se dirigea vers la pierre d'évier sur laquelle étaient posés le seau de bois et la cruche d'eau. Mais ils s'avérèrent désespérément vides. Il n'y avait pas une goutte d'eau dans le logis de Mathurin, il fallait aller au puits à quelque trente pieds au milieu de la cour. Comment cuire la soupe sans eau ? Il fallait donc que Michelle s'enhardisse à franchir ces quelques pas jusqu'à la margelle, elle n'en aurait que pour quelques minutes. Elle jeta un œil par la fente du contrevent que son père avait pris soin de fermer et observa en tendant l'oreille. Rien ni personne, aucun bruit ne troublait la quiétude du jour. Avant d'oser mettre un pied dehors, elle décida de grimper au grenier et, de la lucarne, elle aurait une meilleure vision de l'extérieur. De son poste, elle observa une nouvelle fois la campagne, scruta l'horizon et se rassura en constatant que personne ne travaillait dans les champs proches de la maison et ne passait sur le chemin. Elle avait donc le temps de puiser une cruche d'eau et de rentrer sans être vue. Elle redescendit les degrés et, le cœur battant, tourna la clé. Elle attendit quelques secondes avant de se résoudre à entrebâiller la lourde porte de chêne. Enfin, elle balaya du regard l'ensemble des bâtiments, le jardin, le puits, et, ne voyant personne, elle se hasarda avec une certaine méfiance vers la margelle, son seau à la main. Elle savait qu'elle enfreignait les consignes de son père et de messire Arnault. Elle s'activa en faisant descendre le seau, puis tira sur la corde le plus vite qu'elle put pour le faire remonter. Dans sa hâte, elle ne prit pas garde à l'eau renversée sur sa jupe. Deux minutes à peine lui avaient été nécessaires pour remplir son seau et regagner le logis. Pourtant, ce fut pendant cet intervalle que Marie Mauron l'aperçut. Elle allait sur le chemin qui va de la Botte à chez Vigné et, derrière la maison de Mathurin, elle la vit, son seau à la main, lançant des regards furtifs de tous côtés, comme si elle se sentait traquée. Intriguée par la présence de Michelle, Marie s'était tapie derrière la grange pour l'observer à son aise et soupçonna un fait anormal. Elle décida d'en informer son père sur-le-champ et prit la route de Sainte-Radegonde.

La soupe préparée par Michelle mijotait dans l'âtre. Mathurin aurait au moins de quoi se réconforter l'estomac en rentrant ce soir. En attendant son retour, elle avait repris la quenouille de sa mère, non sans un serrement au cœur. Sa mère, morte sans qu'elle ait pu la revoir. Messire Arnault avait promis de lui faire savoir ce jourd'hui le refuge où elle pourrait attendre le jugement de son affaire. Elle avait le cœur battant d'impatience, elle devait se préparer à retrouver sa chère liberté, mais la route serait longue avant qu'elle l'obtienne. Il lui faudrait se cacher. Où ? Chez qui ? Pendant combien de temps ? Autant de questions qui submergeaient son esprit et qui demeuraient sans réponse. Elle avait maintenant grand-hâte de voir revenir son père ou le curé Arnault, la solitude de cette journée devenait éprouvante. Combien d'heures s'étaient écoulées depuis que son père l'avait laissée ? Elle n'aurait su le dire, privée de la lumière du jour pour pouvoir se guider, confinée dans la pénombre de la chambre où seules une bougie et les braises de l'âtre apportaient quelque lueur.

S'en revenant de Montemille où il avait achevé la fabrication d'un cabinet, Mathurin pressait le pas dans la hâte qu'il avait de retrouver Michelle. Sur son chemin, en passant par la Briasse, il avait aperçu Marie Mauron qui l'avait regardé d'un air soupçonneux. Le vieil homme avait été pris d'un doute affreux. Et si Marie avait été avertie de la disparition de Michelle et chargée par les Mauron d'espionner du côté de chez lui ? Mais Michelle était enfermée à double tour et personne ne pouvait flairer sa présence. Mathurin cherchait à se rassurer et avançait aussi vite que le lui permettait sa claudication. Il ressentit un soulagement en apercevant le toit de sa maison d'où un mince filet de fumée s'échappait. Il frappa doucement à la porte en demandant à Michelle de lui ouvrir. Mais elle avait reconnu, avant même d'entendre le son de sa voix, son pas irrégulier. Elle lui ouvrit et ils tombèrent dans les bras l'un de l'autre, soulagés de se retrouver. Mathurin, fatigué par sa journée de travail et sa marche, s'assit sur le tabouret à sel près de la cheminée tandis que Michelle disposait deux écuelles sur la table.

Quelques minutes à peine s'étaient écoulées depuis le retour de Mathurin quand soudain des sabots résonnèrent sur le pavé des ruages*. Le père et la fille se retournèrent dans un même élan en s'interrogeant du regard. Avant même qu'ils puissent esquisser le moindre geste ou prononcer une parole, la porte s'ouvrit avec grand fracas. La porte qu'ils avaient eu la négligence, dans leur transport, de ne pas refermer au verrou. Dans l'encadrement de l'huis se tenaient Louis Mauron et trois de ses fils. La stupeur de cette apparition laissa échapper à Michelle un cri d'effroi, tandis que Mathurin avisa à portée de main un bigot. Mais que pouvait faire le vieil homme seul contre quatre hommes en pleine possession de leurs forces ? Même pour défendre sa fille, il n'avait plus les moyens de lutter comme vingt ans auparavant lorsqu'il s'était vaillamment battu contre ces pilleurs de soldats. Aujourd'hui, il était vieux, diminué et épuisé par les remords et la lassitude.

— Alors, comme ça, on voulait changer d'air ? lança François à Michelle avec une ironie narquoise.

— Sais-tu, enchaîna son père, qu'on t'a cherchée toute la nuit et qu'on te croyait morte ?

Michelle était paralysée de surprise et se sentait prise au piège, ne pouvant rien pour leur échapper. Debout contre la table, elle les regardait, ébahie, les uns après les autres. Louis Mauron lui intima l'ordre de les suivre, sa place n'était plus ici depuis longtemps. Comme elle ne bougeait pas, François et son père la saisirent chacun par un poignet pour l'obliger à obéir. Elle résista de toutes ses forces, se débattit, hurla de douleur tant leurs poignes la blessaient. Mathurin menaça de son bigot les agresseurs qui ne prirent pas garde au vieil homme. Il assista, impuissant, à l'enlèvement de Michelle. Pour ajouter à son désespoir, Louis Mauron lui lança avec cynisme :

— Ta fille ne t'appartient plus, n'oublie pas que tu nous l'as donnée !

Ils lui maintenaient fermement les poignets dans le dos pour freiner sa résistance et l'obliger à les suivre. Elle dut se laisser traîner, refusant de marcher.

Mathurin, anéanti, regardait sa fille se débattre. Il la perdait pour la seconde fois, à l'instant même où l'espoir venait de renaître dans leurs cœurs.

Qui d'autre que Marie avait bien pu dénoncer sa présence ? Elle seule était capable d'une telle infamie. Il se laissa retomber sur sa chaise de jonc, accablé de douleur, vaincu par la détresse. C'est ainsi qu'une heure plus tard messire Arnault le trouva, recroquevillé, ses longues rides creusées par les ans gorgées de larmes.

Michelle ravala sa rancœur et détourna son regard de la mère Mauron. Elle savait que la haine nourrie par sa belle-mère à son égard était implacable et sans appel. Elle prit son râteau de bois et se mit à fener* ses andains* aux côtés des deux journaliers embauchés pour l'occasion. Dans quelques jours, les fourrages seraient chargés sur des charrettes pour être engrangés. Depuis six mois que les Mauron l'avaient ramenée de force, elle travaillait depuis la pointe du jour jusqu'au soir, sans relâche, sans répit, sans autre réconfort qu'un bol de soupe et un morceau de fromage. Isolée du reste du monde, elle avait pour geôlière la Jeanneton dont la mission était de ne pas la lâcher des yeux quand la mère Mauron ne pouvait elle-même y veiller. Tout le monde dans cette maison surveillait les moindres faits et gestes de Michelle, chacun l'avait à l'œil, impossible pour elle d'échapper à autant de vigilance. Au pis des vaches, en poussant sa lourde brouette, en pétrissant le pain, en retournant la terre du potager, en rinçant le linge dans l'eau glacée du lavoir, dans chacun de ses mouvements, elle n'avait qu'une obsession, qu'un seul et unique objectif : retrouver sa liberté, s'échapper à tout jamais de cette prison maudite. Cette farouche détermination s'ancrait en elle chaque jour davantage et lui faisait échafauder des plans plus chimériques les uns que les autres pour tenter une évasion. Certains relevaient de l'utopie, mais avaient au moins le mérite de l'aider à supporter son quotidien. Elle imaginait le duc de Montausier venant l'enlever et l'emporter sur son cheval blanc sous les yeux ahuris des Mauron. Le duc dont elle n'entendait jamais parler et qui devait se faire très vieux. Cependant, elle conservait toujours en mémoire son portrait et le son harmonieux de sa voix. Mais nulle fée pour donner à Michelle le pouvoir de disparaître ou de s'envoler, nul passage secret, rien ni personne pour venir la sauver, pour lui apporter le plus petit espoir de sortir de ce carcan. Pourtant, elle était parvenue si près du but !

Chaque soir, elle regagnait son coin de grenier dans lequel François Mauron l'enfermait à clé avant de rejoindre ses acolytes pour quelques parties de piquet arrosées de clairet. Elle goûtait ces instants de solitude qu'elle mettait à profit pour sortir de son coffre son mouchoir de soie. Elle avait la conviction que ce noble carré d'étoffe qu'elle serrait sur son cœur lui insufflait la force de continuer à vivre et à croire. Puis elle échafaudait des plans trop saugrenus pour être réalisables. Elle ne possédait aucun allié en cette maison, ne rencontrait jamais personne, sauf en la présence des Mauron. Comment pouvait-elle attirer l'attention sur son misérable sort de prisonnière que personne ne soupçonnait en dehors de son père et du curé Arnault ? Pas même son frère ne semblait s'apitoyer sur elle, avec ses quatre enfants à charge que son activité de meunier ne suffisait pas à nourrir. Les Mauron commençaient même à regretter d'avoir donné leur fille à ce meunier chétif, toujours en train de tousser, qui ne pouvait même pas subvenir à leurs besoins. Ces Garnier, c'était le diable qui les leur avait envoyés. Alors Michelle subissait le courroux de la mère Mauron, supportant ses emportements, payant pour les enfants trop nombreux de son frère, pour ceux qu'elle n'avait pas engendrés. Elle était la victime qu'on sacrifiait pour racheter l'erreur d'avoir conclu ce double mariage où ils n'avaient pas trouvé leur compte. Aussi leur faisait-elle faire l'économie de deux servantes.

Alors qu'elle venait d'avoir ses vingt ans, Michelle était toujours à bout de forces. Toujours à trimer comme une bête de somme, elle n'avait parfois plus l'énergie nécessaire pour mettre au point son plan de fuite.

Avec la belle saison, les travaux des champs s'étaient intensifiés. Après les fenaisons vinrent les métives. L'orge, le seigle et le froment appelaient les faucheurs, armés de leurs faucilles aux lames acérées, du petit matin jusqu'au coucher du soleil. Avançant lentement dans les sillons, à une distance de trois pieds les uns des autres, les métiviers laissaient derrière eux des gerbes disposées en croix. Michelle n'était pas la seule femme à effectuer ce labeur éreintant ; il y avait la Garraude et la Martinaude, deux veuves encore jeunes qui se louaient à la journée pour nourrir leurs enfants dont les plus âgés avaient obtenu la permission des maîtres de glaner derrière les moissonneurs. Pendant plusieurs semaines, du matin au soir, sous le chaud soleil d'été, on sciait inlassablement les épis qui apporteraient aux Mauron l'assurance de remplir leurs greniers de ces sacs valant de l'or. Mais, auparavant, il faudrait les battre au fléau, un travail qui, bien que réservé aux hommes parce que particulièrement pénible, n'était pas épargné à Michelle. Mais rien n'était assez éprouvant pour elle qui était là pour assumer toutes les tâches, tous les travaux, quels qu'ils soient. Les battages avaient retenu Michelle sur l'aire réservée à cette besogne sous une grange. Les gerbes liées et alignées sur deux rangs étaient disposées pour être battues épis contre épis sur le sol qu'on avait enduit de bouse séchée pour limiter la poussière. Les épis étaient tournés et retournés jusqu'à ce que tous les grains, jusqu'au dernier, en soient extraits, puis on les déliait pour atteindre ceux épargnés par les coups de fléau. On travaillait en silence, seul le claquement des clias* rythmait le dur labeur qui requérait autant de force que de régularité. Munie d'une pelle de bois, Michelle ramassait le grain, puis le disposait sur un tamis. Un journalier allait ensuite le vanner en le lançant énergiquement pour le séparer de la balle. Puis il faudrait encore le passer au crible pour le débarrasser de la nielle, ces mauvaises graines rondes et noires qui auraient donné au pain un goût amer et qui pouvaient même empoisonner si elles étaient laissées en trop grande quantité. Enfin, on mettrait les précieux grains de froment dans des sacs contenant vingt-quatre boisseaux. Dans la sueur et la poussière, Michelle accomplissait son labeur sans broncher, de telle sorte que les Mauron et leurs valets étaient presque convaincus de son retour à la raison. Mais il n'était pas question pour autant de relâcher la surveillance, ni de lui épargner les corvées.

Le régisseur des terres de Montausier avait ouvert le ban de vendange à la date du 25 septembre de cette année 1685. Cette année-là, elle s'annonçait médiocre. En juillet, une tempête avait arraché des ceps et endommagé une partie des fruits. Les Mauron embauchèrent comme à l'ordinaire leurs journaliers habituels, bien que de nombreux vagabonds venus du Midi vinssent quémander du travail. La mère Mauron les jeta dehors en les menaçant d'aller les dénoncer au procureur du marquisat de Montausier qui les ferait envoyer aux galères. Les pauvres hères, dont la plupart n'avaient d'autre intention que celle de travailler pour pouvoir manger, s'en repartaient aussi vite, n'ignorant pas l'ordonnance du roi visant à capturer tous les bohémiens et tous les misérables vagabonds afin de purger les provinces de tous ces gens sans aveu. Michelle les regardait partir sans le quignon de pain qu'ils espéraient, ni une parole d'espoir ou de réconfort, le cœur serré du mauvais accueil de la mère Mauron. Pourtant, ils possédaient tous cette liberté qu'en dépit de leur misérable condition elle leur enviait. Ils s'éloignaient lentement, courbés par l'accablement et le fatalisme.

Dans les vignes, les langues allaient bon train. On faisait circuler les nouvelles et Michelle entendait ainsi parler de sa paroisse de Vanzac. Elle savait que son frère n'était pas en de bonnes affaires, la concurrence entre meuniers était rude. Les coteaux se paraient de tonnelles, ces moulins à vent que Bris rêvait de posséder. Mais le frère de Michelle était doté d'une faible constitution qui ne convenait guère à ce métier. Respirer les poussières de farine et porter les lourds sacs de grains l'épuisaient et, à vingt-sept ans, il accusait des signes d'une vieillesse prématurée. Tout cela était parvenu aux oreilles de sa sœur, car on savait colporter les ragots. Mais elle était toujours sans nouvelles de son père et craignait de ne jamais le revoir.

Après son retour de la vigne, derrière la charrette remplie des douillats* débordant de raisins, Michelle devait encore regagner l'écurie où l'attendaient les vaches pour leur pansage quotidien, tandis que les hommes pressaient les raisins dans les grands fouloirs en bois, piétinant la vendange en chantant, les chausses remontées jusqu'à mi-cuisse. C'est dans un long soupir traduisant autant sa fatigue que son amertume que Michelle prit place sur son sellot pour commencer sa traite. Ereintée par ses jours de vendange, toujours arc-boutée pour atteindre les grappes des vignes basses et courbée sous le poids de son panier de bois, elle appréciait néanmoins de se retrouver dans la tiédeur rassurante dégagée par les animaux. La Jeanneton, toujours aussi affriolante, s'était volontiers attardée au chai parmi les hommes ; aussi Michelle profita-t-elle de son absence pour avaler goulûment une lampée de lait qu'elle but d'un trait à même le baquet. Elle le reposa dès qu'elle entendit le grincement de la porte de l'écurie qui s'ouvrait sur la servante que Michelle vit rajuster son corsage et sa coiffe. Elle essuya prestement à son devanteau l'écume blanche laissée par le breuvage mousseux autour de ses lèvres afin que la Jeanneton ne soupçonnât pas l'abus auquel elle s'était livrée et qui serait immanquablement rapporté à la mère Mauron. Michelle devait continuer à montrer d'elle l'image d'une femme soumise et résignée qui s'abandonnait à son destin. Elle devait endormir leurs soupçons pour mieux mûrir son plan d'évasion auquel elle ne renoncerait jamais. La Jeanneton installa son tabouret au pis de la Noiraude qu'elle commença à traire en silence ; les deux femmes n'avaient guère de conversation, si ce n'était celle liée à leur ouvrage. Seuls les mugissements de la Rousse troublaient le silence.

— M'est avis que la Rousse va pas tarder à amener*.

La Jeanneton s'était décidée à parler. D'ordinaire plus loquace avec les hommes, elle n'était guère à l'aise avec Michelle. Bien que sa place ne soit pas menacée, comme elle l'avait craint à son arrivée, elle se devait d'obéir à la mère Mauron et n'avait pas intérêt à ce que Michelle fuguât une seconde fois. Elle en serait alors tenue pour responsable. Elle affectait donc envers la jeune femme la plus parfaite indifférence, évitant toute confidence ou tout discours. La moindre complicité entre elles aurait été décelée par la mère Mauron et fatalement réprouvée. La Jeanneton observait d'abord ses propres intérêts, et, bien que n'ayant aucun grief personnel contre Michelle, elle s'abstenait de s'apitoyer sur son sort. Quant à Michelle, elle avait trop bien compris le rôle de la servante pour tenter de s'en faire une alliée. Aussi lui répondit-elle avec le même ton empreint de politesse où se mêlait l'indifférence :

— Ce sera sûrement pour cette nuit.

A quoi la Jeanneton ne répondit rien et elles continuèrent leur traite en silence. Puis Michelle donna à chacune des vaches sa ration de foin dans les râteliers et, suivie de la servante, prit la direction de la porcherie.

La nuit était tombée depuis longtemps quand Michelle et l'un des valets, qui avait pris le relais de la Jeanneton auprès d'elle tant pour l'aider que pour la surveiller, rentrèrent à la maison pour le souper. Si le valet n'avait plus qu'à se mettre à table, ce ne fut pas la même chose pour Michelle qui dut encore servir le repas aux hommes, puis assurer la vaisselle pendant que la mère Mauron et la Jeanneton, leur écuelle de soupe sur les genoux, mangeaient en silence au coin du feu. Pas une seconde de répit n'était accordée à Michelle dans sa journée de travail. Enfin, lorsque tout était rangé, elle était alors autorisée à s'asseoir pour filer, énoiser*, rapetasser ou égrener des cabosses de garouil*, cette nouvelle céréale introduite depuis peu et qu'on appelait aussi blé d'Espagne. Les valets et les fils Mauron confectionnaient des minelles en tresses de paille et en écorces de ronce pour conserver les grains et les fruits, ou encore des paniers de vime. Toutes ces activités occupaient les veillées d'hiver quand les labours et les semailles ramenaient les hommes plus tôt à la maison.

L'automne 1689 fut particulièrement humide et venteux. La mère Mauron se vit contrainte de s'aliter pour avoir contracté une fièvre qui lui occasionnait une toux grasse. Elle enrageait de devoir renoncer à ses tâches ménagères quotidiennes, qui furent certes accomplies par la Jeanneton, mais qui laissaient à Michelle plus de liberté. Ce qui la rendait d'autant plus furieuse était de manquer la foire de Baignes où elle se rendait chaque mois pour vendre sa production et acheter ce dont elle avait besoin. Elle devrait confier ce soin à quelqu'un, ne pouvant manquer la vente des œufs, du beurre et des fromages qui avaient été confectionnés pour l'occasion. Après avoir longuement réfléchi, elle décida de livrer cette tâche à Michelle qui serait pour cela secondée par François. Depuis la maladie de sa belle-mère, Michelle avait eu un curieux pressentiment : il lui semblait que sa liberté était toute proche et qu'elle lui tendait la main. La mère Mauron, entre deux accès de toux, avait envoyé la Jeanneton au pansage des cochons, restant seule avec Michelle. Celle-ci avait préparé une tisane à base de thym dans laquelle elle avait versé un peu de miel. Elle lui porta la chopine fumante et l'aida à s'asseoir en ramenant le traversier derrière son dos. Michelle dut faire pour cela un effort surhumain, toujours dans le but de simuler l'obéissance et la soumission pour mieux tromper sa méfiance. Elle lui aurait volontiers servi un breuvage à base de belladone pour l'empoisonner. C'est alors que la mère Mauron se décida à lui parler de ce projet de l'envoyer à la foire à sa place. Michelle crut tout d'abord avoir mal entendu, et elle dut dissimuler sa joie en apprenant la nouvelle. Ses efforts pour feindre la sagesse étaient donc couronnés de succès. Elle allait enfin quitter, même pour une journée seulement, les limites du domaine, pour se rendre au bourg voisin de Baignes distant d'un quart de lieue ! Cette opportunité, elle devrait la saisir, c'était la chance de sa vie. La mère Mauron avait parlé avec autorité malgré sa faiblesse et sa toux qui lui déformait la voix.

— Vous pouvez compter sur moi, je ferai au mieux, répondit Michelle d'une voix pleine de bienveillance.

Trop frustrée d'être privée de sa sortie préférée, et surtout d'y envoyer Michelle à sa place, elle ne répondit pas et but en silence sa tisane. Puis, n'ayant plus besoin de sa bru, elle l'envoya rejoindre la servante au pansage des animaux. Michelle ne savait pas comment masquer son excitation ; le rose de ses joues n'était pas dû à la chaleur des flammes qui dansaient dans la cheminée, mais à cet espoir qui renaissait en elle. Elle se calma en entrant dans la grange où la Jeanneton la dévisagea d'un regard curieux et soupçonneux. Qu'avait bien pu lui raconter la mère Mauron qu'elle, la Jeanneton, ne devait pas entendre ? Si c'était à Michelle qu'elle se mettait désormais à faire ses confidences, où allait-on ! Toutes ces cachotteries n'étaient pas pour séduire la servante. Michelle s'empara d'une fourche à l'entrée de la grange et fit mine de ne pas prendre garde à l'attitude de la Jeanneton qui aurait bien aimé en savoir plus. Mais Michelle se tut et se hâta d'accomplir son ouvrage comme quelqu'un qui doit rattraper son retard.

— Notre maîtresse semble aller mieux, espérons qu'elle guérisse vite !

C'est tout ce qu'avait trouvé la Jeanneton pour entamer la conversation. Michelle acquiesça d'un hochement de tête sans relancer le dialogue que, pour une fois, la servante aurait aimé voir se poursuivre. Le mercredi qui venait, c'est-à-dire dans deux jours, elle saurait ce que la mère Mauron avait annoncé à Michelle. En dépit du labeur incessant, ces deux jours lui parurent interminables, tant elle avait hâte d'être au mercredi, jour de la foire de Baignes. Peut-être y rencontrerait-elle un visage connu, une bonne âme qui la reconnaîtrait et lui viendrait en aide. Elle avait tant espéré, tant prié que Dieu ne pouvait la laisser plus longtemps prisonnière des Mauron.

Aidé de Michelle, François, non sans maugréer en raison de l'heure matinale, avait chargé et attelé la carriole à la jument. Dans des paniers et des corbeilles s'entassaient œufs, beurre et fromages de chèvre qu'elle, la Jeanneton et la mère Mauron avaient confectionnés. Michelle avait pris soin de disposer les œufs dans de la paille et, une fois le tout empilé sur la charrette, François s'installa à l'arrière du chargement et laissa Michelle, une lanterne à la main, guider la jument par le licol. Une heure plus tard à peine, ils furent à Baignes où, sous la halle, on se pressait pour prendre sa place. Chaque marchand avait son banc réservé pour lequel il payait une rente au duc. Les Mauron n'en avaient pas et se mettaient dehors à l'entrée. Michelle déchargea la charrette que François dételа. Il attacha ensuite la jument à un anneau scellé à un poteau de la halle qui occupait tout le centre du petit bourg de Baignes. Le jour se levait lorsque Michelle acheva de déballer sa marchandise et que François, impatient, la laissa seule pour aller se réchauffer au cabaret. Les premiers acheteurs arrivaient, dévisageant Michelle qu'ils n'avaient pas coutume de voir. D'autres paroissiens de Sainte-Radegonde la reconnurent pour l'avoir vue à la messe avec sa belle-mère et s'arrêtèrent devant son étal pour faire des emplettes et s'enquérir de la mère Mauron. L'animation était telle que Michelle ne savait où donner des yeux. De toutes parts, on criait pour vanter sa marchandise. Il régnait une effervescence à laquelle elle n'était pas accoutumée et qui lui faisait presque tourner la tête. Le martèlement des sabots sur les dalles de pierre, l'écho des voix qui s'ajoutait aux battements du marteau sur l'enclume qu'actionnait le maréchal-ferrant étaient autant de bruits assourdissants auxquels Michelle n'était pas familiarisée. Parmi tous les chalands qui passaient devant son maigre étal pour se rendre sous la halle, Michelle ne reconnut aucun visage familier. Elle était impressionnée par cette énorme charpente qui reposait sur de nombreux piliers de bois, où il régnait une obscurité peu rassurante et où l'on étalait, débitait et vendait toutes sortes de marchandises. Les merciers et les drapiers, les quincailliers, les épingliers, les taillandiers, en passant par les étameurs, les potiers et les orfèvres, les poissonniers, les bouchers et les boulangers, tous étaient représentés et rangés par corporations. Michelle observait cette masse humaine qui se pressait vers les étals et commença à déchanter, d'autant que le froid était vif en ce commencement de novembre et que, debout sans bouger, elle avait du mal à se réchauffer. Elle espérait tant rencontrer un visage connu et charitable à qui confier sa détresse et confesser ses espoirs, mais personne ne porta attention à elle, même si on s'arrêtait parfois pour lui acheter un fromage ou quelques œufs frais.

François Mauron revint s'enquérir auprès de sa femme du déroulement de ses affaires. Il lui soutira les quelques sols et deniers qu'elle avait retirés de la vente de ses marchandises et grimaça en comptant les pièces qu'il emboursa dans son gousset. Il repartit aussitôt en direction du foirail où bigaillons* et maquignons se disputaient les clients. Après s'être renseigné sur le prix des bœufs, il rencontra des connaissances qui lui donnèrent l'occasion de trinquer dans l'un des nombreux cabarets de Baignes. La matinée s'étira ainsi pour François Mauron au rythme des chopines de clairet et, en entendant sonner l'angélus de midi, il entra à l'auberge où pendait pour enseigne « Le Lion d'Or » et s'installa devant une écuelle d'étain où il se fit servir un plantureux repas. Pendant ce temps, Michelle, un peu réchauffée par une timide apparition du soleil, déballa de son balluchon une collation frugale composée d'un quignon de pain dur accompagné d'un morceau de fromage et de quelques noix. Elle mastiqua lentement et sans appétence sa maigre pitance. Un peu plus loin, un galochier avait exposé sa production et, pour ne pas perdre de temps, achevait de façonner quelques sabots. Muni de tarières, de cuillers, de racloirs, de boutoirs et autres vrilles, il travaillait sans relâche et sans prendre garde au défilé continuel des curieux qui arpentaient les rues animées de Baignes. Aussi, absorbé par son ouvrage, ne porta-t-il pas davantage attention à Michelle qui le regardait seulement reposer son outil pour vendre une paire de sabots ou renseigner un client. Michelle regrettait de n'avoir personne avec qui échanger quelques mots. Elle scrutait pourtant les rues, qui toutes donnaient sur la place de la halle, dans l'espoir de rencontrer enfin un visage connu, mais personne, sinon François Mauron qui s'en revenait de la taverne, l'estomac plutôt bien calé et l'esprit échauffé. De la même façon qu'au matin, il lui demanda sa recette, mais, à l'heure du repas, les clients ayant été peu nombreux, elle ne lui tendit que quelques piécettes dont il se saisit avec empressement.

— Trois sols et six deniers ! s'exclama-t-il en écarquillant les yeux. Tu te moques de moi, continua-t-il avec dans la voix une fureur mal contenue.

Michelle, devant la colère de son mari, ne put que bredouiller qu'elle lui avait tout donné, qu'elle n'avait rien vendu d'autre. Il s'empara alors avec brutalité de la bourse qu'elle tenait encore entre ses mains, y fouilla avec avidité et, n'y voyant rien de plus, la jeta au visage de Michelle en s'emportant contre elle. Ses éclats de voix avaient attiré deux soldats de la maréchaussée que le juge sénéchal avait dépêchés pour assurer la sécurité ; les jours de foire et de marché étaient de plus en plus souvent le théâtre de larcins et autres excès. Lorsqu'ils comprirent qu'ils avaient affaire à une dispute conjugale, ils rirent de bon cœur, non sans avoir lorgné la jeune femme avec une évidente inconvenance. François Mauron saisit les poignets de Michelle et la secoua avec force et violence en lui signifiant qu'elle avait intérêt à tout vendre d'ici à ce qu'il revienne. Lorsqu'il la lâcha enfin, elle perdit l'équilibre et s'étala au milieu du tas de foin qu'elle avait disposé pour sa jument, pendant qu'il s'éloignait en maugréant. Quelques personnes s'étaient retournées durant l'altercation, haussant les épaules, ne voulant se mêler d'une scène de ménage qui ne les regardait pas. Le sabotier, tout à son ouvrage, n'avait pas même levé le nez. Michelle se releva en grimaçant de douleur, ses poignets contusionnés et endoloris gardant la marque de la poigne de François Mauron. Dans l'indifférence générale, personne n'avait cherché à la défendre de cette agression injuste et imméritée. C'est alors qu'un homme vêtu de noir, ayant de loin assisté à la scène, s'avança vers elle. Michelle était confuse d'avoir été ainsi humiliée en public et baissait les yeux de honte. Elle ne vit pas tout de suite l'homme s'approcher de son étal et son regard l'envelopper de compassion.

— Etes-vous blessée, mademoiselle ?

Michelle leva les yeux déjà tout embués de larmes et considéra l'inconnu dont le timbre de voix lui prouvait toute la mansuétude. Elle secoua négativement la tête en reniflant et s'essuya les yeux du revers de sa main. Elle avait en face d'elle un homme plutôt jeune, portant des cheveux bruns ondulant sur les épaules et vêtu d'un habit noir qui lui donnait un air sévère, mais son visage aux traits agréables reflétait une bonté qui incita la jeune femme à planter son regard empreint de désespoir dans le sien. Se voulant rassurant, il lui adressa un sourire et poursuivit, indigné, en voyant Michelle se masser les poignets meurtris :

— Mais vous souffrez, qui est cet odieux personnage qui se permet pareille brutalité ?

Le silence de Michelle l'encouragea à continuer :

— Est-ce votre père, ou bien votre maître peut-être ?

Sous le regard affable et suppliant de l'inconnu, Michelle consentit enfin à répondre.

— C'est mon mari, monsieur.

— Votre mari, rétorqua-t-il, offusqué par cette révélation, qui ose vous traiter de la sorte, mais c'est ignoble !

L'homme demanda alors à Michelle qui elle était et où elle demeurait. Ce à quoi elle répondit en lui dévoilant son identité. Rassurée par l'intérêt que lui portait l'inconnu, elle répondit à ses questions qui se firent peu à peu plus personnelles. Elle lui avoua être mariée avec François Mauron depuis sept ans, ne pas avoir d'enfant et ne nourrir guère d'espoir en ce sens.

— Comment est-ce possible ? Voulez-vous dire que votre mariage n'a pas été…

L'homme hésita à poursuivre, considérant soudain le caractère intime et confidentiel de sa question, mais Michelle ne se troubla pas et renchérit :

— Jamais ! Et ce n'est point tout : quand il est ivre, il est capable de tout !

L'inconnu était outré et abasourdi par autant de révélations et il lui apprit qu'elle pouvait avoir recours à la justice pour faire condamner les violences de son mari et, plus encore, obtenir la dissolution de son mariage en raison de l'absence d'enfants. Cela, elle le savait. Elle avoua encore qu'elle était retournée chez son père, un jour où, ivre mort, il l'avait fouettée. Alors son père avait prévenu le curé de Vanzac dont le frère était procureur au présidial de Saintes.

— Maître Marc Arnault ! s'exclama l'homme. C'est un de mes amis, un homme juste et bon envers lequel j'ai une grande estime.

Michelle était ahurie par ce qu'elle entendait. Elle avait en face d'elle quelqu'un qui connaissait messire Arnault. Comment était-ce possible ? L'inconnu s'excusa auprès de Michelle de ne pas s'être présenté.

— Mille excuses, madame, je ne vous ai pas révélé mon nom alors que je vous presse de demandes et connais tout de vous ! Baron Guillaume de Courtignac, avocat au parlement de Bordeaux. Mes affaires m'ont amené ce jourd'hui à Baignes pour que je rencontre messire Cosson, le juge sénéchal de ce lieu.

Il esquissa à l'intention de la jeune femme une sorte de révérence tout en déclinant son identité. Michelle fut soudain prise d'une peur panique en se rendant compte que François Mauron pouvait surgir d'un moment à l'autre. Le baron lut dans ses yeux sa détresse et ne put laisser une femme aussi belle et malheureuse entre les mains d'un homme brutal et méchant. Il lui fallait avant tout la convaincre de fuir ce mécréant.

— Je vous en conjure, quittez ce personnage odieux et infâme et reprenez votre liberté.

Ce mot était aussi précieux à Michelle qu'au jeune avocat.

— Mais comment le pourrais-je ? Ils me surveillent et me séquestrent ; seul mon père consentirait à m'aider, mais ils m'empêchent de le voir…

— Moi, je vous aiderai, coupa-t-il d'une voix ferme et passionnée. Mais, pour cela, il vous faut fuir. Profitez de la faveur de l'obscurité et sauvez-vous, c'est votre seule chance de salut !

Michelle écoutait les propos du baron avec une flamme d'espoir aussitôt éteinte par sa hantise de voir son mari surprendre leur conversation.

— Fuyez, je vous en prie ! S'il revenait, il me tuerait…

— Je voudrais bien que ce gueux s'avise de vous brutaliser devant moi, je le passerais au fil de mon épée !

— Par pitié, je vous en supplie !

— J'y consens, mais à deux conditions : que vous acceptiez ceci, dit-il en lui tendant un louis d'or de six livres, et que vous me promettiez de fuir pour votre sécurité et de venir me retrouver à Jonzac où je m'occuperai personnellement de votre affaire.

Elle n'osait esquisser la moindre parole après ce plaidoyer en sa faveur. Elle ne put même pas tendre la main pour prendre la pièce d'or, il dut saisir avec une infinie douceur son poignet meurtri et refermer ses doigts sur l'écu d'or. Elle se hasarda à lever les yeux vers le baron de Courtignac et y surprit son regard qui se voulait avant tout convaincant et aussi éloquent que ses propos.

— Je vous le promets, jamais je n'oublierai votre discours.

Michelle avait à peine détourné les yeux qu'elle aperçut son mari, à l'angle de la rue Trousse-Penille, se dirigeant vers eux. Le regard affolé qu'elle offrit au baron lui fit comprendre que l'intrus était en vue. Il s'éloigna donc à contrecœur de la jeune femme et les deux hommes se croisèrent à quelques pas à peine de Michelle qui tremblait autant de la terreur inspirée par son mari que de son espoir renaissant. L'avocat eut l'envie de bousculer François Mauron, de le provoquer et de le ridiculiser, mais il s'abstint pour ne pas exacerber sa colère qui rejaillirait sur sa femme. C'est l'esprit troublé par la rencontre de cette jeune paysanne qu'il continua sa route. Elle n'était pourtant pas la seule à subir le courroux d'un mari échauffé par la vinasse, mais il ne pouvait le tolérer et ferait tout ce qui était en son pouvoir pour faire cesser ces injustices. Pourquoi une femme doit-elle recevoir les coups inconsidérés de son mari sous prétexte qu'il est le maître de ses droits ?

Le jeune avocat se battait chaque jour contre des drames de ce genre : des femmes battues, bafouées, humiliées, ruinées par leurs maris ; d'autres engrossées par leur maître et contraintes de faire leur déclaration pour se conformer à la loi. Certaines, par instinct de survie, venaient dénoncer au procureur leurs souffrances, mais combien d'autres se taisaient par crainte de représailles ou par simple ignorance ! Mais la loi était bien chiche et on ne se séparait pas si aisément d'un mari, aussi cruel fût-il. Au mieux pouvait-on espérer une séparation de corps ou de biens, mais la vraie dissolution du mariage ne se proclamait pas facilement. Il fallait une meilleure raison pour faire annuler ce sacrement divin : avoir quelque lien de consanguinité – un lointain cousinage suffisait – ou ne pas avoir consommé son mariage, ce qui était le cas lorsque l'époux s'avérait impuissant. La jeune femme au regard suppliant et rempli de détresse était visiblement dans ce cas, et l'avocat qu'il était se ferait un devoir de confier cette affaire à son cousin, messire Depichon, le juge official du tribunal ecclésiastique de Saintes, seul habilité à juger ce genre d'affaire. Il allait d'ailleurs s'enquérir de ces Mauron et enquêter dès aujourd'hui auprès de maître Nouhet. Le baron Guillaume de Courtignac était bien décidé à sortir Michelle des griffes de son mécréant de mari. Il userait pour ce faire de tous ses pouvoirs et de toutes ses connaissances.

— Sacrebleu, un louis d'or de six livres !

François Mauron tournait et retournait entre ses doigts l'écu, en écarquillant les yeux. Il le serra dans sa bourse sans un regard ni un mot pour Michelle. Il lui fit néanmoins signe de remballer, la foire étant finie ; d'ailleurs, le soleil baissait à l'horizon et, le temps de rentrer, la nuit serait tombée. Michelle chargea sur la carriole ses paniers, dont certains étaient vides, et, la jument attelée, ils se dirigèrent vers le village des Merles. François Mauron, dont la journée fut encore plus arrosée qu'à l'ordinaire, avait la tête lourde et le pas hésitant, trébuchant à chaque ornière. Aussi reprit-il place à l'arrière du convoi conduit par Michelle. Elle avait bien du mal à contenir son bonheur, la voix du baron qui lui commandait de fuir hantait sa mémoire et ses sens. Elle n'avait qu'une hâte : mettre en pratique ses conseils, mais sans savoir encore ni quand ni comment. Mais ce dont elle était sûre, c'est qu'elle ne resterait plus longtemps prisonnière des Mauron. Avec la loi pour elle et quelqu'un pour l'aider à retrouver sa liberté, elle n'avait désormais pas à hésiter. Malgré le froid et le vent qui se levait, elle se sentait envahie par une chaleur bienfaitrice et une énergie à soulever les montagnes.

Lorsque Michelle gravit ce soir-là les marches de l'escalier craquant sous ses pas, une bouffée d'espoir l'envahit et elle se sentit pousser des ailes. Pourtant, comme à son habitude, François Mauron la poussa dans la chambre. Il tira d'une poche la grosse clé et, de son autre poche, le louis d'or qu'il fit luire à la lueur de la bougie que Michelle tenait à la main.

— Avec ça, ricana-t-il, je vais boire à ta santé !

Une ironie cruelle brillait dans ses yeux hagards quand il referma la porte, non sans faire tourner la clé dans la serrure de bois et s'être assuré qu'elle était bien verrouillée. Michelle avait tant espéré qu'il oubliât une seule fois de l'enfermer à double tour, mais ce jour-là n'était pas encore venu. Elle resta plantée derrière la porte de longues minutes, comme pétrifiée, avec la voix du baron de Courtignac résonnant sans cesse à ses tympans, lui commandant de fuir. Pendant ce temps, son mari, pour ne pas réveiller la maisonnée et ne pas attirer l'attention sur ses absences nocturnes de plus en plus répétées, traversait le grenier, descendait par une échelle et rejoignait la grange par laquelle il accédait au dehors. De cette façon, ses sorties restaient ignorées de tous. Quant à Michelle, comment pouvait-elle s'échapper de cette chambre sans cette maudite clé ? Elle n'avait pas bougé, le dos appuyé contre la lourde porte de sap*, le regard fixé sur la lucarne. Elle bondit soudain. Une idée venait de jaillir dans sa tête et elle s'affaira à défaire son lit de ses balins. Elle les noua solidement l'un à l'autre, puis ouvrit la petite fenêtre et mesura d'un coup d'œil l'ouverture qui avait juste le bon diamètre pour qu'elle puisse se faufiler dehors. Elle s'empara d'un autre drap qui était dans son coffre et le noua aux deux autres ; elle jugea la longueur suffisante et accrocha l'un des bouts au pied du lit. Elle ôta sa jupe et son jupon, dont l'ampleur l'eût gênée, les jeta du haut de la lucarne, non sans y avoir auparavant enveloppé ses sabots. Puis elle prit un sac de coton dans lequel elle fourra en hâte quelques hardes et son précieux mouchoir de soie, offert par la duchesse de Montausier, dont elle ne se serait jamais séparée. Plus que jamais, elle sentait qu'il allait lui porter chance. Elle n'avait rien d'autre à emporter et point d'argent. Elle vérifia une dernière fois la solidité des nœuds et fit lentement descendre ses draps le long du mur. Puis elle se laissa glisser jusqu'à terre. Il ne lui avait fallu que quelques minutes pour imaginer son plan d'évasion et le mettre à exécution, et quelques secondes à peine pour se retrouver quinze pieds plus bas. Elle enfila prestement ses épais et lourds jupons, sa pèlerine de laine, tendit l'oreille pour épier le moindre bruit suspect, le cœur battant à tout rompre. Elle attendit de s'être un peu éloignée pour reprendre ses galoches et quitta pour toujours cette maudite maison des Mauron. Elle se sentait mue par un sentiment d'ivresse jusqu'alors inconnu. Elle partait à la conquête de sa liberté et se jura que plus jamais elle ne serait une femme asservie et prisonnière de sa vie.

# DEUXIEME PARTIE

## Le temps de la liberté

Michelle marchait depuis déjà une heure, enroulée dans sa cape de laine, serrant contre elle son maigre balluchon. Ses yeux habitués à l'obscurité scrutaient l'horizon. Le froid sec annonçait un hiver précoce comme on en connaissait depuis quelques années, mais elle ne le sentait pas, tant elle était grisée. Après avoir gagné le village de Passignac, la fugitive, les sens toujours en éveil, se dirigea vers la paroisse de Saint-Maigrin. Elle voulait éviter la forêt par crainte d'y rencontrer des loups ; aussi, en arrivant au moulin de Narrat, elle bifurqua sur la gauche et contourna le bourg. Près du hameau de la Vallade, des chiens hurlèrent à son passage. Elle hâta le pas pour s'éloigner des habitations. Il lui fallait gagner au plus vite la grand-route de Jonzac.

Elle dut traverser la bordure de la forêt qui lui parut interminable. L'épaisse châtaigneraie aux arbres séculaires obscurcissait la faible clarté de la lune. Michelle avait tant rêvé de ce moment qu'elle n'avait jamais imaginé qu'un danger pût la menacer. Pourtant, elle était seule et à la merci de tous les pièges de la nuit et de l'inconnu. Elle prit soudain conscience de sa situation, de son geste et de ses conséquences. A cette heure, François Mauron était sûrement revenu de la taverne. Avait-il donné l'alerte ? Comment allait-il expliquer sa fuite alors qu'il était censé être près d'elle ? La jeune femme se sentit submergée par un sentiment de peur panique et se mit à allonger le pas, indifférente à sa fatigue et à ses pieds meurtris par ses sabots. Se pourrait-il que les Mauron soient déjà à sa poursuite ?

Comment pourraient-ils savoir qu'elle avait pris la direction de la ville de Jonzac ? Son cœur cognait toujours aussi fort, ses oreilles se mirent à bourdonner, elle ne savait plus si elle allait au-devant de sa liberté ou si elle avait signé son arrêt de mort. Si les Mauron la retrouvaient, elle n'osait imaginer le sort qu'on lui réserverait. Mais le beau visage aux traits réguliers, au sourire bienveillant et au regard protecteur du baron de Courtignac s'imposa à elle et elle reprit courage. Encore une centaine de toises et elle aurait quitté cette épaisse chape de branchages. C'est à ce moment précis que le silence qu'elle trouvait pesant et angoissant se brisa pour faire place à un long hurlement.

Transie d'effroi, elle n'osa plus ni respirer ni avancer. Tétanisée, elle se figea et attendit en essayant de localiser la direction du hurlement. Après s'être tu quelques secondes, il reprit, plus long, accentué par l'écho des hautes futaies. Etait-il loin d'elle, l'avait-il sentie ? Tapie au pied d'un chêne, Michelle, qui sentait couler sur ses tempes des gouttes de sueur, ôta ses sabots et se mit à en heurter les semelles violemment. Du choc des ferrures heureusement neuves jaillit une multitude d'étincelles. Michelle savait que seul le feu avait le pouvoir d'éloigner les loups. Elle continua de cogner ses sabots avec un acharnement désespéré, puis, épuisée, elle cessa et écouta. Quelques minutes s'écoulèrent ainsi où seul un léger bruissement qui agitait les dernières feuilles que l'automne avait épargnées troublait le silence. Puis, alors qu'elle s'apprêtait à reprendre sa marche, elle perçut dans le lointain le hurlement de la bête qui s'était éloignée. Soulagée, elle aspira une longue bouffée d'air glacé pour calmer les palpitations de son cœur rudement éprouvé. Elle avait maintenant laissé derrière elle la forêt et se dirigeait vers la grand-route. Etait-elle pour autant tirée d'affaire ?

Elle cherchait à se rassurer, mais ne pouvait chasser de son esprit toutes ces histoires de brigands qu'on se racontait les soirs de veillée, ces prisonniers évadés, ces soldats déserteurs qui, comme elle, profitaient des faveurs de l'obscurité pour gagner leur liberté. Elle dut faire un effort pour retrouver dans sa mémoire le regard gris du baron, entendre de nouveau ses paroles d'espoir et se convaincre qu'elle était en route vers la liberté. Une chouette s'envola juste au-dessus d'elle, la tirant de sa torpeur, et poussa son lugubre ululement qui troua le silence. Depuis combien de temps Michelle marchait-elle ainsi dans le froid de cette nuit de novembre ? Elle n'aurait su le dire. Combien de lieues lui restait-il à parcourir pour atteindre Jonzac, cette place militaire qu'elle ne connaissait que par les récits qu'elle en avait entendus, sachant qu'en la forteresse construite par les Sainte-Maure, cousins des Montausier, avaient séjourné les rois Henri IV, Louis XIII et Louis XIV, lequel s'en revenait d'épouser l'infante d'Espagne. On en avait beaucoup parlé dans les chaumières.

Elle avait aussi connaissance des foires de Jonzac qui étaient réputées, mais jamais ses pas ne l'avaient menée en ce lieu. Les Mauron s'y rendaient parfois et avaient parlé devant elle du chemin qu'ils empruntaient pour s'y rendre, et dont elle avait mémorisé chaque détail. Mais comment retrouverait-elle le baron dont elle ne connaissait que le nom et l'activité d'avocat ? Enfin, elle fut en vue de la grand-route qui la mènerait dans la paroisse de Meux et qui continuait tout droit jusqu'à Jonzac. Ses pensées sans cesse en effervescence allèrent vers son père, seul, sans nouvelles d'elle, et qui ne tarderait pas à être inquiété par les Mauron dès que son absence serait signalée. Elle était loin maintenant et avait la certitude qu'ils ne pouvaient plus rien contre elle.

L'horizon se teintait de nuances plus claires, le jour ne tarderait pas à poindre. Michelle marchait toujours malgré ses pas qui faiblissaient, les pierres disjointes du chemin roulant sous ses sabots ralentissaient son rythme. Enfin, de faibles lueurs lui parvinrent dans le lointain, des coqs chantaient de tous côtés. La vie allait reprendre son cycle, et elle fut un peu rassurée par ces bruits familiers. Mais il lui restait à affronter cette ville étrangère et ses habitants.

Les brumes matinales nimbaient la campagne d'un halo qui ne se dissipa que lorsque Michelle arriva aux portes de la ville. A peine aperçut-elle les hautes murailles du château fort des Sainte-Maure dont les tours et le donjon magistral se perdaient dans les nébulosités de l'aurore. Son cœur se serra davantage dans sa poitrine, elle percevait une agitation digne d'un jour de foire ; les maisons, de plus en plus nombreuses à l'approche du faubourg, s'animaient. Elle prit une ruelle qui grimpait et se retrouva dans l'enceinte de la vieille ville où on se bousculait pour passer. Un charpentier était déjà à son ouvrage. Michelle percevait ses coups de marteau sur les madriers. Une charrette l'obligea à se coller au mur pour ne pas être renversée. Les échoppes ouvraient leur volet. Les éclats de voix qui se faisaient entendre de toutes parts lui firent penser qu'il y avait la foire, mais elle ne voyait aucune autre marchandise que celle des échoppes. Pourtant, des échos de voix frénétiques lui parvenaient, toujours plus nombreux. Regardant d'un œil curieux et surpris ces maisons hautes collées les unes aux autres, elle respirait des odeurs pestilentielles dégagées par les tanneries qui bordaient la rivière séparant la ville en deux. L'air était décidément irrespirable, les égouts déversés par les habitants inondaient les rues étroites de leurs immondices. Michelle se demandait comment on pouvait vivre aussi entassé et parmi toutes ces ordures qu'elle évitait à chaque coin de rue. Un porteur d'eau, un joug sur les épaules, venait de remplir ses deux seaux et criait : « A l'eau ! » Elle se guidait aux échos de voix et suivit la populace qui semblait se diriger toute en un même lieu. On se pressait, se bousculait, s'injuriait jusqu'à la place du château où Michelle aperçut les charpentiers qu'elle avait seulement entendus. Jusqu'aux fenêtres des maisons où on était posté, on se disputait la place. Que pouvait-il se passer d'aussi intéressant qu'on ne puisse aborder devant cette estrade où les charpentiers s'affairaient encore ? Puis Michelle, à force d'être ballottée d'un côté et de l'autre sans que personne ait pris garde à elle, entendit une voix toute proche s'adresser à elle.

— Ah ! vous aussi, vous êtes venue voir ; il faut reconnaître que le spectacle en vaut la peine !

L'homme qui s'était ainsi adressé à elle plissait ses petits yeux en dévoilant une dentition rare et dévisageait Michelle avec convoitise. Elle ne comprenait toujours pas de quel spectacle il s'agissait et acquiesça d'un signe de tête en se faufilant plus loin. Elle finit par comprendre au hasard de quelques conversations surprises dans cette foule en liesse.

— La gueuse ! Au moins, elle ne recommencera pas ! lança une femme surexcitée.

— Pour sûr, et elle a ce qu'elle mérite ! Comme si une femme se permettait de quitter son mari ! répondit une autre.

— Et encore moins de le tromper ! renchérit une troisième mégère.

C'était donc cela, une exécution publique, qui attirait une telle populace en délire ! Michelle eut soudain une violente douleur à l'estomac, comme un coup de poignard qu'on lui aurait asséné. Une femme allait être pendue parce qu'elle avait quitté son mari ! N'était-elle pas elle aussi dans ce cas ? D'autres voix près d'elle continuaient de commenter l'événement.

— Ce crime est impardonnable et la justice est impitoyable…

— Pourquoi a-t-elle quitté sondit mari ? Connaîtriez-vous une raison à cela ?

— Il l'aurait battue, à ce qu'on dit, répondit une voix au timbre rauque.

— Dans ce cas, elle devait le mériter, approuva une autre voix.

Michelle était pétrifiée par ce qu'elle entendait partout autour d'elle. Elle suffoquait, mais ne devait pas montrer son malaise. Les hurlements de la foule s'intensifièrent et s'amplifièrent en un énorme juron quand la charrette amenant la condamnée arriva en direction de la place par la rue du Minage. La potence était fin prête. Une jeune femme en descendit ; elle était en chemise, nu-pieds, les mains liées derrière le dos, maintenue par deux gardes, avec autour du col trois cordes. Un prêtre qui brandissait un crucifix l'accompagnait vers l'estrade. Un homme de rouge vêtu, l'exécuteur de haute justice, la devança de quelques toises. Michelle en avait assez vu, elle ne pouvait en supporter davantage. Avec une grimace traduisant son écœurement, elle se détourna pour ne plus voir ce triste spectacle. Elle bouscula par inadvertance des gardes dont l'un, en la dévisageant, lui lança :

— Tiens, tiens, mais je t'ai déjà vue, toi ; tu es seule, ton mari ne t'accompagne pas ?

Son regard rempli de concupiscence dévisageait Michelle. Elle secoua la tête négativement, ne connaissant pas le garde, qui lui l'avait vue à la foire de Baignes pas plus tard que la veille lors de son altercation avec son mari. Le garde la fixait en attendant une réponse.

— Je ne vous connais pas et puis je n'ai pas de mari, dit-elle pour couper court.

— Tu n'as pas de mari, c'est nouveau ça ! Hier, tu en avais un à la foire de Baignes, car c'est là que je t'ai vue !

Michelle se sentit prise à son propre piège et ne savait plus comment s'extirper de cette situation. Le garde, voyant son embarras, ajouta, narquois :

— A moins que tu ne l'aies quitté toi aussi ! Peut-être voudrais-tu goûter à la geôle et à la corde…

Il n'eut pas le temps de finir que son acolyte le tira par le bras et l'entraîna à la poursuite d'un voleur qui venait de tirer une bourse d'un gousset. Libérée de l'emprise du garde qui l'avait reconnue, Michelle en profita pour disparaître de cette place où tous les Jonzacais et les habitants de la contrée s'étaient rassemblés.

Tandis que les clameurs ne cessaient de s'amplifier, exacerbées par la vue de la condamnée, Michelle hâtait le pas à l'opposé, fuyant ce triste spectacle. Elle ne savait pas où elle dirigeait ses pas, elle voulait seulement échapper à ce soldat qui l'avait reconnue et à qui elle avait menti. S'il la rattrapait, que pourrait-elle raconter pour justifier sa présence, seule dans cette ville ? Elle aussi serait arrêtée, jetée dans un cachot de la prison, et, comme elle avait réellement fugué, elle risquait la peine de mort. Comment n'y avait-elle pas pensé ? Elle errait dans les ruelles désertes de Jonzac, la mort dans l'âme, sachant ses heures de liberté comptées puisqu'on avait sûrement déclaré sa fugue au procureur, qu'on allait la faire rechercher. Mathurin, son pauvre père, en mourrait de chagrin. Son sort était jeté, elle avait quitté sa prison chez les Mauron pour une autre, celle dont parlait le soldat, humide, sombre, puante, peuplée de rats et qui était l'antichambre de la mort. Au moment où elle déambulait comme une âme en peine, cherchant en vain quelqu'un à qui demander son chemin, une jeune femme de vingt-cinq ans se balançait au bout d'une corde sous les hourras d'une foule en délire.

Chez les Mauron, en ce matin de novembre terne et blafard, la consternation se lisait sur chacun des visages, tant des maîtres que des domestiques. D'autant qu'on ne pouvait tenir personne pour responsable puisqu'elle avait disparu pendant la nuit. La mère était toujours alitée et enrageait de n'être pas déjà à la poursuite de la fugitive. Personne n'arrivait à comprendre ce qui avait pu se passer. Seul François aurait pu, mais, selon sa version, elle avait profité de son sommeil, plutôt lourd, pour se sauver. En réalité, à son retour de la taverne, il avait rapidement compris le tour que Michelle lui avait joué en considérant les draps noués jetés dans l'embrasure. Il remit tant bien que mal le tout en ordre et se laissa tomber sur la paillasse tout habillé, gagné par un profond sommeil. Après tout, peu lui importait qu'elle soit là ou ailleurs. Il l'eût préférée morte, ce qui aurait fait taire toutes ces mauvaises langues qui se riaient de lui. Certes, il l'avait vue le dernier, mais on ne put blâmer son assoupissement bien légitime et mérité. Cette gueuse leur échappait à nouveau, ce qui n'était pas pour plaire à la Jeanneton qui héritait d'un surcroît de travail. Cette fois-ci, on ne perdit pas de temps à sa recherche à travers bois et champs ; le père Mauron invita ses quatre fils à prendre sans tergiverser le chemin de chez Vigné où ils pensaient pouvoir cueillir la fugitive. Où aurait-elle bien pu aller, ailleurs que chez son père ?

Mathurin s'apprêtait à rentrer, un fagot sur l'échine, quand il fut interpellé par les Mauron. Le vieil homme avait beaucoup vieilli depuis la première fugue de sa fille dont il vivait mal la réclusion. Aussi, à l'arrivée des Mauron, son cœur s'accéléra. On venait lui donner des nouvelles, mais quelles nouvelles ? Pourquoi ne les accompagnait-elle pas ? Mathurin se mit soudain à craindre le pire. Venait-on lui annoncer la pire des nouvelles ? Il posa son fagot à terre et interrogea craintivement les Mauron du regard. Mais ils le bousculèrent, entrèrent dans la maison en ignorant la présence du vieil homme qui ne comprenait pas la raison de cette brusque intrusion. C'est alors que le père Mauron s'adressa à lui :

— Où est-elle ? Où est ta coquine de fille ?

Comme Mathurin ne comprenait toujours pas, il le saisit au collet et continua, transfiguré par la haine :

— Tu vas nous dire, oui ou non, où tu la caches ?

Alors seulement le père de Michelle comprit qu'elle avait encore fugué. Il fallait qu'elle fût bien malheureuse.

— Voulez-vous dire que Michelle a disparu ? bredouilla Mathurin.

Le père Mauron fit signe à ses fils de fouiller tous les bâtiments de la cave au grenier, sans oublier la grange, les toits à cochons et le poulailler. Mathurin était si peiné d'apprendre la nouvelle disparition de sa fille que sa détresse se peignait sur son visage. Lorsque François et ses frères eurent terminé l'inspection des lieux, ils durent se rendre à l'évidence qu'elle n'était pas là et que son père n'était pas plus informé qu'eux. Mathurin, désespéré, voulut savoir depuis quand sa fille était partie. Il ne pouvait se résoudre à la savoir seule, partie dans le froid de cette nuit de novembre. Elle ne pouvait être loin. Les Mauron considéraient avec indifférence le chagrin de Mathurin, inquiet pour sa fille, et continuèrent à le persécuter, certains que Michelle allait se montrer d'un moment à l'autre. Aussi, François ferait le guet aux abords de la maison, le temps qu'il faudrait. Ce siège fut intolérable à Mathurin qui pensait lui aussi que sa fille ne tarderait pas à se précipiter chez son père. Peut-être s'était-elle réfugiée chez ce brave curé Arnault ? Mais Michelle, pas plus ce jour que les suivants, ne pointa le bout de son nez, et les Mauron cessèrent leur surveillance, presque convaincus que, cette fois, elle leur avait échappé à jamais. Il faudrait maintenant annoncer publiquement sa disparition, qui fut imputée à un loup alors qu'elle gardait ses chèvres aux abords de la forêt. Il n'y eut pas d'autre explication. N'ayant pas retrouvé son corps, on prétendit avoir vu des taches de sang et avoir ramassé sa coiffe déchiquetée. Chacun dans la contrée se satisfit de ces faits qui contribuèrent à semer la terreur et la consternation, tant les loups hantaient les esprits. On décida d'organiser une battue qui resta sans effet. Seul Mathurin, malgré sa peine et sa désolation, croyait encore sa fille saine et sauve.

Michelle avait marché longtemps à travers les rues de la ville, sans un sol en poche pour acheter un bout de pain alors que son estomac criait famine. Puis, au détour d'une petite rue, elle avisa un homme à l'air affable et s'enhardit à demander le logis du baron de Courtignac. Le visage de l'homme s'illumina à l'annonce du nom de celui que Michelle cherchait.

— Ma foi, rien de plus facile. Sur le chemin de Champagnac, en quittant la ville, dit-il en montrant du bras la direction, c'est la gentilhommière qui se dresse sur le coteau à main gauche et qui se nomme le logis de la Dixmerie.

L'homme était curieux de savoir ce qui y amenait la jeune femme. Michelle s'empressa de lui apprendre qu'elle allait se louer servante chez lui.

— Vous avez bien de la chance, mademoiselle, d'entrer au service d'un homme aussi brave que le baron.

L'homme essuya une larme et poursuivit :

— Si seulement ma petite fille avait eu un maître comme lui, elle ne se serait jamais jetée dans la Seugne*.

Michelle écouta en silence les confidences de son interlocuteur : sa fille avait été séduite par son maître et, une fois qu'il l'eut engrossée, il l'avait jetée dehors. Alors, n'osant avouer à personne ce crime, elle s'était noyée. Michelle réalisa à quel point le destin des femmes, toujours sous le joug des hommes, était bien injuste et qu'elle n'était pas la seule à revendiquer ce droit à la liberté qu'on s'obstinait tant à leur refuser. Elle remercia l'homme en lui prodiguant des paroles de réconfort et prit la direction qu'il lui indiquait.

En passant sur le pont qui enjambait la Seugne, elle eut une pensée pour la pauvre fille dont on venait de lui conter le triste destin et, d'un geste de rage, elle arracha de son doigt l'anneau qui la liait à François Mauron et le jeta dans le courant. Elle se sentit plus libre et soulagée.

Elle avait dû revenir sur ses pas, quitter la ville et ses faubourgs et, après une demi-heure de marche en rase campagne, elle aperçut le logis entouré de vignes. Flanqué de deux gros pavillons rectangulaires prolongés en retour d'équerre par deux ailes terminées par une tour, le logis du baron avait fière allure. Le corps de logis était percé de grandes fenêtres à meneaux et croisillons pour offrir de la clarté et couvert de tuiles plates. Michelle arriva devant la porte cochère qui en barrait l'entrée. Comment allait-on la recevoir si le baron était absent ? Où irait-elle si on lui refusait l'accès de sa demeure ? Elle mesurait à présent toute l'inconscience de son geste désespéré. Comment pourrait-il l'avoir oubliée alors que la veille il la sommait de venir le rejoindre ? Elle avisa alors la chaîne retenant la cloche et l'actionna sans plus tarder pour prévenir de sa présence. Son cœur battait à tout rompre. Dans quelques minutes, son destin allait se jouer. La petite porte piétonne s'ouvrit sur une jeune servante au visage avenant.

— Je cherche le baron de Courtignac, dit timidement Michelle.

— En effet, répondit la servante, nous étions prévenus de votre arrivée.

D'un coup, Michelle sentit s'envoler toutes ses appréhensions et aperçut le baron dont l'ombre se dessinait sur le mur de pierre.

— Vous voilà, comme je suis heureux que vous soyez arrivée !

C'était bien lui, le baron de Courtignac, qui venait de prononcer ces mots, sortant du pavillon où il avait fait installer son bureau.

— Soyez la bienvenue, continua-t-il en montrant à Michelle le chemin vers le corps de logis.

Ils traversèrent la cour par une allée bordée de haies de buis et entrèrent par la grande porte à pilastres surmontée d'un fronton décoré. Michelle ne savait où poser ses yeux, tant elle trouvait somptueux le jardin et la maison. Une autre servante, plus âgée, s'empressa de l'accueillir, et le baron la présenta comme la nouvelle femme de chambre de son épouse. Il invita Michelle à se restaurer et la conduisit dans une petite salle attenante au hall d'entrée. Il ordonna à l'une des servantes d'apporter de quoi manger et à l'autre de lui préparer la chambre de la tour et des vêtements propres. Lorsqu'ils furent seuls, le baron la pressa de questions. Il avait hâte de savoir comment s'était passée sa fuite.

Elle lui narra son évasion, sa longue marche dans la nuit, puis son arrivée à Jonzac et le soldat qui l'avait reconnue. Elle lui confessa ses peurs et ses angoisses, consciente des risques que lui valait son geste. Elle aussi allait être pendue. Michelle avait le regard plein de larmes et regrettait maintenant d'être ici. Le baron, qui l'avait écoutée sans l'interrompre, laissa la servante lui servir sa collation, et lorsqu'elle eut disparu derrière la tapisserie il s'empressa de la rassurer. Michelle avait le ventre creux, mais, malgré les mets savoureux qu'on lui offrit, elle ne mangea guère. Le baron déplora sa venue en ce triste jour, cette foule en liesse se délectant de la mort d'une innocente. Pouvait-on imaginer spectacle plus horrible ?

— C'est de la folie que de m'être enfuie ; moi aussi, je risque…

Le baron ne la laissa pas finir :

— Vous êtes ici en sécurité, personne ne connaîtra votre véritable identité. Vous vous appellerez désormais Jeanne Maugars et vous êtes native de Bordeaux. Ne craignez rien, vous êtes sous mon entière protection, personne ne viendra vous chercher ici.

Sa voix au timbre ferme ne supposait aucune réplique, mais il avait dans le regard une humanité et une bonté qui avaient su la convaincre, la veille, de son honnêteté. Elle le regardait sans toutefois comprendre l'intérêt qu'il portait à son malheur. Il devina la question qui lui brûlait les lèvres.

— Je ne supporte ni la brutalité ni l'injustice des hommes ; aussi quand je vous ai vue excédée et martyrisée par ce mécréant, je n'ai fait que mon devoir d'avocat en vous informant. Tant que je vivrai, je lutterai et je me battrai pour cet idéal que je défends : la liberté et l'égalité des hommes et des femmes.

Michelle ne savait comment payer cet homme de ses bontés. Il lui raconta alors son malheur. Son épouse avait fait une chute de cheval peu de temps après leur mariage, et depuis ses jambes refusaient de lui obéir. Elle avait besoin d'une présence à ses côtés pour mieux supporter son infortune et reprendre goût à la vie, et lui n'était pas toujours là, son métier d'avocat le retenant souvent au Parlement de Bordeaux. Michelle acceptait-elle de tenir ce rôle ?

Les semaines et les mois s'étaient écoulés depuis ce jour de novembre où Michelle était arrivée au logis de la Dixmerie. L'hiver avait succédé à l'automne, déroulant ses longues soirées devant la monumentale cheminée où brûlaient des troncs entiers. Puis le printemps revint, apportant avec lui ses serments d'espoir et parant le jardin et la forêt de ses verts tendres, avant un été qui s'étira, nonchalant, sous les charmilles. Michelle eût été pleinement heureuse si le souvenir de son père, qui lui manquait, ne ternissait son bonheur. Le vieil homme était douloureusement affecté par la disparition de sa fille, mais il avait refusé d'admettre sa mort. Cet espoir qu'il nourrissait de la revoir lui apportait ce souffle de vie auquel il se raccrochait. Mais pour sa sécurité et celle de Michelle, il ne devait pas avoir connaissance de sa retraite, tant que la procédure de dissolution de son mariage ne serait pas en cours. Le baron de Courtignac y travaillait ardemment.

Aurore de Beaupoil de Saint-Aulaire, l'épouse du baron de Courtignac, avait adopté Michelle, à tel point qu'elle était devenue plus qu'une femme de chambre et une dame de compagnie ; une vraie amitié était née entre elles. Le baron se félicitait de cette complicité, heureux d'avoir tiré la jeune femme des rets de ces Mauron. Michelle passait ses journées auprès d'Aurore, l'aidant à se mouvoir, la divertissant, lui servant ses repas, guidant à travers les allées du parc ce drôle de fauteuil qu'on avait fait fabriquer spécialement pour l'infirme et qui était équipé de roues. Grâce à ce curieux équipage, Aurore pouvait goûter aux bienfaits du soleil, respirer la brise printanière et se repaître de ces vivifiantes balades champêtres.

Ce fut par un de ces beaux jours de l'été 1690 qu'Aurore fit à Michelle une proposition. Elle l'appelait toujours Jeanne, bien que connaissant sa véritable identité.

— Ma petite Jeanne, vous êtes si bonne et si généreuse avec moi que j'aimerais à mon tour vous être agréable.

Michelle hocha la tête, intriguée par l'offre de la baronne. Que pouvait-elle lui apporter de plus ? Grâce à elle et à son mari, elle occupait dans leur magnifique demeure une chambre confortable, elle portait des vêtements dignes d'une bourgeoise, mangeait à leur table les mets les plus raffinés et s'occupait de la façon la plus aimable qui soit. Fini les vils travaux de servante, pénibles et ingrats, dans le froid et la fange, la poussière et le fumier. Que pouvait-elle espérer obtenir de plus ? D'autant que le baron s'occupait de son procès sans qu'il lui en coûtât un liard. Jamais Michelle n'avait vécu dans une telle opulence.

— Que diriez-vous d'apprendre à lire et à écrire ?

Michelle, assise près d'elle, laissa tomber l'ouvrage de tapisserie qu'elle tenait sur ses genoux et se leva d'un bond. Elle ne pouvait dissimuler son enthousiasme : lire et écrire, la clé du savoir, tout ce à quoi elle aspirait ! Elle ressentait une telle frustration lorsqu'elle avait entre ses mains un de ces livres à la reliure de cuir et aux lettres d'or qu'elle tendait à Aurore. Elle se délectait de ces récits passionnés que la baronne lui lisait parfois. Aussi répondit-elle, certaine que ce savoir n'était permis et accessible qu'aux bourgeois et aux nobles, et non aux simples paysannes de sa condition, avec une soudaine réserve :

— Mais… comment le pourrais-je ?

La baronne sourit devant sa naïveté et lui promit que rien ne devait l'empêcher d'accéder à cette connaissance qu'elle se ferait une joie de lui enseigner.

— Depuis six mois que je vous observe, Jeanne, j'ai pu déceler vos qualités. Vous êtes une femme d'une remarquable intelligence, subtile et réfléchie. Il faudrait que je sois une bien mauvaise préceptrice pour échouer… Et si nous commencions sur-le-champ !

Aurore avait hâte de mettre son projet à exécution et demanda à sa future élève de lui apporter le livre de maroquin rouge posé sur la console de la bibliothèque. Michelle s'exécuta avec un certain empressement, contenant difficilement sa jubilation et refoulant ses appréhensions. Aurore s'empara du volume que Michelle lui tendait et l'ouvrit.

— Ecoutez bien, Jeanne, et dites-moi si l'on peut écrire plus beau :

*Cause de tant de feux, source de tant de pleurs,*
*Julie, accorde ma requête,*
*Comme à toutes ces autres fleurs,*
*Donne-moi place sur ta tête…*

Michelle avait blêmi à l'écoute du madrigal. La suite lui revint en mémoire et elle enchaîna sous le regard stupéfait de la baronne.

*Devant le lustre de mon teint,*
*L'éclat des plus beaux lys s'éteint,*
*Partout ailleurs je leur fais honte,*
*Seulement dans ton sein leur blancheur me surmonte.*

— Comment se peut-il que vous ayez connaissance de ce madrigal ?

Aurore était interloquée et scrutait le visage de Michelle qui s'était empreint de nostalgie, tant un flot de souvenirs heureux surgissait de sa mémoire. Elle tira de son décolleté le mouchoir de soie aux armes des Montausier, qu'elle conservait toujours sur son cœur.

— Une vieille femme, jadis, me l'apprit et me conta l'histoire de celle à qui ces vers furent dédiés.

Michelle poursuivit en dévoilant sa rencontre avec le duc de Montausier et sa fille au détour d'un chemin creux.

— Ce mouchoir, continua Michelle en le tendant à Aurore, doit me porter chance, je commence à croire en son pouvoir.

C'est sur *La Guirlande de Julie,* ce recueil de vers dédié à la duchesse de Montausier, que Michelle apprit à lire avec succès.

Michelle et Aurore avaient pris leur repas sous la tonnelle pour profiter de la douceur de l'été finissant en humant l'odeur enivrante des lys. Les premières grappes de raisin aux grains dorés et gorgés de sucre avaient pris place sur la table et leur soutiraient des exclamations de plaisir. L'été sec et chaud avait activé leur maturité et les vendanges s'annonçaient précoces. Un an s'était écoulé depuis que l'épouse de l'avocat avait suggéré à Michelle de devenir son élève. Elle lisait et écrivait désormais si parfaitement que la baronne avait ajouté à ses fonctions celle de secrétaire gérant les comptes des métairies. D'une écriture habile, elle remplissait sa tâche avec application et fierté. C'était encore elle qui faisait la lecture quand Aurore éprouvait trop de lassitude. Elles passaient ensuite des heures à commenter les livres que le baron rapportait de Bordeaux. Les œuvres de Corneille, de Molière et de La Fontaine les ravissaient autant qu'elles les transportaient dans ce monde merveilleux de l'imaginaire.

La petite paysanne était devenue une femme savante autant que séduisante, forçant l'admiration de ses bienfaiteurs et de leurs convives. Messire de Beaupoil, prêtre de la paroisse de Champagnac et cousin de la baronne de Courtignac, dont il était également le confesseur, venait chaque semaine les visiter. Il s'étonnait à chaque fois des progrès de Michelle et l'encourageait dans ses efforts, lui conseillant des lectures plus spirituelles, telles que la vie des saints, et lui apportant des ouvrages de sa bibliothèque. Pourtant, elle se languissait de sa terre de Vanzac, et son vieux père lui manquait. Aurore surprenait parfois sur son beau visage de madone une ombre venant ternir son sourire et voiler son regard. Elle n'avait pas quitté le domaine de la Dixmerie depuis son arrivée, se bornant aux limites du parc et de la forêt alentour. Elle n'avait pas délaissé un seul jour la compagnie de la baronne, mais dans cette prison dorée elle étouffait et avait grand-hâte de voir son procès se juger pour reprendre sa liberté. Au moment même où Michelle et Aurore achevaient leur collation en commentant les dernières nouvelles du *Mercure français,* le baron était en grande discussion avec un personnage qui, en plus d'être son cousin, exerçait la fonction de juge official du tribunal ecclésiastique de Saintes. Messire de Pichon avait spécialement fait le déplacement depuis son logis de la ville de Saintes pour une affaire confidentielle et importante que son cousin de Courtignac avait à lui confier. Il ne s'était guère fait prier, connaissant la bonne table de son hôte, assuré d'un séjour où la bonne chère et les vins spiritueux ne seraient pas en reste. Une petite villégiature dans cette campagne luxuriante lui ferait le plus grand bien après une saison où les procès les plus complexes s'étaient succédé.

— Ainsi donc, mon cher cousin, vous avez une affaire à me confier ?

Le prêtre, confortablement installé dans un fauteuil en tapisserie, sirotait sa liqueur de prune. Le baron de Courtignac, assis derrière sa table de travail aux piétements torsadés et recouverte d'un tapis brodé de soie, entreprit de lui narrer en détail l'histoire de Michelle.

— Il y a bientôt deux ans que je l'ai recueillie et qu'elle est au service de mon épouse.

— Votre générosité vous perdra, mon cher !

Le juge ne connaissait que trop les doctrines de l'avocat.

— Il faut donc plaider l'annulation, continua-t-il, mais je crains que cette histoire de fuite ne complique la situation.

Le prêtre avait l'habitude des affaires difficiles. Le baron s'empressa d'ajouter que Michelle, surveillée et séquestrée, n'avait eu d'autre choix que celui-là et qu'elle avait fugué sur son conseil.

— Néanmoins, renchérit messire de Pichon, le mari aurait pu porter plainte.

Mais l'avocat, avisé, avait déjà mené d'une façon discrète son enquête. Non seulement le mari n'avait pas déposé de plainte en justice, mais ce triste personnage, qui était la risée du monde, la faisait passer pour morte, soi-disant dévorée par un loup.

— Dans ce cas, suggéra l'ecclésiastique en reposant à regret son verre vide, cette disparition doit faire son affaire.

— C'est exactement mon avis. Comme il est débarrassé de sa femme, les railleries ont cessé et, de surcroît, il conserve la dot. Pourquoi aurait-il entamé une procédure coûteuse qui aurait pu se retourner contre lui ? Mais Michelle Garnier doit néanmoins obtenir la dissolution de son mariage pour recouvrer la liberté et ne plus avoir à vivre cachée.

— Vous connaissez la procédure, cher cousin : il faudra que le mari soit informé des faits, subisse un interrogatoire et soit examiné par un chirurgien. Je doute que tout cela soit à son goût. Malgré tout, il échappera à l'épreuve du congrès qui a été abolie il y a treize ans.

Cette épreuve consistait à isoler le mari accusé d'impuissance avec sa femme dans un lit dont les rideaux étaient néanmoins fermés, sous la surveillance d'une matrone et de quinze chirurgiens experts jurés aux fins de constater la copulation. Cette pratique, qui ne donna guère de preuves de virilité, tomba en désuétude et cessa définitivement en 1677.

Le baron grimaça de dégoût en imaginant Michelle et François Mauron dans la situation sus décrite. Mais peu importait que toute cette procédure plût ou non à François Mauron, il serait l'acteur principal du procès.

— Eh bien, mon cher Courtignac, conclut le prêtre, espérons pour votre protégée qu'il ne se rencontre d'autres obstacles pour entraver cette affaire.

L'avocat avait entièrement confiance, connaissant la simplicité d'esprit de François Mauron.

— Voici bientôt deux ans qu'elle est ici, cette affaire de dissolution doit pouvoir se juger au plus tard en début d'année prochaine.

Le prêtre acquiesça en se levant de son fauteuil pour se diriger vers la porte. On allait déclencher la procédure, rien ne pouvait plus désormais l'arrêter.

Le curé de Sainte-Radegonde tenait entre ses mains une missive portant un cachet de cire rouge qu'il fit sauter de son ongle. La consternation qui se lisait sur son visage n'échappa pas à sa servante qui déposait sur la table de chêne une tasse de camomille fumante. Il la lut et la relut en se demandant comment annoncer la nouvelle à l'intéressé, en l'occurrence François Mauron. Depuis deux ans que sa femme avait été déclarée officiellement disparue, bien qu'on n'ait jamais retrouvé son corps, les Mauron avaient fait célébrer trois messes de requiem pour le repos de la défunte. Ce qui était bien peu pour des gens aussi à l'aise et imposés à quatre-vingt-dix livres sur le rôle de la taille. Ils avaient engagé une servante pour remplacer Michelle et un jeune garçon pour la garde des chèvres et des vaches. Ils pensaient depuis peu à remarier leur fils François, son temps de veuvage respecté, et cherchaient un bon parti.

Le curé marqua une hésitation, puis s'assit derrière sa table de travail en buvant sa tisane. Il réfléchissait à la façon dont il allait devoir affronter les Mauron. Connaissant leur nature avaricieuse et mesquine, leur tempérament vif et prêt à s'emporter, il allait lui falloir jouer de toute sa diplomatie. Il se décida enfin à ne pas remettre au lendemain cette tâche qui était la sienne d'annoncer à son paroissien sa convocation au tribunal et la raison pour laquelle on requérait sa présence. Il se leva, enfila sa cape de laine noire et sortit.

En ce mois de novembre, le temps était triste et bas, le ciel plombé de nuages gris, mais le froid vif ne lui fit pas renoncer à sa mission. Il prit la direction du village des Merles, la lettre pliée dans son missel. Une nuée de corbeaux s'envola en lâchant des cris perçants et lugubres, contribuant ainsi à augmenter les craintes du prêtre. Quelle allait être la réaction de François, et plus encore celle de sa mère quand ils apprendraient que Michelle Garnier n'était pas morte mais bel et bien vivante et décidée à faire annuler son mariage ? Le curé se remémora le jour où le père et le fils étaient venus lui annoncer la triste nouvelle et, le dimanche suivant, les mines affligées de ses fidèles à l'annonce de la disparition de la jeune femme. Il se souvenait des mots écrits dans son registre paroissial pour marquer le destin cruel qui avait frappé une de ses fidèles. Il se rappela soudain que le curé de Vanzac, auquel il avait porté la terrible nouvelle, avait refusé d'en prendre note dans le sien. Il comprenait aujourd'hui que sa disparition et sa mort imputée à ce loup n'étaient qu'une duperie ; certains quidams en étaient sinon complices, du moins instruits. Alors pourquoi les Mauron avaient-ils masqué la vérité ? Dans quelle intention ? Michelle Garnier avait-elle fui les Mauron et trouvé auprès de certains aide et soutien jusqu'à demander aujourd'hui l'annulation de son mariage ?

Il n'avait jamais connu un cas semblable, pas plus dans sa paroisse que dans celles de la contrée. Il savait qu'une loi reconnaissait la nullité d'un mariage lorsqu'il s'avérait stérile, mais qui dans les campagnes reculées aurait pu en avoir connaissance ? Il fallait que cette Michelle fût particulièrement bien renseignée et avisée. Qui d'autre qu'un homme de loi ou un ecclésiastique aurait pu la guider ? Serait-il possible que le curé de Vanzac soit de ceux-là ? Si tel était le cas, il serait en bien fâcheuse posture. La lettre qui venait de Saintes était signée du greffier de l'official et ne donnait aucune autre information sur l'endroit où elle se trouvait.

Le curé avançait d'un bon pas tout en ressassant ses interrogations, lorsqu'au détour du chemin menant à Puygareau il reconnut François qui, au bout d'une pièce de terre, curait sa charrue avant de continuer son labour. Ses bœufs immobiles attendaient le signal pour repartir. Lorsqu'il aperçut le curé qui se hâtait dans sa direction, il l'interpella :

— Eh bien, monsieur le curé, qu'est-ce qui vous fait battre la campagne par cette froidure ?

Le ton était enjoué, presque badin. Il ne semblait pas avoir l'esprit imbibé par la vinasse. D'ailleurs, depuis son soi-disant veuvage, il fréquentait de moins en moins la taverne.

— Ah ! François, j'ai une missive à ton intention !

Il sortit de sa poche son livre de prières et en retira la lettre soigneusement pliée qu'il lui tendit. L'air jovial de François Mauron se rembrunit en scrutant le curé d'un air inquisiteur. Il saisit la lettre qu'on lui tendait, la tourna et retourna maladroitement entre ses mains et interrogea du regard le curé, qui comprit alors son embarras.

— Je croyais que tu savais lire, lui dit le curé d'un air navré.

— Je sais seulement signer mon nom, c'est tout ! répondit François, un peu honteux et soudain inquiet, car c'était la première fois qu'on lui apportait une lettre.

— Rassure-toi, il n'y a rien de grave, crut bon d'ajouter le curé en voyant la mine affolée de son interlocuteur, qui appréhendait la suite autant que lui-même.

— Elle vient de Saintes où tu vas devoir te rendre parce que tu es convoqué…

Le curé hésita en considérant le visage de plus en plus ahuri de François.

— De Saintes ? Mais… pourquoi ? Qu'ai-je fait ?

François roulait des yeux exorbités, comme envahis par la démence.

— C'est une requête du juge official qui a lancé une information au sujet de ton mariage avec Michelle Garnier aux fins de l'annuler.

Le curé marqua un temps d'arrêt pour reprendre haleine, mais François, qui ne semblait pas comprendre, l'empêcha de poursuivre.

— Mais je suis veuf, pourquoi annuler ce mariage ?

— Précisément, Michelle Garnier, Dieu soit loué ! renchérit le curé en se signant, n'est pas morte et elle s'est pourvue pour obtenir la dissolution de votre mariage. Il faudra que tu ailles témoigner au tribunal.

François Mauron blêmit aux paroles du prêtre. Il était tellement atterré qu'il ne savait pas ce qui allait l'emporter, de la colère ou de la résignation.

— Allons, François, je t'annonce que ta femme est vivante, n'est-ce pas une bonne nouvelle ?

Le curé n'était pas dupe.

— Je ne m'attendais pas à pareille nouvelle ; et puis, qu'est-ce que c'est que cette histoire de tribunal et d'annulation ? Je n'ai rien fait de mal, moi, pour aller là-bas ! Je ne suis ni un voleur ni un assassin !

— Qui te parle de voleur ou d'assassin, rétorqua le curé en ne pouvant réprimer un sourire face à la naïveté dont François faisait preuve ? Il ne s'agit que d'annuler votre mariage et après tu pourras de nouveau convoler. Ta convocation est pour le mois prochain.

François, après réflexion, fronça les sourcils et répondit qu'il n'irait pas. Il n'avait rien demandé à personne, alors qu'on le laisse en paix ! Le curé s'arma de patience et expliqua à son paroissien récalcitrant qu'il en était ainsi de la loi. Il devait obéir à la justice, sinon des maréchaux se chargeraient de le convaincre par la force.

— Mais qu'est-ce qu'on va me faire ? interrogea-t-il d'un ton de dépit.

Devant son ignorance, le curé crut bon d'ajouter qu'il serait interrogé sur sa vie matrimoniale, qu'il ne devrait rien celer et dire toute la vérité. Il lui proposa même de l'accompagner, puisqu'il devait lui aussi se rendre à Saintes pour visiter son évêque. François Mauron fut un peu réconforté de savoir que le curé l'accompagnerait. Mais il n'aurait jamais le courage de dire à son père et à sa mère la vraie raison qui devait l'amener à Saintes.

Le curé, un peu ragaillardi d'avoir mené sa mission sans trop de mal, prit congé de François qui empoigna rageusement les bras de sa charrue en pensant que cette gueuse de Michelle aurait mieux fait de se faire dévorer par un loup. Sa quiétude se voyait troublée par cette histoire de tribunal qui ne lui disait rien de bon, malgré les paroles rassurantes du curé.

Messire Louis Arnault avait fait préparer la chambre haute du presbytère pour y accueillir sa nièce Marie-Eustelle, fille de son frère Marc Arnault. La jeune fille, âgée de dix-huit ans, souffrait d'une maladie pulmonaire pour laquelle les médecins de Saintes avaient préconisé l'air de la campagne. Elle tiendrait ainsi compagnie à son vieil oncle tout en se refaisant une santé. Marie-Eustelle était porteuse d'un message écrit par son frère. Quelques années auparavant, il lui avait envoyé un courrier pour lui demander conseil à propos de son ancienne paroissienne. La réponse lui était parvenue un mois après, lui confirmant qu'une demande d'annulation de mariage pouvait être déposée au présidial. Mais Michelle était de nouveau sous l'emprise des

Mauron et il ne pouvait rien tenter pour la sauver. Puis, voici deux ans, Mathurin avait appris la seconde fugue de sa fille et sa disparition. Tout comme le père Garnier, Louis Arnault avait refusé de la croire morte. Mais jamais aucune nouvelle ne leur était parvenue quant à l'issue de sa fuite.

— J'ai mission de vous remettre ce pli en main propre, mon oncle, voilà qui est fait, déclara Marie-Eustelle.

Et, avec un large sourire, elle ajouta qu'il s'agissait très sûrement d'une excellente nouvelle.

Le visage du vieil homme s'illumina à la lecture du message qui était ainsi formulé :

*Mon cher frère, j'ai souvenance d'une requête à moi adressée voici quelques années au sujet d'une de vos paroissiennes et du secours dont vous me sollicitiez à son égard. Laquelle, d'après vos informations, ayant été reprise sous le joug de son mari, a de nouveau disparu. Je suis bien aise de vous rassurer sur le sort de cette personne qui se trouve depuis lors chez un de mes amis avocat, au parlement de Bordeaux. Elle vient de se pourvoir en dissolution de mariage. Le procès aura lieu d'ici la fin de cette année au présidial de Saintes et je suis confiant quant à son issue. Je vous autorise à confier ceci à son père qui se languit comme il se doit. Vous comprendrez aisément que, pour l'heure, je ne puisse rien vous révéler du lieu de sa retraite. Que Dieu vous garde, mon cher frère !*

*Marc Arnault, notaire et procureur au présidial de Saintes.*

*Post-scriptum : je vous confie mon bien le plus précieux, puissiez-vous me la rendre en parfaite santé.*

•

Michelle s'apprêtait à partir à Saintes pour un séjour dont elle ignorait la durée. Elle devait loger chez maître Marc Arnault qui lui avait ouvert sa maison pendant tout le temps de son procès. La baronne de Courtignac serra dans les siennes les mains de Michelle en lui faisant ses adieux.

— Je reviendrai bientôt, promit Michelle.

Elle était inquiète pour la santé d'Aurore qui avait contracté depuis quelque temps une mauvaise toux et souffrait de violents maux de tête. Elle était allongée sur son lit, la tristesse provoquée par le départ de Michelle accentuant la pâleur de son visage amaigri. De fines rides creusaient ses joues et les cernes bleutés sous ses yeux trahissaient une langueur qu'animait un mince souffle de vie. Michelle prit conscience du choc causé par son éloignement, bien que temporaire, sur le mental et la santé déjà précaire de son amie. Elle la rassura de son mieux en lui promettant encore un retour rapide. Elle se pencha près d'elle et l'embrassa affectueusement.

Quatre heures plus tard, après un voyage que Michelle et le baron de Courtignac employèrent à préparer le procès, ils arrivèrent à Saintes. Leur voiture devait souvent ralentir et même stopper en raison de l'affluence. Michelle regardait par le fenestreau l'animation de cette grande ville autrement plus impressionnante que Jonzac et Baignes. Elle s'exclama à la vue de l'arc de Germanicus, vieux de dix-sept siècles, qui semblait posé sur le pont enjambant le fleuve Charente et dont elle connaissait l'existence par ses lectures. Il était en effet édifié sur un très vieux pont défendu par une tour massive, supporté par dix piles et soutenu par onze arcs sous lesquels on apercevait des moulins et des pêcheries.

— Les vestiges gallo-romains sont encore visibles, bien que beaucoup aient été détruits pour faire place à des remparts, puis, au début du siècle, à la citadelle que Richelieu donna l'ordre de démanteler trente ans plus tard, lui apprit le baron.

Michelle était impressionnée par un tel foisonnement d'édifices religieux.

— Je vous emmènerai visiter toutes les églises de la ville, lui promit-il.

— Je brûlerai un cierge dans chacune d'elle pour remercier la Vierge Marie de vous avoir mis sur mon chemin, répondit-elle, et pour obtenir rapidement ma liberté, ajouta-t-elle dans un même souffle.

Après une longue déambulation à travers les rues cahoteuses de la ville, la voiture entra enfin dans une cour pavée. La porte s'ouvrit sur un palefrenier qui tendit la main à Michelle et l'aida à descendre.

Maître Marc Arnault et son épouse attendaient leurs hôtes pour le souper. Leur maison, avec sa tourelle d'escalier octogonale, était sise rue des Balets et longeait les rives de la Charente. Le curé de Vanzac avait annoncé son arrivée pour le surlendemain. Il voulait soutenir Michelle dans cette épreuve où elle devrait subir nombre d'interrogatoires et affronter François Mauron. Bien que confiante en la sentence qui serait rendue par le juge official, elle devait se conformer au rituel inhérent aux tribunaux.

Dès le lendemain de son arrivée, elle découvrit ainsi en compagnie du baron, sur la rive droite, le clocher en forme de pomme de pin de la puissante abbaye aux Dames, la flèche flamboyante de l'église Saint-Eutrope qui s'élançait vers le ciel et dominait le vallon des arènes antiques. Sur la rive gauche se dressait la silhouette massive de la cathédrale Saint-Pierre dont les voussures déployaient quantité de statues. Ils entrèrent par une petite porte latérale et se signèrent. Il régnait à l'intérieur de ce vaste édifice une animation digne d'un champ de foire en raison des travaux effectués à la suite des guerres de Religion.

— Tout s'est effondré en 1568 en raison des mutilations des troupes protestantes, lui expliqua Guillaume de Courtignac en levant les yeux vers la charpente de bois qui couvrait la nef.

— Cette charpente me rappelle celle de Vanzac, taillée par mon père, répliqua Michelle, non sans un pincement au cœur.

Il y avait si longtemps qu'elle ne l'avait revue.

Ils s'avancèrent dans la nef qui avait perdu un tiers de sa hauteur, admirant les chapelles latérales et les quelques arcs-boutants suspendus dans le vide. De part et d'autre, des compagnons œuvraient à tailler la pierre pour ne pas voir disparaître ce monument gothique déjà si mutilé. Des mendiants s'agglutinaient à l'entrée de sorte que le baron dut leur lancer quelques piécettes pour pouvoir se frayer un passage vers la sortie.

Le cloître des Jacobins, le couvent des Récollets, la chapelle des Jésuites, le séminaire étaient autant d'édifices attestant le pouvoir religieux de la ville, siège d'un évêché. Il y avait encore l'hôpital Saint-Louis, de beaux hôtels tout juste édifiés par de riches négociants, sur la falaise et dominant les rives de la Charente, l'échevinage avec son beffroi octogonal et enfin le présidial situé juste derrière. Cette ville était remarquable par les témoignages et les empreintes qu'elle conservait de son riche passé.

— Les rues sont aussi mal pavées, aussi boueuses et nauséabondes qu'à Jonzac !

Michelle souriait, bien qu'obligée de relever sa jupe pour ne pas en maculer de fange le bas. On y glissait à chaque pas, et le baron dut à plusieurs reprises la soutenir pour l'aider à franchir certaines ruelles. Ils avaient consacré leur première journée à la visite de Saintes, promise par Guillaume de Courtignac qui repartit dès le lendemain pour Bordeaux où ses affaires le rappelaient, mais il savait laisser Michelle en de bonnes mains, celles du curé Arnault, qui venait de faire son arrivée, et celles de son frère. Il regagna Bordeaux, confiant quant à l'issue du procès, mais luttant contre une langueur jusqu'alors inconnue. Quand il reverrait Michelle, elle serait redevenue une femme libre et, malgré lui, il appréhendait ce changement de statut. Comment allait-elle vivre une fois sa liberté retrouvée ?

Après trois semaines passées à Saintes, Michelle fit ses adieux, le 11 janvier 1692, à maître Arnault et à son épouse et reprit la voiture qui devait la reconduire à Jonzac. Le curé de Vanzac, Louis Arnault, accompagnait Michelle et avait pris place sur la banquette en face d'elle, son bréviaire sur ses genoux. Le claquement des sabots et le tintement des roues cerclées de fer sur les pavés, ajoutés au roulis de la voiture, eurent bientôt raison de lui et il tomba dans un profond sommeil ponctué de ronflements. Michelle serrait contre elle un morceau de parchemin signé du juge official, messire de Pichon, et contenant l'annulation de son mariage. Elle avait retrouvé sa chère liberté et ne serait plus tenue, à l'avenir, de vivre cachée. Elle attendait ce jour depuis dix ans.

Elle se remémora les moments de son procès, dans la petite chambre de l'officialité toute lambrissée de chêne, d'une sobriété qui n'avait d'égal que son austérité et où trônait la croix du Christ, symbole de la justice ecclésiastique. Elle revoyait le regard rempli de haine de François Mauron et l'interrogatoire. Michelle avait eu elle aussi à subir les questions du procureur, mais elle n'avait rien à cacher, elle avait tout raconté de son martyre chez les Mauron et de sa fugue, le jour où celui qui était encore son mari l'avait frappée sans raison. D'ailleurs, elle en portait encore sur sa peau les stigmates que le chirurgien et la matrone, chargés de la visiter avaient notés dans leur rapport. Elle avait certes un peu faussé la vérité pour justifier sa deuxième fugue. Il n'était pas question d'avancer devant la cour des idées de liberté empruntées à une certaine Julie d'Angennes, dame de Montausier, mais de mettre en avant son désir de maternité, qui était l'aboutissement du mariage. Sur les conseils du baron, elle avait donc cherché à faire annuler ce mariage stérile, mais, vivant séquestrée et surveillée, enfermée à double tour, elle n'avait eu d'autre choix que celui de fuir au péril de sa vie. L'officialité ne resta pas insensible à l'histoire de la jeune femme qui relata ses années de vie conjugale dans les moindres détails.

L'audition de François Mauron fut plus périlleuse. Il ne cessa de s'embrouiller dans les noms, les dates, ne sachant plus depuis combien de temps il était marié, ni depuis quand son épouse avait disparu. En voulant montrer sa bonne foi, il s'enfonçait toujours un peu plus. Il éprouva beaucoup de difficultés à faire admettre à l'official qu'il avait cru sa femme dévorée par un loup. Les yeux hagards, il ressemblait à une bête traquée, cherchant désespérément comment échapper à une issue fatale. Il s'enlisa de plus belle en niant avoir excédé sa femme et, à la question fatidique concernant l'accomplissement de ses devoirs conjugaux, il affirma d'une façon éhontée qu'il faisait comme tout bon mari qui aime sa femme doit le faire. Michelle eut un haut-le-cœur en entendant les propos de François Mauron, mais elle était confiante, sachant que l'examen de la matrone avait confirmé sa virginité.

Quand François Mauron apprit qu'il allait être examiné par un chirurgien, il roula des yeux affolés en prétendant être en bonne santé, ne voulant en aucun cas être saigné, ce qui provoqua l'hilarité dans l'assistance. Décidément, il était encore plus niais qu'on ne l'avait cru. Le juge official avait alors cru bon de lever la séance et de remettre au lendemain la suite des interrogatoires, estimant que chacun des magistrats avait du mal à contenir son sérieux. Michelle appréhendait la confrontation et le recoupement de leurs témoignages. Mais elle savait que la balance penchait nettement en sa faveur, aussi affronta-t-elle fièrement du regard son ancien mari tandis qu'il dut baisser les yeux de honte et de confusion.

La lecture de la sentence mit un terme à cette affaire, mais, si Michelle pouvait retourner chez elle la tête haute, il n'en était pas de même pour François Mauron. Il fut jugé responsable de la stérilité du couple. Les quatre chirurgiens experts nommés pour l'examiner avaient fait un rapport éloquent quant à l'état de François Mauron : « Nous avons trouvé les parties génitales faibles, mal conformes, la partie principale se trouvant courbée par son milieu, ce qui empêche l'érection, les vaisseaux spermatiques trop lâches et allongés, les testicules remplis de mauvaise pituite ; le tout provenant d'une habitude cacochyme de tout le corps, dès le ventre de la mère ; c'est pourquoi nous estimons qu'étant incapable d'intromission il n'a pu et ne peut porter l'éjaculation nécessaire pour la génération dans les vaisseaux qui la doivent recevoir ; ce qui nous fait conclure qu'il est et sera impuissant d'une impuissance irréparable. »

Il fut de plus reconnu coupable de coups et blessures sur la personne de sa femme, et, pour avoir voulu celer la vérité, fut condamné à payer la totalité des frais du procès se montant à la somme de deux cent cinquante livres, à restituer la dot de huit cents livres de Michelle et, pour son repentir, à faire acte de pénitence en se rendant sur la tombe de sainte Radegonde à Poitiers. Cette sentence devait être rendue publique lors du prône des messes paroissiales de Vanzac et de Sainte-Radegonde le jour de la Présentation de Notre Seigneur au Temple, c'est-à-dire le 2 de février prochain.

La voiture allait toujours d'un bon train, berçant Michelle, qui se laissa emporter par ses songes alors qu'on avait dépassé la ville de Pons, à mi-chemin entre Saintes et Jonzac. Elle ignorait si Guillaume de Courtignac était toujours à Bordeaux ou s'il était rentré à son logis. Elle avait hâte de leur annoncer, à lui et à sa femme, la merveilleuse nouvelle, bien que pour eux cela ne fût pas l'ombre d'un doute.

Il était tard lorsque le cocher arrêta la voiture devant la porte du logis de la Dixmerie. Mathurine, la cuisinière, et Guillemette, l'une des servantes, se précipitèrent pour l'accueillir, mais Michelle comprit aussitôt à leurs yeux gonflés et rougis et à leurs visages blêmes qu'un malheur venait d'avoir lieu. C'est Mathurine qui prit la parole.

— Madame la baronne, dit-elle entre deux sanglots, elle est au plus mal…

— Où est-elle ? demanda Michelle, affolée.

— Dans sa chambre. Messire de Beaupoil la confesse, répondit Guillemette tandis que Mathurine ravalait un sanglot.

Michelle laissa tomber son grand sac de cuir sur les dalles de pierre de l'entrée et se précipita dans l'escalier qu'elle grimpa prestement. Elle attendit, le cœur battant, devant la porte. Lorsque le prêtre sortit, elle l'interrogea du regard.

— Elle a encore un mince souffle de vie, mais, hélas, le mal qui la ronge ne tardera pas à l'emporter ! Maître Duburg est venu chaque jour, mais ni ses médecines ni ses saignées ne lui ont apporté de soulagement.

Michelle ne répondit pas et entra dans la chambre d'Aurore. Elle était étendue, les yeux fermés ; seul un râle prisonnier dans sa poitrine se faisait entendre. Michelle referma doucement la porte et s'avança vers elle. Sans qu'Aurore eût ouvert les yeux, une voix que Michelle eut peine à reconnaître lui souffla :

— Ma chère Michelle, vous voilà enfin ! Je ne voulais pas mourir sans vous avoir revue.

Une quinte de toux interrompit son discours. Michelle lui prit la main, qu'elle avait brûlante de fièvre, et la baisa. L'émotion et la douleur lui étreignaient la poitrine. Elle ne trouvait pas les mots. C'est la mourante qui parla.

— Je peux mourir en paix, maintenant que je vous sais redevenue une femme libre…

La baronne avait du mal à s'exprimer et devait s'interrompre pour puiser dans le peu de forces qui lui restait.

— Car vous l'êtes, n'est-ce pas ?

— Oui, je le suis.

Michelle cacha son visage baigné de larmes dans ses mains et laissa éclater son chagrin.

— Ne pleurez pas, Michelle, je vais mourir ; je suis prête et rien ni personne ne peut empêcher la volonté de Dieu de s'accomplir… mais je voudrais… que… que vous me promettiez… Guillaume, il faut que…

Elle haletait et avait de plus en plus de difficultés à respirer. Ses yeux, où plus aucun éclat ne brillait, fixaient désespérément Michelle. Ses lèvres tremblèrent en voulant esquisser un mot qui resta prisonnier dans sa gorge. Michelle qui sentait ses larmes couler le long de son visage attendit en vain quelle promesse la mourante attendait d'elle. Mais plus aucun souffle ne l'animait, son regard s'était figé. Michelle comprit alors qu'il était trop tard, que tout était fini. Dieu l'avait rappelée à lui dans son royaume éternel. Michelle n'acceptait pas pareille injustice. Pourquoi cette femme aussi généreuse, jeune et belle, avait-elle reçu un tel châtiment ? Elle était la bonté incarnée, elle avait partagé avec elle son secret et donné un sens à son existence pendant ces longs mois d'exil. La mort l'avait emportée et Michelle ne sut jamais que la dernière volonté d'Aurore était qu'elle devienne l'épouse de Guillaume de Courtignac. Mais Michelle aurait-elle pu tenir une telle promesse ?

Le baron de Courtignac arpentait nerveusement le dallage de pierre parsemé de cabochons d'ardoise de la bibliothèque, dans laquelle il attendait Michelle. Il avait besoin de savoir quels étaient désormais les projets de la jeune femme. D'autre part, il devait lui remettre l'argent de sa dot versé par François Mauron. Il reconnut le bruit de son pas et un froissement d'étoffe. Il inspira longuement pour surmonter son trouble, se donner un peu de courage pour affronter celle qui était sa protégée, mais que son cœur s'accordait à considérer autrement. Tous deux étaient vêtus de noir, portant le deuil de celle qui leur était chère.

Le baron était arrivé trop tard pour recueillir le dernier soupir de son épouse. Pourtant, à réception du message qu'on lui avait fait porter, il était parti de Bordeaux sur-le-champ et, à bride abattue, avait chevauché d'une seule traite, arrivant dans la nuit suivant celle où son épouse rendit l'âme. Fourbu et couvert de poussière, il avait néanmoins exigé de veiller seul le corps et avait renvoyé toute la maisonnée prendre du repos, y compris Michelle. Son destin était trop cruel. Pourquoi lui, l'avocat épris de justice et d'égalité qui prônait des idées de liberté, qui luttait pour adoucir le sort des prisonniers, pour voir disparaître les supplices et les tortures infligés aux condamnés, les peines capitales de pendaison ou de galères pour des fredaines, devait-il subir la mort de sa femme bien-aimée ? Après ce maudit accident de cheval qui, voici cinq ans, la priva de l'usage de ses jambes et lui fit perdre l'enfant qu'elle portait, il gardait au fond de lui l'espoir secret de la voir un jour remarcher et lui donner ce fils qu'ils désiraient tant l'un et l'autre. La volonté divine en avait décidé autrement.

Michelle se tenait debout devant le baron qui semblait égaré dans ses pensées. Il ne savait plus soudain comment commencer son discours, tant les idées s'embrouillaient dans son esprit. Pourtant, il avait longuement réfléchi à la teneur de son entretien avec elle.

— Je dois bientôt repartir pour Bordeaux et y plaider une affaire bien compliquée... Je voulais vous entretenir avant mon départ...

Michelle perçut dans ses paroles un trouble qu'elle imputa à son récent veuvage. Il continua après avoir dégluti.

— Je sais que désormais vous êtes une femme libre, votre volonté s'est accomplie...

Michelle profita de son silence pour exprimer à son tour ce qu'elle n'avait encore jamais pu lui avouer.

— Je n'oublierai jamais, monsieur, que vous êtes mon bienfaiteur. Sans vous, je serais morte de désespoir ou de maltraitance. Je vous dois la vie et, grâce à vous, j'ai retrouvé le bien le plus précieux : la liberté. Ma tâche et mon devoir ici se sont achevés trop tôt… Mon vœu serait de retourner chez moi et de revoir mon vieux père.

Le baron avait de plus en plus de mal à dissimuler son émotion, ses yeux gris brillaient d'un élan passionné.

— Vous êtes libre, Michelle, libre de penser et d'agir comme bon vous semble, libre d'aimer ou de haïr, et je ne puis m'opposer à votre décision. Néanmoins, sachez que votre présence ici eût été pour moi une douce consolation. Votre départ m'afflige, mais je dois m'incliner.

Il avait parlé en plantant son regard d'acier dans celui de la jeune femme.

Michelle écoutait les propos du baron sans en comprendre le sens véritable. Jamais, du vivant de sa femme, Guillaume de Courtignac n'aurait montré envers elle des sentiments qui eussent été aussi indignes que coupables. Pourtant, Aurore, qui de par son handicap ne pouvait assumer son rôle d'épouse, avait maintes fois fait comprendre à son époux qu'elle ne lui tiendrait jamais rigueur de chercher auprès d'une autre ce qu'elle ne pouvait plus lui offrir. Elle avait conscience de son abnégation, mais n'acceptait pas de le voir en souffrir. Elle n'était pas dupe et avait compris dès le début qu'un sentiment inavoué le torturait. Aurore avait pénétré ses pensées avant que lui-même n'en ait eu conscience. Elle était bien décidée à s'entretenir avec lui à ce sujet, ainsi qu'avec Michelle dont les discours étaient si farouchement opposés au mariage. Elle espérait lui ouvrir les yeux et le cœur, mais la mort l'avait fauchée trop tôt.

Guillaume de Courtignac était fasciné par Michelle. Jamais il n'avait connu femme plus désirable, beauté plus farouche, malgré sa modeste condition. Ces deux années passées chez lui lui avaient apporté ce savoir qui avait fait d'elle une femme accomplie et rayonnante, mais elle conservait cette fidélité qui l'attachait à sa terre et à ses origines que rien ni personne ne pouvait lui enlever. Elle ne désirait rien d'autre que goûter sa liberté retrouvée. Elle ne voulait point d'attaches, point de maître ; Michelle ignorait ce qu'était l'amour, ce noble sentiment unissant un homme à une femme. Elle était ivre de se savoir enfin une femme libre et n'avait qu'une hâte : reprendre le chemin de Vanzac, revoir son père et sa maison natale.

Le baron de Courtignac comprit qu'il ne pourrait fléchir son cœur. Il s'avança, lui prit les mains qu'il serra dans les siennes, les porta à ses lèvres et, non sans un frisson d'émoi, les baisa avec plus de tendresse qu'il n'y voulait paraître. Elle se laissa guider par la douceur et la délicatesse de son geste, n'y voyant aucune concupiscence. Il l'enveloppa d'un regard où se lisait un désir entaché d'une profonde tristesse, lutta pour ne pas la prendre dans ses bras et lui donner tout cet amour qui lui brûlait les entrailles et la raison. Elle était si près de lui qu'il respirait l'odeur enivrante de sa peau ; sa bouche s'offrait comme le fruit le plus délicieux, mais aussi le plus défendu. Il ne devait pas succomber à la tentation, il devait avoir la force de résister. Mais le pourrait-il, tant il sentait ses muscles se gonfler sous la soudaine violence de son désir ? Pour ne pas céder à cet instinct vénal de la chair qui le tourmentait, il libéra Michelle de l'étreinte de ses mains et planta son regard dans le sien. Il considéra ce visage aux traits parfaits, ce corps qu'il avait si souvent rêvé de posséder, enfermé dans cette robe de drap noir qui soulignait la finesse de sa taille et rehaussait la blancheur de sa peau. Il se sentit envahi d'un vertige qui l'obligea à détourner les yeux de l'objet de son désir. Il inspira et continua son discours où la raison devait l'emporter.

— Promettez-moi de vous souvenir de moi… Je serai toujours là pour vous venir en aide.

Sa voix tremblait en prononçant ces mots et il se laissa glisser dans un fauteuil, ses mains s'accrochèrent aux accoudoirs qu'il empoigna avec désespoir. Michelle, qui n'avait toujours pas compris qu'un autre sentiment que l'amitié puisse animer le cœur et l'esprit de cet homme généreux, lui répondit avec toute la naïveté qui la caractérisait :

— Je n'ai que trop abusé de vos bontés, monsieur, et croyez bien que je ne tomberai pas de sitôt dans les pièges du mariage.

Malgré son dépit, le baron ne put s'empêcher d'esquisser un sourire devant cette candeur qui contribuait tant à son charme.

— Je comprends que votre malheureuse expérience du mariage vous inspire ce langage, mais sachez que l'on peut trouver à travers ce serment des joies et un bonheur que vous ne soupçonnez pas.

Michelle ne répondit pas, bien qu'il ait espéré la voir revenir sur ses positions. Il retira de son cabinet une bourse contenant les huit cents livres de sa dot restituée par la sentence du tribunal et mille livres pour les gages de ces deux années passées à son service. Cette somme considérable ne correspondait pas au salaire qu'on donne habituellement aux domestiques, elle était avant tout un gage de la générosité et de la reconnaissance du baron. Elle avait mis un peu de soleil dans les derniers moments de la vie de sa femme ; pour cela, il lui vouait une infinie gratitude. La jeune femme pourrait désormais affronter la vie, elle était riche. Il se leva presque en chancelant et s'avança vers elle.

— Ceci est à vous, je ne doute pas que vous en fassiez le meilleur usage.

Il ne laissa pas à Michelle le temps d'esquisser un refus ou d'exprimer son étonnement, et lui déposa entre les mains la bourse remplie d'écus d'or et d'argent en bonne monnaie du cours. Il lui dit encore que son cocher la ramènerait au jour et à l'heure qu'il lui plairait. Il lui tendit enfin un livre de maroquin rouge que Michelle reconnut pour être *La Guirlande de Julie*.

— J'aimerais que vous le preniez, en souvenir d'Aurore… Il n'est guère utile ici, maintenant, et j'ai cru comprendre qu'il vous tenait à cœur.

Il n'osa ajouter qu'il eût aimé être l'auteur de cet ouvrage capable de fléchir un cœur rebelle. Elle le prit et remercia le baron, touchée de son geste.

— Adieu, Michelle !

La voix du baron se brisa en un ultime effort pour refouler une émotion qu'il ne voulait trahir. Il lui adressa un dernier regard où transparaissait autant de désespoir que d'amour et la regarda s'éloigner après qu'elle aussi lui eut fait ses adieux. Michelle n'oublierait jamais un homme tel que lui, mais elle espérait n'avoir jamais à solliciter à nouveau son aide et sa protection. Riche et libre, elle se sentait de taille à affronter la terre entière. Elle s'était sortie d'un mauvais pas et juré que jamais plus elle ne tomberait dans ce piège qu'avait été le mariage. Elle allait maintenant sur ses vingt-sept ans ; elle savait lire, écrire et compter. Elle avait de l'argent et quelques idées sur la façon de l'employer. Elle avait la ferme intention de prouver qu'une femme pouvait gérer son patrimoine foncier seule et en toute liberté. Pourquoi devrait-elle obéir à un homme alors qu'elle se sentait capable d'assumer seule ses faits et gestes ? Elle serait peut-être la première à agir de la sorte, mais qu'importe ! Sa démarche n'était pas un délit ni un crime. Certes, elle avait médité la phrase du baron sur le mariage et avait conscience que tous les hommes n'étaient pas à l'image de celui qui lui avait fait vivre dix ans de cauchemar. Mais le mariage était absent du programme qu'elle s'était tracé.

— On va avoir bonne mine, maintenant que tout le monde va savoir !

La mère Mauron, assise sur le tabouret à sel, avait posé sa quenouille. Son mari, assis à ses côtés, fourrageait dans l'âtre et rajouta une bûche sur les braises incandescentes.

— Bah ! Le curé a promis qu'il ne donnerait pas la raison de l'annulation. Après tout, personne ne saura pourquoi.

Le père Mauron se voulait plus optimiste que sa femme qui avait fort mal pris la raison ayant amené son fils à Saintes. C'est le curé qui avait dû donner les explications avec toute la diplomatie qui le caractérisait, tandis que François chiffonnait nerveusement son chapeau entre ses mains, honteux et confus devant ses parents. La mère Mauron traita Michelle de sorcière, ce qui lui valut une réprimande du curé. Elle ne pouvait supporter de savoir son fils et son nom ainsi déshonorés, salis par ce scandale. C'en était trop, que son fils ait été reconnu inapte à procréer, qu'il ait fallu de surcroît rembourser la dot, que la honte plane sur leur famille ! Il fallait trouver un moyen pour sauver l'honneur.

— Il faut remarier François ! suggéra le père Mauron.

— Mais qui voudra de lui avec tout ce qu'on va dire ?

La mère Mauron, contrairement à ses habitudes, faisait preuve de défaitisme. Mais son mari avait sa petite idée et avait déjà songé à la fille aînée du père Sorin de Mortiers. Il ne faudrait pas regarder à la dot qui ne serait pas bien lourde, mais l'essentiel était d'apaiser les mauvaises langues qui ne tarderaient pas à s'emparer de la nouvelle qui serait rendue officielle le dimanche suivant. Malgré tout, la mère Mauron ne voulait pas croire son fils impuissant, elle imputait cette absence de descendance à cette gueuse de Michelle qui l'avait ensorcelé. Elle était quasi certaine qu'une autre lui rendrait ses pouvoirs virils. Mais elle appréhendait la messe et la réaction des paroissiens à l'annonce de la dissolution du mariage de François.

Michelle avait regagné sa paroisse de Vanzac par un matin de janvier illuminé d'un soleil rempli de promesses. Elle avait demandé au cocher du baron de la déposer avant le village de chez Vigné. A la croisée des chemins desservant les premiers hameaux de la paroisse, elle mit pied à terre et, s'étant emparée de son bagage, elle remercia le cocher et continua son chemin seule. Personne n'avait vu ou prêté attention à cette jeune femme vêtue comme une bourgeoise qui, à la Font de Bertin, bifurqua sur sa dextre pour gagner le village de son père. Mathurin avait appris par le curé Arnault toute l'aventure survenue à sa fille et il attendait avec une impatience fébrile sa venue, ne sachant néanmoins le jour. Michelle sentit son cœur palpiter en reconnaissant la maison de son père et la fumée s'échappant de la cheminée. Elle poussa la porte et, quelques secondes plus tard, elle tomba dans les bras du vieux Mathurin.

— Ma petite fille, je t'attendais, j'ai toujours su que tu reviendrais.

Mathurin était si ému que déjà les larmes lui brouillaient les yeux.

— Pardon, père, de vous avoir fait autant de peine… Mais je suis revenue et cette fois pour toujours ! affirma-t-elle avec triomphe.

Elle brandit fièrement le précieux document qui faisait désormais d'elle une femme libre et le tendit à son père. Mathurin, malgré son bonheur d'avoir retrouvé sa fille, ne pouvait s'empêcher d'éprouver un repentir.

— Me pardonneras-tu un jour ?

Mais Michelle avait depuis longtemps pardonné, depuis ce jour où la vieille Farraude lui avait promis de l'aider à retrouver sa liberté.

Michelle était revenue la veille du jour où le curé devait annoncer la sentence et son retour dans la paroisse. La nouvelle était de taille, une vraie résurrection, car pour beaucoup elle était morte, disparue à tout jamais. La jeune femme avait décidé de ne pas se montrer à la messe ce jour-là, préférant attendre que la nouvelle soit connue de tous. Seul Mathurin s'y rendit comme chaque dimanche. Lorsque le curé Arnault monta en chaire pour le sermon, il croisa le visage radieux de Mathurin.

— Mes chers frères, en ce 2 février, jour de la Présentation de Notre-Seigneur au Temple, j'ai une grande nouvelle à vous apprendre…

Tous les paroissiens, qui étaient d'autant plus attentifs au sermon qu'il était dit en français et non en latin comme le reste de la messe, fixèrent le prêtre avec une circonspection inhabituelle. Le ton employé par le prêtre laissait entendre qu'il ne s'agissait pas d'une de ces ordonnances royales ou d'un de ces édits dont on n'était point avare à Versailles et qui laissaient la plupart des manants indifférents. Cette fois, il y avait dans le timbre de voix de messire Arnault une véritable émotion qui n'échappa pas aux fidèles. Le sermon était en effet le moment de la messe le plus attendu, le plus redouté aussi, puisque le curé y donnait les informations, les nouveaux arrivants, les terres à vendre ou à affermer, les déclarations et édits du roi. Ce jour-là, il s'agissait de quelque chose de bien plus incroyable…

— Rappelez-vous, continua-t-il, Michelle Garnier, la fille de Mathurin, disparue à l'approche de l'hiver et que nous avions tous crue rappelée au royaume de Dieu. Il n'en est rien, mes frères. Grâce aux prières de Mathurin et aux vôtres, Michelle est revenue parmi nous.

Une clameur envahit l'église, s'amplifia, aussitôt interrompue par la voix de messire Arnault. Seule Marie Mauron ne broncha pas, son visage amer et tendu appréhendait la suite où le nom de sa famille ne tarderait pas à être prononcé.

— Michelle Garnier, continua le curé, a obtenu la dissolution de son mariage avec François Mauron au tribunal ecclésiastique de Saintes.

Ce fut alors un véritable brouhaha qui s'éleva dans l'église, chacun y allant de ses commentaires, auquel le curé dut mettre bon ordre.

— Mes chers frères, je vous en prie… Cette sentence, vous disais-je, a été prononcée par Monseigneur de Pichon le 9 de janvier dernier. Réjouissons-nous du retour de notre sœur dans notre paroisse et offrons-lui tous ensemble une prière.

Le curé avait annoncé une nouvelle, certes, mais on aurait bien voulu en savoir un peu plus. Qu'avait-elle fait pendant tout ce temps ? Où était-elle allée et pourquoi n'avait-elle pas donné signe de vie ? Et surtout pourquoi son mariage avait-il été annulé alors que celui de son frère ne l'était pas ? On n'avait pas l'habitude de ce genre d'affaire qui eut pour effet de lancer un malaise et un soupçon dans l'assistance. Le doute et le mystère planaient autour du retour de Michelle. Les commentaires fusèrent à la sortie de la messe ; personne n'osa interroger les Garnier, père, fils et belle-fille, qui s'empressèrent de regagner leur demeure, étant les seuls à pouvoir donner des explications, et encore…

Maître Roche déroula un morceau de parchemin, trempa sa plume d'oie dans son encrier et commença d'écrire de sa petite écriture pointue et quasi illisible : « Aujourd'hui quinzième de mars de l'année 1693 fut présente de sa personne Michelle Garnier, dûment autorisée de la personne de… » Il connaissait la formule par cœur. Le notaire leva la tête vers Michelle, assise en face de lui, et l'interrogea :

— De qui êtes-vous autorisée ?

Il est vrai qu'elle était une fille majeure, mais, même dans ce cas, un père, un frère, un oncle ou un quidam devait l'autoriser à passer acte. Il ne s'était encore jamais vu qu'une femme n'y fût autorisée.

— Maître Roche, sachez que je suis majeure et maîtresse de mes droits, que je n'ai donc nullement besoin d'autorisation pour paraître devant vous.

Elle crut bon d'ajouter :

— Je suis non seulement parfaitement capable de traiter seule mes affaires, mais de plus j'y suis particulièrement attachée. Il faudra, maître Roche, dit-elle encore, non sans une pointe d'ironie, vous habituer désormais à traiter avec une femme.

Le notaire était si surpris de l'aplomb de sa cliente qu'il ne sut que répondre. Il ratura donc les mots « dûment autorisée de la personne de » et continua en essayant de masquer sa confusion. Cette femme qu'il avait connue enfant était plus que troublante, tant par son langage, qui démontrait une assurance digne d'un homme, que par sa féminité à damner un saint. Elle était vêtue d'un corsage à basque lacé qui mettait en valeur une poitrine qu'on devinait ferme et une taille de guêpe que beaucoup lui enviaient. Elle pourrait servir de modèle à un peintre, pensa le notaire en posant les yeux sur le petit tableau représentant une Vierge à l'Enfant qui trônait au mur de son étude. Bien que Michelle ne s'habillât plus comme une bourgeoise, elle portait des vêtements plus dignes de la paysanne qu'elle voulait être, mais avec un goût et un raffinement qui lui seyaient à ravir et la démarquaient des autres. Le notaire n'avait certes pas coutume de traiter avec une femme, encore moins avec une femme aussi ravissante que Michelle et de plus dotée d'une audace aussi subtile. Il continua à faire courir sa plume : « demeurant au village de chez Vigné, paroisse de Vanzac, d'une part, et Jean Roumas, demeurant au village de chez Cosson, susdite paroisse de Vanzac, d'autre part, lequel dit Roumas vend par ces présentes à ladite Michelle Garnier qui accepte… » Le notaire marqua une pause, le temps de tremper sa plume dans l'encrier et d'interroger ledit vendeur sur la nature de ses biens.

— Il s'agit, maître Roche, d'un moulin à vent tournant, virant et faisant farine en son entier avec ses appartenances et dépendances, cerne* et apparaux*, situé sur le terrier du Petit Fief en ladite paroisse de Vanzac, plus un journal de vigne situé autour dudit moulin.

Pendant que Jean Roumas énonçait l'objet à vendre, le notaire s'appliquait à écrire en faisant crisser sa plume mal taillée sur le parchemin… « Vanzac en Angoumois duché pairie de Montausier pour le prix et somme de… » Il interrogea de nouveau le vendeur.

— Cinq cents livres… comptant et en bonne monnaie du cours, répondit Jean Roumas.

Maître Roche acheva l'acte de vente… « Fait et passé en mon étude, présente paroisse de Vanzac, en présence des témoins requis, Jean Louassier, escardeur*, Jacques Guerry, charpentier de Messac, qui ont déclaré ne savoir signer. » Le notaire regarda ses clients, quasi certain qu'aucun d'eux ne savait signer, mais Michelle tendit la main pour s'emparer de la plume et, sous les yeux autant ahuris qu'admiratifs des quatre hommes, signa son nom en bas de l'acte d'un paraphe qui n'avait rien à envier à celui de maître Roche. Puis elle déboursa les cinq cents livres en louis d'or de six livres du cours qu'elle compta avant de demander une quittance qu'elle signa également d'une main habile traduisant une habitude de l'art de l'écriture qui n'échappa pas au notaire.

Maître Roche prit congé de ses clients et s'effaça pour laisser le passage à Michelle.

— Je pense que nous nous reverrons bientôt, dit-elle, j'ai d'autres projets à vous soumettre : l'achat de quelques terres que je mettrai en fermage, tout comme ce moulin qui devrait d'ici deux ans me rapporter suffisamment pour me permettre d'envisager l'achat d'un autre, plutôt à eau.

Maître Roche s'inclina.

— Tout le plaisir sera pour moi, avoir affaire à vous me vaut un véritable plaisir.

Il enveloppait Michelle d'un regard plein d'admiration en la raccompagnant à la porte de son logis situé tout près du presbytère. Michelle prit congé et Pierre Roche, fasciné sans vouloir se l'avouer, regarda Michelle s'éloigner et prendre la direction de l'église. Il fut tiré de ses songes par l'arrivée de Magdeleine Dupuy, son épouse, dont le regard avait surpris celui de son mari et qui le considérait maintenant d'un œil noir de reproche.

— Depuis quand les femmes viennent-elles traiter seules les affaires ?

Le ton trahissait une hostilité mal contenue. Pierre Roche s'employa à mettre de l'ordre dans ses papiers qui s'empilaient le long des murs, non pour faire un rangement auquel il avait renoncé depuis longtemps, mais pour masquer le charme opéré par Michelle sur sa personne. Il faisait mine d'être absorbé dans le tri de ces innombrables actes, pliés et repliés pour qu'ils prennent moins de place et ficelés par année, qui s'accumulaient là depuis des décennies, déposés par son père et son grand-père. Il remarqua que certains d'entre eux commençaient à souffrir de l'humidité et que d'autres avaient été grignotés par quelque rongeur. Il faudrait bien qu'un jour il porte ces piles de paperasses au grenier.

— Bah ! répondit-il sur le ton de l'indifférence. Peu importe, l'essentiel est que tout soit en ordre et qu'elle ait payé ce qu'elle me devait !

Magdeleine Dupuy haussa les épaules, peu convaincue qu'une femme soit apte à passer seule un acte et d'en assumer les conséquences. Pour elle qui avait mis huit enfants au monde, le vrai devoir d'une femme était de donner la vie, de s'occuper de sa maison et de servir son mari.

— Tout de même, cette Michelle Garnier, elle ferait mieux de se remarier et de donner des enfants à son mari, plutôt que de s'occuper d'affaires d'homme ! Encore faudrait-il, continua-t-elle d'un ton suspicieux, qu'elle en trouve un qui veuille d'elle !

Le notaire était agacé par le ton acerbe de sa femme et ne répondit pas, de crainte de voir ses propos s'envenimer davantage. Elle finit par tourner les talons en ruminant pour elle-même des mots qu'il ne comprit pas. Car, contrairement à sa femme, il trouvait que l'intelligence de cette Michelle n'avait d'égale que sa beauté.

L'homme de loi n'était pas le seul que Michelle faisait chavirer. On était fasciné, ébloui sur son passage, troublé autant que charmé. Michelle n'arborait aucun fard ni artifice, sa grâce et sa beauté étaient on ne peut plus naturelles, et elle n'en avait même pas conscience. Il émanait d'elle une humanité et une dévotion qui en faisaient une paroissienne exemplaire, ne manquant aucun office, distribuant avec générosité l'aumône aux pauvres. Elle entourait son père de soins et d'attentions, illuminant ses vieux jours d'un rayon de soleil. Personne ne pouvait lui reprocher quoi que ce soit, et pourtant elle était la cible de tous les commérages. Le mystère et le doute persistaient. Qu'avait-elle fait et où était-elle allée pendant ces deux années où on l'avait crue morte ? On avait besoin de savoir et on ne savait pas ! Là était tout le problème. Quant à son mariage annulé, certains avaient fini par en connaître la véritable raison. D'autant plus que, le temps passant, elle ne semblait toujours pas s'intéresser au mariage. Cela aussi troublait les esprits. Michelle était convoitée par les hommes bons à marier, certains plus jeunes qu'elle, d'autres veufs ; tous avaient tenté leur chance et parlé à Mathurin qui, à chaque fois, les décourageait dans la poursuite de leur dessein. Il invoquait le malheur et l'enfer de son premier mariage. Mariage : un sujet dont Michelle ne voulait plus jamais entendre parler. On se heurtait chaque fois à un refus, et de plus il fallait que le parti s'intéressant à Michelle fût riche, car elle avait des biens qui commençaient à peser dans la balance. Elle avait su investir l'argent donné par le baron. Elle avait affermé ses biens consistant en une métairie, des terres, des vignes et un moulin qui lui rapportaient toujours de quoi continuer à engager son argent. Il n'y avait personne, dans la paroisse et dans celles alentour, qui puisse se mesurer à elle pour oser et espérer s'en faire épouser. Elle était parfaitement heureuse de la façon dont elle vivait avec son vieux père, lequel s'acheminait tranquillement sur ses quatre-vingts ans. Elle donnait du travail aux pauvres journaliers de la paroisse qui en étaient bien aises, d'autant qu'elle payait mieux que quiconque. Elle tenait scrupuleusement ses livres de comptes ; elle gérait son patrimoine foncier d'une main de maître, accumulant les écus qu'elle investissait ensuite. Elle avait réussi à prouver qu'une femme était capable de cela. En effet, de toute la contrée, Michelle Garnier était la seule à vivre de la sorte.

La seule femme avec laquelle elle entretenait une étroite relation d'amitié était Eustelle Arnault, la nièce du curé, qui, plutôt que de regagner sa ville natale de Saintes, avait épousé Jean Roche, le frère cadet du notaire. Sa santé s'était améliorée grâce à l'air sain de la campagne. Ils avaient acquis le logis de Monsoreau, situé sur un petit plateau d'où on dominait la vallée du Lariat. Le vieux logis, autrefois noble, était fort délabré ; ses deux mauvaises tours menaçaient ruine et le jeune couple habitait le corps de logis bien assez vaste. Michelle venait souvent visiter Eustelle : elles échangeaient leurs lectures et multipliaient les œuvres de charité. Bien qu'ayant dépassé les trente ans, elle n'éprouvait toujours aucun désir de maternité, contrairement à son amie Eustelle qui ne tarda pas à mettre au monde son premier enfant. Avec le temps, elle prit conscience de la convoitise et de l'attrait bien involontaires qu'elle exerçait sur les hommes, mais elle ne s'en souciait guère. Elle employait toute son énergie à gérer ce qu'elle appelait son entreprise, c'est-à-dire acheter, vendre, affermer, visiter ses terres et ses métayers qu'elle savait conseiller et avec lesquels elle entretenait les meilleures relations.

Au fil des années, Michelle réussit à s'imposer et à se faire accepter telle qu'elle était. Seules, les femmes la tenaient un peu à l'écart, jalouses de sa réussite, de son charme et de l'originalité de son mode de vie. Quelques-unes pourtant, même sans l'avouer, lui enviaient sa façon de vivre. Elle au moins n'avait pas à subir les brutalités d'un homme que le vin rendait de méchante humeur. Elle avait su garder la fraîcheur et la silhouette gracile de ses vingt ans. Elle avait été préservée des maternités successives, aucun fil d'argent n'était venu bouleverser l'éclat de sa lourde chevelure. Alors, commençait-on à penser, puisqu'elle se débrouillait si bien toute seule, pourquoi d'autres ne la suivraient-elles pas sur cette voie ?

Le curé Arnault lui remontrait souvent le tort qu'elle avait de ne vouloir associer son destin à celui d'un de ces veufs encore jeunes et si nombreux, car son père la quitterait un jour et elle serait alors bien seule. Mais Michelle n'appréhendait pas la solitude, qui pour elle rimait avec quiétude. Elle n'en était pas effrayée. Mais, très attachée à son père, elle craignait en effet ce jour où Dieu le lui enlèverait pour le rappeler dans son royaume des cieux. Et ce jour fut le 21 mars 1703. Il était sous la treille qu'il affectionnait tant et dont les sarments commençaient à se parer de ses pampres d'un vert tendre. Assis sur un banc de pierre, sa place préférée pour reposer son vieux corps torturé de rhumatismes et le réchauffer aux premiers rayons de soleil de ce premier jour de printemps, il s'assoupit pour ne plus se réveiller. Bien que préparée à cette disparition, Michelle en conçut un tel chagrin qu'elle fut inconsolable malgré le soutien et le réconfort de son amie Eustelle et du curé Arnault. Elle fit célébrer une quantité de messes de requiem pour le repos de son âme et fit ensevelir son corps sous une dalle de l'église. Et Michelle continua de vivre seule dans la petite maison que Mathurin lui avait délaissée et dans laquelle elle avait fait quelques aménagements, dont un dallage en terre cuite flammé qui remplaça le sol de terre battue. Michelle en était très fière et s'employait à le faire briller autant que les meubles, si bien qu'on eût presque pu s'y mirer. C'était un luxe qu'on ne trouvait guère que chez les bourgeois et dans les logis nobles, comme chez son amie Eustelle Arnault.

Une autre femme, que François s'était empressé d'épouser peu de temps après le procès, avait remplacé Michelle chez les Mauron. Jeanne Sorin, à trente ans passés, n'avait plus guère d'espoir de trouver un mari, ne pouvant compter ni sur son physique ni sur sa dot. Elle était sèche et longue comme un jour sans pain, son visage creux et déjà chiffonné faisait ressortir des yeux enfoncés dans leur orbite. Pourtant, elle semblait heureuse d'avoir eu la chance d'entrer dans cette famille qui avait du bien. Mais, à peine deux ans plus tard, elle mourut d'un coup de pied de cheval et François dut de nouveau se mettre en quête d'une épouse. Le temps avait apaisé les rumeurs et le vieux Louis Mauron s'employa à chercher meilleur parti pour son fils que sa mère s'acharnait à vouloir marier et surtout qu'elle tenait à voir procréer. La troisième s'appelait Marguerite Maillard, cadette d'une famille de marchands tanneurs, âgée de vingt ans et dotée d'une robuste constitution, que Louis Mauron avait détaillée comme une jument en foire avant d'en fixer le prix. Celle-là, pensa-t-il, serait la bonne. La mère Mauron, qui commençait à sentir les affres du temps s'appesantir sur elle, donna à sa nouvelle nore la place de la maîtresse de maison, tout en continuant à superviser l'ensemble de la maisonnée. Elle vouait toujours une haine irréversible à Michelle dont elle n'ignorait pas la bonne fortune et les affaires florissantes. Elle considérait n'avoir pas dit son dernier mot et aurait à cœur de trouver la vengeance pour racheter l'affront et l'humiliation causés à son fils. Quant à sa fille et à son époux Bris Garnier, ils étaient au bord de la ruine avec leurs cinq enfants à nourrir, concurrencés par d'autres moulins dont celui de Michelle. Cela non plus, la mère Mauron ne pardonnerait pas.

Une soupe maigre et claire, sans fumet, reposait dans la marmite de terre que Marie Mauron avait posée sur la maie trouée qui servait de table. Dans la chambre contiguë au moulin où les Garnier faisaient leur demeure, on distinguait dans la pénombre un vieux coffre de noyer renfermant une douzaine de cabosses de maïs, un lit sans rideaux dont le bois était presque pourri à cause de l'humidité qui régnait en cet endroit. Trois enfants affamés, assis sur un banc, tendaient leur écuelle de bois. Marie Mauron tenait dans ses bras son dernier-né âgé de trois ans qui achevait de tarir sa maigre poitrine. L'aîné était en apprentissage chez un galochier de Sainte-Radegonde et n'était plus à leur charge. Bris finissait de moudre sa pochée avant de laisser la place à l'un de ses consorts. Un grand coup frappé à la porte fit sursauter Marie qui déposa son enfant à terre et remonta en hâte sa brassière pour dissimuler un sein flasque. Le coup fut réitéré avec plus de violence. Elle ouvrit la porte pleine et reconnut Jean Blanchet, collecteur pour la paroisse, et un inconnu de noir vêtu qui avait attaché son cheval, attelé à une carriole, à l'anneau fixé au mur.

— Je suis bien ici chez Bris Garnier ? aboya l'inconnu avec rudesse.

Marie Mauron acquiesça de la tête, inquiète et interrogeant du regard Jean Blanchet.

— Je suis l'huissier aux tailles et je me suis spécialement transporté à votre domicile pour vous faire commandement de payer sur-le-champ la somme de vingt-deux livres et huit sols.

Bris, alerté par la voix inconnue, surgit du moulin, secouant sa blouse pleine de farine. Il avait bien entendu et n'ignorait pas devoir cette somme qui représentait l'impôt dû au roi.

— Comment le pourrais-je alors que je n'ai pas d'argent ! Et, continua-t-il, si j'en avais, je donnerais d'abord à manger à mes enfants.

Il toussa, puis redressa la tête vers Jean Blanchet.

— Dis-lui, toi, Jean, tu le sais que la récolte a été mauvaise et que mes enfants ont faim.

Bris avait les yeux sortis de leur orbite. Acculé, il implorait vainement de Jean un secours. Mais Jean se taisait, baissant les yeux, sachant que chacun devait payer sa cote et que des paroles ne changeraient rien. L'huissier, sans pitié, déclara qu'il se voyait donc contraint de procéder à une saisie. Il entra, sans y avoir été invité, dans la modeste chambre contiguë à celle du moulin qu'occupaient Bris et sa famille. Il jeta autour de lui un regard inquisiteur, avisa un chaudron de cuivre jaune, fit signe à Jean de s'en emparer, lequel obtempéra avec une gêne visible. Puis l'huissier poussa la porte de la chambre du moulin et considéra trois sacs de farine prêts à être livrés. Il tira de sa sacoche un morceau de papier, une plume et un petit encrier de poche qu'il posa sur un coin de la table et nota s'être saisi d'un chaudron et de trois sacs de farine d'une valeur égale à la somme due. Marie, pendant tout ce temps, n'avait rien dit. Elle considérait avec effroi cet homme en noir qui n'avait rien d'humain et qui emportait tout ce qui leur restait, tandis que Jean, penaud, obéissait à ses ordres et chargeait dans la carriole les objets saisis. Puis ils s'en retournèrent. Quelques minutes avaient suffi pour faire sombrer Bris et les siens dans la misère. Le meunier, miné par la maladie et le désespoir, s'était effondré sur le dernier sac de grains qu'il n'avait plus la force de vider dans la trémie. Il toussait si fort que Marie en fut alarmée. La clientèle avait déserté le moulin de Bris pour trouver ailleurs une meilleure farine, un accueil plus chaleureux, de meilleurs prix.

— Tu sais où ils vont tous faire moudre ? Eh bien, si tu ne le sais pas, je vais te le dire : ils vont chez elle ! Elle mange notre pain comme si ça ne lui avait pas suffi de déshonorer ma famille !

Marie était à bout de nerfs, elle haïssait Michelle sans jamais l'avoir avoué à Bris, elle exécrait celle qui avait ravi l'honneur de son frère, qui avait brisé leur rêve de posséder un moulin à vent en le réalisant à leur place. Jamais Marie ne pardonnerait tout cela à Michelle. Bris toussait de plus belle et Marie était en proie à une crise nerveuse. Elle se calma en considérant à travers ses larmes un filet de sang qui ruisselait au coin des lèvres de Bris, maculant de carmin la blouse blanche. Elle se précipita, tenta de calmer la quinte de toux de son époux. Il était épuisé et abattu, elle dut l'aider à se relever et elle le soutint jusqu'au lit. Elle lui prépara une décoction de graines de pavot, mais la fièvre s'empara du peu de vie qui animait son corps amaigri. Marie réprima un frisson, pourtant elle était brûlante.

Allongée auprès de Bris, Marie était en proie au délire ; des tremblements agitaient son corps torturé ; des visions cauchemardesques où elle se voyait au milieu des flammes de l'enfer la firent soudain se redresser et lancer un cri effrayant. Antoine, le plus âgé des enfants, avait couché ses frères et sa sœur, mais ne dormait pas, inquiet de voir son père alité, inerte, et sa mère qui semblait se débattre contre des démons invisibles.

Trois jours plus tard, le 16 mars 1701, les corps de Bris et de Marie furent ensevelis l'un près de l'autre, seulement enveloppés dans un linceul et déposés dans une fosse du cimetière. Malgré les injonctions et les suppliques de messire Arnault et de son père, Michelle n'assista pas aux funérailles des défunts. Michelle était pieuse et dévote, mais elle ne pardonnait pas, et pour rien au monde elle n'eût risqué de croiser sur son chemin un Mauron. Elle marqua une obstination qui manqua de fâcher le curé Arnault, habitué à voir Michelle faire preuve de plus de charité chrétienne. Elle ne tendit pas la main à ses cinq neveux orphelins, elle continua de les ignorer, ne pouvant porter secours à quiconque avait du sang Mauron dans les veines. Elle ne déboursa pas même un sol pour une messe basse. Il fallut prendre sur les maigres biens restants et revenant aux enfants un boisseau de froment pour le paiement du sacristain qui avait sonné le glas et creusé la fosse. Les Mauron, présents aux funérailles, ne déboursèrent pas davantage. Le curé Arnault procéda à la cérémonie d'inhumation et ne demanda rien pour son casuel.

— Maître Jacques, vous allez nous faire la meilleure farine de la contrée !

Michelle jubilait. Elle s'activait parmi les métiviers et admirait les blés particulièrement beaux en cette année 1703. Elle avait apporté de quoi désaltérer toute son équipe de moissonneurs. Maître Jacques, le meunier du moulin du Grand Fief, avait posé sa faucille et s'empara de la cruche que Michelle lui tendait.

— Pour sûr, je crois bien que c'est la première fois que j'en vois d'aussi beau !

Le soleil était au plus haut et la chaleur de ce mois de juillet était suffocante. Tout le monde imita maître Jacques et reposa sa faucille pour essuyer d'un geste les ruissellements de sueur et se rafraîchir.

— Si seulement Mathurin était encore là, comme il serait heureux de voir le blé de sa fille ! murmura Jean à l'intention de maître Jacques, ne voulant pas que Michelle, toujours aussi peinée de la mort de son père survenue trois mois auparavant, entende.

— Il l'accompagnait encore la veille de son décès pour surveiller avec elle la bonne pousse des grains, remarqua le meunier auquel Michelle avait confié le bon fonctionnement de son moulin.

Quelques femmes disposaient les gerbes en tas et des enfants glanaient les quelques épis ayant échappé à la vigilance des moissonneurs.

— Regarde-la comme elle se pavane, elle se prend pour une grande dame !

Jeanne faisait partie de ces femmes qui n'acceptaient pas la façon de vivre de Michelle et surtout qui la jalousaient.

— Peut-être, mais, depuis que mon homme travaille pour elle, on crève plus de faim ! lui répondit Marie que ces commentaires envers Michelle commençaient à agacer.

— Et puis, renchérit une autre paysanne, c'est elle qui a payé monsieur le curé pour que notre petit Gabriel soit enterré avec des prières !

Jeanne haussa les épaules ; personne ne l'empêcherait de penser que cette Michelle, sous ses airs de sainte, cachait quelque chose. Et puis, est-ce qu'elle s'était séparée de son mari, elle, sous prétexte qu'il ne lui avait pas fait d'enfant ? L'idée ne lui en serait même jamais venue ! Ne pas vouloir d'homme, en voilà une bien curieuse pensée ! Mais pour qui se prenait-elle pour se croire capable de tout faire toute seule ?

Michelle engrangea dans ses greniers ses plus belles récoltes. Pour vendre le plus fort de sa production, elle pouvait attendre le printemps époque de la soudure, quand les cours sont au plus haut. Elle chargerait maître Jacques de porter les sacs à la halle au grain de Baignes, de Montendre ou de Jonzac. Pour éviter de payer la taxe du minage, elle savait qu'on pouvait vendre ailleurs et autrement. Aussi en garderait-elle quelques boisseaux qu'elle essaierait d'écouler de cette façon.

# TROISIEME PARTIE

## Le temps du bonheur

Michelle ramassait ses noix sous son gros noyer centenaire dont la ramure procurait, l'été, une fraîcheur à laquelle il fallait prendre garde. Les feuilles jonchaient le sol et les fruits paraient la terre d'un tapis craquant sous les sabots. Elle ferait ensuite son huile dans son moulin à eau, une fois les cerneaux extraits de leur coque, l'occasion de passer quelques soirées à énougeler*.

Un galop de cheval lui fit lever les yeux. Elle aperçut sur le chemin venant de la Botte un cavalier semblant se diriger vers sa maison. Elle se releva pour mieux l'observer. Il sauta prestement de sa monture et, ayant avisé la jeune femme, il s'avança vers elle. Elle posa son panier de vime, intriguée par la présence de cet étranger. L'inconnu, en allant à sa rencontre, se découvrit et la salua fort courtoisement.

— Dites-moi, madame, s'agit-il bien là du logis de maître Michel Garnier ?

L'inconnu pouvait avoir trente-cinq ans. Vêtu d'une culotte de chamois qui moulait ses longues jambes musclées, portant des bottes de cuir noir et un justaucorps de drap souris, il ne manquait pas d'élégance. Michelle, tout en étudiant le personnage, partit malgré elle d'un éclat de rire.

— Maître, dit-elle en insistant sur le mot, maître Michel Garnier, dites-vous ?

L'homme gardait son sérieux et ne comprenait pas en quoi ses propos étaient aussi amusants.

— Se pourrait-il, madame, qu'on m'ait mal renseigné ?

— Il semble en effet ! répondit-elle en arborant un sourire qui le désarma.

— Voulez-vous dire que Michel Garnier ne demeure point ici ?

— Je n'ai pas dit cela !

Michelle était toujours sous l'effet de la surprise et du comique de la situation, puisqu'on la confondait avec un homme. L'inconnu parut frappé de stupeur et pensa qu'on se moquait de lui. De plus en plus confondu, il se hasarda à poursuivre :

— Me direz-vous enfin si ce Michel Garnier que je cherche est votre père, votre frère ou alors votre mari ?

Son insistance dénotait son impatience à obtenir une réponse.

— Pas plus que mon oncle ou mon cousin, répondit-elle d'un air mystérieux. Mais, à propos, que lui voulez-vous à ce… Michel Garnier ?

— Vous convenez donc que ce Michel Garnier existe !

— J'en conviens… à un détail près cependant…

Son interlocuteur commençait à s'impatienter sérieusement et voulait mettre fin à ce jeu. Il continua en marquant un air fâché.

— Je viens, madame, de parcourir plus de trois lieues pour m'assurer de cette rumeur, parvenue jusqu'à moi, qui prétend que je ne trouverai meilleur blé que chez Michel Garnier.

Michelle pensa qu'elle avait assez joué au chat et à la souris et que le moment était venu de lui dévoiler enfin qui était Michelle Garnier.

— Eh bien, rassurez-vous, monsieur, et surtout ne soyez pas courroucé, car on ne vous a pas trompé et Michelle Garnier va de ce pas vous montrer son blé… Si vous voulez bien la suivre !

Sur quoi, elle esquissa quelques pas en direction de la maison, tandis que l'inconnu était saisi de surprise. Elle se retourna pour lui enjoindre de lui emboîter le pas et, mimant une courbette, elle se présenta.

— Michelle, dit-elle en appuyant sur la dernière syllabe, Garnier, pour vous servir, monsieur l'inconnu…

Le cavalier partit à son tour d'un grand éclat de rire.

— Vous vous êtes bien jouée de moi, mais pardonnez mon égarement : Bertrand Coustolle, sieur de la Montée. Je suis marchand de grains, ce que vous avez sans doute deviné ; je viens de la paroisse d'Orignolles, baronnie de Montguyon. Je vous prie d'accepter mes plus vives excuses, je… ne pensais pas…

Il hésitait à poursuivre, ne voulant paraître plus maladroit. Il avait, tout en se présentant, attaché la bride de son cheval à l'anneau de l'écurie.

Elle acheva à sa place.

— Que vous auriez affaire à une femme ; eh bien, voyez-vous, monsieur Coustolle, vous saurez désormais qu'une femme peut parfaitement s'occuper de ses terres comme un homme, produire du blé aussi beau que celui d'un homme, et… qu'elle peut être aussi dure en affaires qu'un homme.

Elle lui offrit en disant cela son plus beau sourire qui dévoila une dentition parfaite.

Le marchand était maintenant sous le charme et il ajouta qu'il aurait beaucoup de plaisir à traiter avec elle. Il grimpa à sa suite les degrés taillés dans la pierre, sous le ballet adossé à la maison, qui desservaient le grenier. Elle ouvrit la porte et ils y pénétrèrent ensemble. Une odeur de poussière les saisit et les força à tousser. Bertrand Coustolle découvrit quelques dizaines de sacs de brin remplis de blé-froment. Il s'approcha de l'un d'eux, en dénoua la ficelle de chanvre et y plongea la main. Il observa attentivement d'un œil expert ces grains blonds, les palpa pour en apprécier la texture, les huma et en croqua un.

— Alors, lança-t-elle, sûre d'elle, vous admettez qu'il s'agit là du meilleur froment !

Le marchand fut forcé d'en convenir et d'ajouter qu'il avait rarement vu blé de si belle qualité. Grâce à un faisceau de lumière diffusé par l'oculus, elle put à loisir détailler l'homme qui se tenait face à elle. Bertrand Coustolle avait des traits réguliers, des yeux aussi bleus qu'un ciel d'été, des cheveux châtains, coiffés en catogan et dans lesquels elle discerna quelques fils d'argent. Michelle se surprit à penser qu'elle trouvait ce Bertrand Coustolle fort séduisant et en conçut un léger trouble qu'elle ne laissa en aucun cas transparaître. Pour rompre le fil de ses impertinentes réflexions, elle annonça :

— Deux livres le boisseau !

— Diable ! Madame ! Deux livres ! Ne pensez-vous pas que trente-cinq sols seraient plus convenables…

— Trente-cinq sols, certes, pour du blé ordinaire, mais celui-ci est supérieur ; n'en avez-vous pas convenu vous-même ? Et je vous ai prévenu, je suis dure en affaires !

Michelle savait que le prix demandé était honnête et que son blé le valait. Bertrand Coustolle ne discuta pas et se porta acquéreur de dix sacs, soit deux cent quarante boisseaux, pour la somme de quatre cent quatre-vingts livres. L'un et l'autre devaient compter sur leurs discrétions respectives, ce genre de commerce hors des lieux autorisés qu'étaient les minages était interdit puisqu'une taxe devait être prélevée sur toutes les marchandises se mesurant au boisseau. Le procureur fiscal du marquisat de Montendre l'avait remontré lors de plusieurs ordonnances pour avoir eu connaissance que de nombreux marchands et particuliers prenaient l'habitude de se livrer à leur commerce en des lieux secrets ou des cabarets, ce qui était très préjudiciable aux intérêts de la seigneurie. Les contrevenants risquaient cinquante livres d'amende, mais surtout la confiscation de ces marchandises de fraude.

— Vous faites l'économie des droits de minage, et vous n'aurez pas à faire charroyer la marchandise que je viendrai prendre moi-même.

— En effet, mais si vous aviez acheté mon blé sur le marché du minage, son prix en eût été majoré.

Michelle et Bertrand Coustolle sourirent à leurs propos, car ils n'ignoraient pas qu'ils se livraient de temps à autre à ce genre de fraude à laquelle d'ailleurs beaucoup s'adonnaient. Pour sceller leur marché, Michelle invita son client à trinquer autour d'un pichet de vin de sa vigne. Ils descendirent les degrés et se retrouvèrent dans la salle principale du logis. Bertrand Coustolle enveloppa d'un coup d'œil discret l'endroit où il pénétra et en apprécia l'ordre et la propreté, il admira le soin et la brillance du mobilier de belle facture.

— Ce clairet est des plus gouleyant, je regrette de n'être négociant en vins pour vous en acheter quelques tonneaux !

— Ne regrettez rien, il n'est point à vendre !

Ils dégustèrent le vin à petites gorgées. Bertrand observait Michelle, intrigué.

— Serait-il indiscret, madame, de vous demander si vous êtes seule… pour assumer tout cela ? Votre mari est-il… ?

Il était embarrassé de poser ce genre de question, mais trop curieux d'en savoir un peu plus sur cette femme qu'il considérait avec un évident intérêt. Depuis quelques instants, il tentait de percer le mystère qui l'entourait. Qu'elle ne fût point mariée lui paraissait peu probable, les célibataires étaient rares, le mariage étant le destin de toutes les femmes, qu'elles fussent laides ou jolies, riches ou pauvres. Celle qui se tenait devant lui et qui lui servait un gobelet de vin était diablement belle, sauvagement envoûtante, et ne pouvait laisser aucun homme indifférent. Si un récent veuvage l'avait frappée, ses vêtements en porteraient témoignage, or il n'en était rien. Quel secret pouvait bien être le sien ?

Une noix, échappée de son tablier relevé, roula à terre. D'un mouvement gracile, Michelle la ramassa. Une mèche de cheveux glissa alors de sous sa coiffe, dévoilant une boucle rebelle, luisante comme une châtaigne, qui vint se nicher au creux de son décolleté. Michelle la repoussa d'un geste impatient, consciente du trouble qu'elle avait provoqué malgré elle en dévoilant cette féminité jugée impudique. Elle surprit alors dans les yeux du visiteur un éclat qui ressemblait à la flamme du désir. Michelle se décida à rompre le charme et se mit en devoir de répondre à sa question.

— Je comprends votre étonnement et votre surprise. On a en effet peu l'occasion de traiter ce genre d'affaires avec une femme ! Mais il faudra s'y faire. Je suis seule et je m'accommode très bien de cette situation puisque je l'ai choisie.

Bertrand Coustolle était de plus en plus attentif à ses propos. Mais il n'était pas satisfait et exigea des explications plus précises.

— Choisie ! Pardonnez mon indiscrétion, que peut-être vous prendrez pour de l'audace, mais comment est-ce possible qu'une femme telle que vous soit seule ?

Michelle esquissa un sourire où la nostalgie l'emportait sur la tristesse et entreprit de dévoiler un peu de son passé à cet homme qu'elle ne connaissait pas une heure plus tôt, mais qui exerçait sur elle un étrange pouvoir de fascination. Elle parla de son mariage annulé par sentence du tribunal, de son désir de vivre seule en gérant elle-même son patrimoine. Il l'écoutait avec un intérêt grandissant, osant parfois une question pour satisfaire sa curiosité. Elle lui démontra qu'une femme pouvait réussir seule, elle possédait désormais plus de vingt journaux de terre et comptait en acquérir encore. Ses moulins, sa métairie, ses terres, ses vignes et ses bois, elle les lui décrivit si bien qu'il eut l'impression de les connaître.

— Vous êtes une femme remarquable, une vraie femme… d'affaires !

— Je suis certaine que d'autres femmes détiendraient ce pouvoir, cette faculté, mais, dans notre société patriarcale, la parole nous est interdite. Je n'ai que trop goûté à cette vie-là pour comprendre que nous, les femmes, devrons nous battre pour exister et refuser ce joug.

En inspirant longuement, elle ajouta que ce combat serait long et difficile. Néanmoins, elle avait prouvé qu'une femme pouvait réussir et elle était pleinement heureuse de sa façon de vivre.

— Vous me voyez surpris, certes, mais plus encore ébloui par votre nature entreprenante et votre parfaite réussite.

Jamais à sa connaissance une femme de sa condition n'avait fait preuve d'autant d'esprit et d'intelligence. Elle voulut à son tour tout savoir de son interlocuteur et le pressa de questions au caractère aussi personnel.

— A mon tour, monsieur Coustolle, de m'interroger sur vous. Etes-vous un époux comblé, un heureux père de famille ?

Bertrand se mit à rire de bon cœur. C'était à lui de conter quelle avait été sa destinée. Il avait tout simplement refusé d'épouser celle que son père, maître chirurgien, lui avait choisie. Il lui avoua qu'il n'épouserait que la femme sachant émouvoir à la fois son cœur et son esprit, ne pouvant concevoir le mariage sans inclination réciproque. Il pensait même que cette femme-là ne se présenterait jamais, du moins jusqu'à ce jour ! Mais, cela, il s'abstint de le lui révéler.

Michelle se dirigea vers sa table de dépenses sur laquelle trônaient un grand livre de comptes, du papier à écrire, un encrier et une plume d'oie. Elle lui signa un billet l'engageant à lui livrer les deux cent quarante boisseaux de blé-froment au prix de deux livres le boisseau. Il fut encore plus ébaubi de la voir manier la plume avec autant d'assurance qu'un tabellion.

— Je suis fort triste, madame, de devoir vous quitter déjà, j'ai trois bonnes lieues à parcourir avant la nuit pour regagner mon logis. Mais sachez que je n'aurai qu'une hâte, celle de vous revoir bientôt.

Sur quoi, il lui saisit la main, qu'il baisa à la façon d'un gentilhomme, et s'éloigna. Sans lui laisser le temps de répondre, il sauta prestement sur son cheval et partit dans un galop, non sans s'être retourné et lui avoir fait un dernier signe de la main.

Michelle en fut autant charmée que flattée et pensa qu'elle aussi aurait grand bonheur à le revoir. Elle se rendit compte que c'était la première fois qu'un homme la troublait. Quel était donc cet étrange sentiment qui peu à peu l'enveloppait, l'embrumait, prenait possession de son corps et de son esprit ? Allait-il durer ou s'évanouir au fil du temps ? Michelle était à la fois heureuse et inquiète. Inquiète de ne plus pouvoir penser à ses occupations quotidiennes comme à son habitude, de sentir sa conscience comme sous l'emprise d'une force imperceptible, d'un maître invisible. Elle devait se ressaisir au plus vite, ne rien laisser paraître de son émoi qui lui bouleversait les sens. Elle s'endormit ce soir-là avec, dans ses songes, la vision d'un cavalier qui lui avait ravi le cœur et la raison.

La journée du lendemain parut à Michelle une éternité. Sa conscience était en proie à une confusion qu'elle ne lui connaissait pas. Elle dut se rendre à l'évidence que quelque chose en elle avait changé et que celui qui lui bouleversait le cœur et l'esprit avait les traits de Bertrand Coustolle. Pourtant, les hommes étaient nombreux à se presser autour d'elle : il y avait ses fermiers qui la respectaient, mais aussi ceux qui auraient voulu se faire épouser. Mais aucun d'eux n'avait su émouvoir son cœur ni éveiller ses sens. Parmi eux, certains étaient pourtant d'honnêtes hommes, comme Pierre Nouhet de Malineau, plutôt riche et bien fait de sa personne, ou Louis Garraud, un homme éprouvé par ses veuvages qui avait par deux fois sollicité la main de Michelle. Jamais elle n'avait voulu sacrifier sa chère liberté pour s'enferrer de nouveau dans le piège du mariage, fût-ce avec un homme qu'elle aurait eu le privilège de choisir.

S'ils furent nombreux à soupirer en rêvant d'elle, aucun n'eut le bonheur de s'en faire aimer. Michelle était trop fière, trop orgueilleuse pour renoncer à son indépendance, et avait trop à cœur de vouloir prouver qu'une femme du peuple pouvait mener sa vie à sa guise contre vents et marées. Mais, aujourd'hui, force était de reconnaître qu'elle venait d'être touchée par un sentiment dont elle ne pouvait se défendre, plus fort que la raison capable de fléchir les cœurs les plus rebelles.

C'est le surlendemain qu'il revint, alors que s'amorçaient dans le ciel les ombres du crépuscule. Elle était assise devant sa table à écrire et tentait de s'absorber dans les comptes de ses fermes quand elle entendit deux coups frappés à sa porte. Elle n'eut que le temps de se lever et la porte s'ouvrit sur lui. Ils furent l'un et l'autre saisis d'une même stupeur et, après quelques secondes de silence pendant lesquelles leurs regards se pénétrèrent, tel un éclair, un seul et même élan les jeta dans les bras l'un de l'autre. Ils n'avaient pas prononcé un seul mot. Ils s'étreignirent longtemps, leurs lèvres s'étaient unies en un long et voluptueux baiser. Elle était aussi avide de ses caresses que lui l'était de son corps, ses mains glissaient le long de sa taille et dessinaient la courbe de ses reins. Il lui avait ôté sa coiffe, dévoilant sa crinière brune qui retomba en cascades. Il emprisonna dans ses mains ses longues mèches qui s'enroulaient autour de ses doigts, s'enivra de leur parfum jusqu'à en perdre connaissance. Il la souleva et la porta sur le lit. Il la contempla longuement, comme pour imprimer à tout jamais dans sa mémoire chacun de ses traits. Ses mains de nouveau se posèrent sur son corps pour en découvrir toutes les cambrures, il délaça avec délicatesse son corsage et libéra ses seins qui se gonflèrent de volupté. Il y enfouit son visage et s'enivra de cette peau nacrée et sucrée s'offrant à lui comme une liqueur de jouvence. Elle ferma les yeux et entrouvrit ses lèvres insatiables qui réclamaient les siennes. Il les lui donna avec une telle générosité qu'elle frémit de plaisir.

Elle s'était abandonnée dans les bras de cet homme dont elle connaissait tout juste le nom et qu'elle avait vu pour la première fois il y avait à peine quarante-huit heures. Michelle connut cette nuit-là à la fois la douceur et la violence du désir, le plaisir et la volupté partagés de leurs deux corps enlacés qui n'en formaient plus qu'un. Ils étaient deux rebelles auxquels l'amour avait tendu un piège et qui perdirent la raison dans les filets de la passion. Elle dut se rendre à l'évidence qu'elle avait accompli le péché de chair sans en concevoir ni honte ni repentance. Le bonheur était-il un mal qu'on devait expier ? Serait-elle châtiée ? Devrait-elle faire pénitence pour réparer cet affront fait à Dieu d'avoir connu la copulation charnelle, d'en avoir éprouvé de la jouissance et de surcroît hors des liens sacrés du mariage ? Certes, la question se posa et s'imposa, mais elle ne put se convaincre qu'elle vivait dans le péché.

Bertrand revint souvent, et à chaque fois ils se plongeaient dans les mêmes délices et retrouvaient la même ardeur dans leurs ébats, leurs élans passionnés. Bertrand lui fit un jour la surprise de l'emmener à quelques encablures de chez elle, au lieu de la Font de Bertin où, surplombant le lavoir et la fontaine qui ne tarit jamais, une maison venait d'être édifiée. Depuis quelques mois, une nuée d'ouvriers, tailleurs de pierre, maçons et charpentiers, œuvraient pour le compte d'un mystérieux commanditaire dont tout le monde ignorait le nom. Il avait chargé un de ses amis de surveiller l'avancée des travaux. Quant à lui, lors de ses visites à Vanzac, la plupart du temps nocturnes, il avait la surprise d'en constater les progrès.

Ils avaient emprunté le petit chemin creux, bordé de haies d'aubépines et de prunelles, qui conduisait sur le grand chemin. Ils bifurquèrent à gauche du vieil ormeau et grimpèrent une allée nouvellement tracée menant à la maison neuve tout juste achevée. Bertrand se dirigea vers la porte et, sortant une clé de sa poche, l'ouvrit. Michelle était stupéfaite, ne comprenant pas encore où il l'emmenait.

— Tu es ici chez toi ! lui dit-il en guise d'explication.

Elle n'en croyait pas ses yeux. Il l'avait fait meubler et tout y était du meilleur goût. Une grande table à repas ovale en bois de noyer qu'entouraient une demi-douzaine de chaises garnies de jonc, un grand cabinet du même bois à deux portes et un tiroir en bas, un lit avec ses garnitures de droguet rayé vert, recouvert de ses coite et courtepointe de même couleur. Une grande cheminée de pierre portait sur son manteau deux cœurs entrelacés en son centre et deux marguerites sur les côtés.

— Si tu fais ta demeure à Vanzac, tu vas te lasser de me voir si souvent, lui répondit-elle.

— Ce qui me lasse est d'entrer dans ta vie, dans ton lit et dans ton ventre comme un voleur, répliqua-t-il en la fixant droit dans les yeux, non sans une pointe de reproche dans la voix.

— Qui nous force à nous cacher ? Ne sommes-nous pas libres tous les deux ?

Michelle n'avait plus envie de vivre sa relation dans l'ombre, elle voulait pouvoir marcher au bras de l'homme qu'elle aimait au grand jour et aux yeux de tous. Bertrand s'assombrit.

— Les rumeurs se colportent si vite…

— Au diable les rumeurs ! s'exclama-t-elle.

Michelle n'avait que faire des rumeurs ; on ne l'avait guère épargnée depuis son retour voici dix ans. On avait toujours médit sur sa façon de vivre avec ou sans homme. Qu'ils parlent donc ! Son insouciance rassura Bertrand qui l'attira dans ses bras pour l'embrasser goulûment. Ils prirent possession, cette nuit-là, de la maison de Bertrand en instaurant un rituel plutôt inhabituel[1].

Bertrand s'installa dans sa maison de Vanzac. Il se présenta à la messe du dimanche suivant et fit à l'issue de la cérémonie une déclaration au syndic et devant tous les chefs de feu de la paroisse pour annoncer son arrivée et se faire ajouter sur le rôle de la taille, ce qui fut fait sur-le-champ par maître Roche. Il invita tous ceux qui le voulaient à fêter au cabaret son arrivée dans la paroisse. Il voulait par ce geste se faire accepter de la communauté, ce qui fut fait. Il parla de son activité de marchand de grains, de son commerce avec la Guyenne, tout en offrant des pintes de vin. Il n'évoqua pas le nom de Michelle et, ce jour-là, ils se tinrent à distance. Mais, dès les jours suivants, le nouveau venu étant un sujet de conversation et de curiosité, on prêta attention à ses faits et gestes et à ses fréquentations. Bien que Michelle habitât toujours chez elle, on la vit près de chez lui et on le vit, lui, près de chez elle. On épia leurs allées et venues et on ne tarda pas à en tirer certaines conclusions. Michelle s'était acoquinée avec le nouveau ! Lequel nouveau avait déjà fait des envieuses parmi les filles à marier. A trente-cinq ans, riche et bel homme comme il était, il faisait tourner les têtes. Quant à Michelle, elle allait sur ses trente-neuf ans, mais on lui en eût volontiers prêté vingt-cinq. En approchant de la quarantaine, les femmes ressemblaient plus à des vieillardes courbées sous leur fardeau, le corps déformé par les maternités, la peau tannée et creusée de rides par le grand air, burinée par la chaleur des fourneaux, la chevelure blanchie par les deuils et les soucis, affaiblies et fragilisées par les disettes et les épidémies.

Pourtant, pendant les dix premières années de sa vie conjugale, Michelle ne fut pas épargnée par ce régime, mais le temps passé aux côtés d'Aurore de Courtignac en avait effacé les stigmates. Et, depuis son retour, elle ne s'occupait que de la gestion de ses terres, élevant quelques volailles et cultivant un jardinet pour ses besoins.

Michelle et Bertrand ne vivaient pas à pot et à feu, mais bien chacun chez soi. En fonction de leurs activités, ils prenaient leurs repas tantôt chez l'un, tantôt chez l'autre, passant la nuit dans la couche de l'un ou de l'autre.

Ce jour-là, Michelle surveillait la marmite qui fumait, suspendue à la crémaillère de la cheminée. Un arôme odorant dû au bon morceau de lard qui agrémentait les fèves s'en échappait. Michelle attendait Bertrand qui revenait d'Orignolles où il avait mis ses biens en fermage. Elle était impatiente, plus encore qu'à l'ordinaire, tout à la fois heureuse et soucieuse. Lorsqu'elle entendit son pas sur le pavé, elle se précipita et il la reçut dans ses bras. Mais, en relâchant son étreinte, il remarqua, malgré son sourire, une ombre de mélancolie qui n'échappa pas à son regard avisé.

— Tu me sembles bien songeuse, aurais-tu quelque sujet d'inquiétude ?

— Peut-être, mais le bonheur l'emportera, Bertrand… Je crois que, enfin… j'en suis presque sûre, j'attends un enfant !

Ils avaient franchi la porte qu'ils ne prirent pas le temps de refermer tant il était avide de l'embrasser. Il s'attendait à ce que Michelle le lui annonce un jour ou l'autre.

— C'est la nouvelle la plus merveilleuse, réussit-il à lui dire entre deux baisers. Dis-moi maintenant ce qui t'assombrit.

— Ce qui m'inquiète un peu, c'est que j'approche de ma quarantième année et que ce n'est guère un âge raisonnable pour mettre au monde son premier enfant. Et puis je repense au sermon du curé Arnault, dimanche dernier.

Messire Arnault avait ordonné son prêche autour de l'adultère et des naissances d'enfants illégitimes, l'occasion pour lui de rappeler l'édit du roi Henri II qu'il était tenu de lire régulièrement au prône. Pour la cinquième fois, Jacquette Louassier avait enfanté de père inconnu. Un véritable fléau que cette pauvre fille un peu simplette qui se faisait engrosser sans jamais savoir de quelles œuvres et vivait dans une cabane isolée de la forêt de la Bauche ! Ses quatre premiers enfants moururent en bas âge, évitant ainsi l'affront de leur condition de bâtard et une misère certaine. L'édit lu par le curé Arnault ordonnait que toutes les femmes ayant celé leur grossesse et leur enfantement soient punies de mort et du dernier supplice, rappelant l'exemple de Marguerite Tolleron qui fut pendue après avoir été marquée au fer rouge de la fleur de lys, symbole des filles de mauvaise vie. Et le curé de rappeler qu'il ne saurait tolérer que l'une de ses paroissiennes subisse pareil châtiment. Si par malheur l'une d'entre elles, veuve ou non mariée, se trouvait grosse, elle devait sans tarder en faire la déclaration à un homme de loi afin d'éviter la peine susdite.

Michelle avait écouté le sermon du curé Arnault, non sans en concevoir un léger malaise, car elle ne pouvait être identifiée à cette Jacquette. Elle avait choisi le père de son enfant et il ne s'agissait pas d'un adultère, Bertrand et elle étaient libres. Comme s'il avait suspecté l'état de Michelle, pourtant connu d'elle seule, le prêtre avait posé son regard sur elle un long moment, et elle ne l'avait pas soutenu, honteuse de sentir qu'un soupçon pesait sur sa personne.

— Messire Arnault sera heureux de compter notre enfant parmi ses paroissiens.

Bertrand se voulait rassurant.

— Un enfant conçu d'une façon déshonnête, lança-t-elle en esquissant un sourire mi-figue, mi-raisin.

— Mais je vais t'épouser, ce que j'aurais dû faire depuis longtemps déjà !

— La question n'est pas là, tu sais aussi bien que moi que cet enfant sera à toi autant qu'à moi et que nous l'élèverons ensemble !

Sa voix s'était teintée de courroux. Bertrand se rembrunit. Elle ne voulait toujours pas entendre parler de mariage. Il espérait pourtant que l'occasion lui était enfin offerte d'écrire son histoire sur une nouvelle page. Pourquoi

Michelle s'obstinait-elle dans son refus du mariage ? Elle ne pouvait pourtant se méprendre sur les sentiments de Bertrand qui lui prouvait chaque jour son amour, sa générosité et sa grandeur d'âme. Alors pourquoi ?

— Tu préfères passer pour une fille abusée ou, pire, pour une fille publique ? Tu veux subir l'humiliation d'une déclaration pour échapper à l'échafaud ? Ce qu'on va penser de toi, de nous, tu y as pensé ?

Bertrand ne voulait pas la froisser, mais lui faire prendre conscience de la réalité ; tant pis pour son orgueil ! Michelle n'avait pas l'intention d'enfreindre la loi et, au contraire, elle irait faire sa déclaration, dignement et en leur disant que, cet enfant, elle l'avait désiré. D'ailleurs, n'était-ce pas le vœu le plus cher et le plus légitime de toute femme ? Bertrand poussa un soupir de renoncement, pensant que tout discours sur le mariage était voué à l'échec. Il abdiqua.

— Eh bien soit, je t'accompagnerai chez maître Roche et nous lui dirons tout ce que tu voudras !

Le plus important, c'était cet enfant, un cadeau du ciel !

— L'essentiel, ajouta-t-il avec un sourire de défaite, c'est que nous nous aimions et, pour sûr, je suis le plus heureux des hommes !

Cette dernière réplique les réconcilia et Michelle servit sa potée de fèves au lard qui réconforta leurs cœurs comme leurs estomacs. Néanmoins, il faudrait le plus tôt possible annoncer la nouvelle à messire Arnault.

— Je crains que la nouvelle ne le fâche !

Michelle avait confiance en la bonté et en la compréhension du curé, qui avait partagé avec elle tant de moments cruciaux de son existence. Il était plus qu'un confesseur, c'était un homme juste et droit, foncièrement bon, et elle réussirait à le convaincre. D'autre part, elle en profiterait pour lui offrir le dallage de l'église qu'elle lui avait promis. Pour Bertrand, c'était de la pure corruption.

Marie Duret hâtait le pas malgré sa panière de linge mal rincé qui lui tirait sur les bras et qui dégoulinait le long de ses jupons. Mais elle n'y prenait pas garde. Il y avait déjà deux ans qu'elle allait régulièrement en journée chez Michelle. La jeune fille, âgée de dix-sept ans, vouait une admiration et une estime sans limites pour celle qui se montrait bonne et bienveillante envers elle. Son mouchoir de col brodé et sa coiffe de fine batiste, jamais elle ne les aurait possédés sans la générosité de Michelle. Mais ce que Marie appréciait le plus, c'était leurs longues discussions et la complicité qui les unissait. C'est pourquoi Marie pressait tant le pas vers le village des Vigné, elle devait avertir au plus vite Michelle de ce qu'elle venait d'apprendre au lavoir. Pourquoi les femmes sont-elles si mauvaises entre elles ? Elle était terrorisée à l'idée qu'on puisse faire du mal à sa maîtresse, qu'elle soit envoyée à la geôle ou pire… Non, elle devait avoir mal compris ; ce n'était pas Dieu possible, une affaire de même ! N'en avait-elle pas assez subi, d'offenses et de souffrances, lorsqu'elle était prisonnière chez les Mauron ? Si Michelle n'aimait pas ressasser ses souvenirs, elle avait éprouvé le besoin de se raconter à Marie, pour exorciser son mal, mais aussi pour mettre la jeune fille en garde.

Enfin, elle aperçut le toit du logis, la fumée qui s'en échappait et Michelle, assise sur un tabouret, qui plumait une géline. Marie avait du mal à reprendre sa respiration et tout se bousculait dans sa pauvre tête. L'émotion fut la plus forte et ses yeux s'embuèrent alors qu'elle réentendait les voix perfides de Jeanne Robert et de Catherine Frouin.

— Que se passe-t-il, ma petite Marie ?

Michelle considérait la jeune fille qui avait fondu en larmes.

— C'est Jeanne, dit-elle en reniflant, une langue de vipère qui… qui a… dit… que…

Michelle savait qu'elle n'était guère épargnée par ces commères qui vomissaient sur son compte tant de vilenies, mais elle s'y était accoutumée. D'ailleurs, quand son état serait notoire, il lui faudrait s'attendre au pire ; elle en avait conscience. Il ne pouvait être déjà question de cela puisque, hormis Bertrand, personne n'en était avisé et que pour l'heure elle ne montrait encore aucun embonpoint visible. Alors, pourquoi Marie manifestait-elle tant de peine. Qu'avait-elle donc entendu de si grave ?

La jeune fille dut renifler et essuyer ses larmes d'un revers de manche avant de poursuivre et de rapporter à Michelle la conversation dont elle avait été témoin au lavoir.

Ce matin de septembre 1704, il régnait au lavoir de Vanzac une animation digne d'un jour de grande affluence ; pourtant, les lavandières n'étaient que trois. En plus de Marie Duret, installée en face, il y avait Jeanne Robert, le même âge que Michelle, cinq enfants et un mari plus souvent à la taverne que derrière ses bœufs, et Catherine Frouin, la doyenne avec ses cinquante-cinq ans passés, qui était surtout la servante de messire Arnault. C'était Marie qui avait amorcé la conversation sans penser à ce qui allait en découler. Elle avait vu Bertrand Coustolle enfourcher sa monture et partir au galop dans un nuage de poussière. Toutes trois avaient levé les yeux pour le suivre du regard.

— C'est Bertrand Coustolle, le nouveau paroissien ! osa Marie, qui, agenouillée dans son garde-geneuil*, avait reconnu le cavalier.

— Ne te fais pas trop d'illusions, il est certes bel homme, mais ce n'est pas toi qui l'intéresses ! rétorqua Jeanne en riant sous cape.

— On le voit un peu trop souvent avec Michelle Garnier ! ajouta la servante du curé. Et quand on pense que monsieur le curé ferme les yeux sur leur conduite ! Ah ! Jésus, Marie ! implora-t-elle en abandonnant son battoir pour se signer.

— Ne sont-ils pas libres l'un et l'autre ? rétorqua Marie, agacée par la bigoterie de Catherine.

— Justement, répondit-elle aussi promptement, un homme et une femme, c'est fait pour se marier. Cette fréquentation qu'ils ont ensemble est déshonnête.

Jeanne approuva la servante du curé qui continua en minaudant :

— A propos, la Michelle, elle fera moins la fière quand elle saura que la mère Mauron veut la mettre au tribunal !

— Au tribunal ! ?

Les deux autres avaient répondu en chœur et en auraient presque lâché leur battoir de stupéfaction.

Marie n'en croyait pas ses oreilles. Pourquoi Michelle irait-elle au tribunal ? Qu'avait-elle pu faire de mal ? Que venait faire la mère Mauron dans la vie de Michelle ? Jeanne en avait trop dit ou pas assez. Devant la curiosité de l'une et l'inquiétude de l'autre, elle se mit en devoir de leur raconter ce qu'elle avait appris la veille à la foire de Baignes. François Mauron venait d'avoir un fils de sa troisième femme, Marguerite Maillard, alors qu'il avait été injustement accusé de ne pouvoir procréer, raison pour laquelle son mariage avait été annulé. La mère Mauron exigeait donc des réparations ; elle voulait, en plus des dommages et intérêts, que l'outrage et l'injure infligés à son fils soient effacés et que la vérité éclate au grand jour. Il y eut un cas de ce genre où le tribunal trancha en « annulant l'annulation ». Michelle pourrait bien être obligée de retourner vivre avec son premier mari. Marie était outrée par ce qu'elle était en train d'entendre et proclama haut et fort qu'on ferait mieux de laisser Michelle tranquille. Elle était bonne et honnête, tandis que les Mauron n'étaient que de mauvaises gens, jaloux et avaricieux de surcroît.

— N'empêche que ce n'est pas normal qu'elle ne soit pas mariée, la Michelle ; j'en connais plus d'un qui s'en serait accommodé, malgré son passé qu'on ne sait pas, mais on se doute ! Vous trouvez normal qu'elle les ait tous refusés.

Catherine n'en démordait pas ! Avec ou sans homme, elle ne faisait rien comme les autres, cette femme-là. Marie pensait que c'était son affaire à elle et qu'on n'avait pas à la juger.

— C'est facile avec de l'argent ! Tu crois qu'avec ce que tu gagnes en allant en journée tu pourrais vivre comme elle ? Et puis, d'où elle le tient, cet argent ?

Et la polémique était relancée une fois encore. Chacune y allant de ses suppositions et de son imagination pour tenter de trouver des réponses à leurs interrogations. Marie était irritée par tout ce qu'elle venait d'entendre et ne put se retenir plus longtemps de rétorquer :

— Vous êtes toutes jalouses d'elle parce qu'elle est belle, riche et libre, voilà la vérité !

Sur quoi, Marie empila son linge dans sa panière de vime sans prendre le temps de l'essorer, tourna les talons en faisant claquer ses sabots sur le pavé du lavoir et prit la direction de chez Michelle.

Michelle sentit le sol se dérober sous elle, elle se ressaisit en agrippant le dossier d'une chaise. La nouvelle l'avait terrassée, elle était comme assommée par un terrible coup de massue. Comment les Mauron osaient-ils encore s'en prendre à elle ? Ne lui avaient-ils pas fait assez de mal ? De quel droit et dans quel intérêt ? Les idées affluaient à son esprit. François Mauron avait un fils, pourquoi Michelle en serait-elle inquiétée ? Marie poursuivit alors son récit.

— Jeanne l'a appris à la foire de Baignes et elle dit encore que votre mariage avec François Mauron n'aurait jamais dû être annulé !

Michelle comprenait maintenant pourquoi elle était concernée dans cette affaire. Elle avait provoqué l'annulation de son mariage sur la simple et unique raison que François Mauron était inapte à procréer, ce qui était la pure vérité et avait été démontré par les experts chirurgiens. Et il venait maintenant de prouver qu'il pouvait engendrer. Comment un tel phénomène était-il possible ? Michelle savait parfaitement qu'il ne pouvait s'agir que d'une ignoble imposture, mais qui d'autre pouvait le prouver ? Michelle était une femme forte et elle devrait se tirer de ce mauvais pas. Elle décida d'aller sur-le-champ chez messire Arnault, elle en profiterait pour lui avouer la vérité la concernant, ce qu'elle n'avait pas encore réussi à faire. Elle n'attendrait pas le retour de Bertrand, qui était pour les besoins de son commerce dans la ville de Bordeaux, en Guyenne.

Michelle trouva messire Arnault en grande discussion avec un homme à elle inconnu.

— Pardonnez mon intrusion, mais je dois vous parler d'une affaire très grave et très urgente, j'ai grand besoin de votre aide et de vos conseils.

Elle tentait de dissimuler des émotions qui néanmoins transparaissaient dans le timbre de sa voix et qui n'échappèrent pas au curé.

— Je crois connaître la raison qui vous amène, ma chère fille.

Et, en lui désignant une chaise de jonc, il l'invita à prendre place.

— L'homme qui est ici va vous raconter une histoire qui devrait vous intéresser.

Michelle en était moins sûre. En quoi cet homme pouvait-il lui apprendre quelque chose d'intéressant ? Monsieur le curé s'égarait, car nul ne pouvait connaître la raison de ses inquiétudes. A contrecœur, elle s'assit et considéra l'homme tandis que messire Arnault arpentait nerveusement la pièce. L'inconnu pouvait avoir trente-cinq ans. Grand et maigre, le poil noir, le nez fort et le front large, la peau noircie par le soleil, il portait un habit de ratine défraîchie élimé, des guêtres et des souliers. Il ne ressemblait pas à un paysan et, à sa façon de parler, Michelle comprit qu'il n'était pas du pays. L'homme était un colporteur venu du Gévaudan. Le prêtre invita l'homme à raconter pour la seconde fois son récit devant celle qu'il lui présenta comme étant Michelle Garnier, la première épouse de François Mauron. Michelle ne comprenait toujours pas en quoi les révélations de cet homme venu de si loin étaient susceptibles de l'intéresser. Son histoire, pourtant, était directement liée à l'affaire qui avait amené Michelle chez messire Arnault.

— C'était l'année dernière, vers le mois de novembre. De passage à Baignes, je suis allé à la taverne du Lion d'Or pour me restaurer après un long voyage. C'est là que j'ai fait la rencontre de François Mauron. Il est venu s'asseoir à ma table et m'a proposé de partager son pichet de vin. Un geste qui ne se refuse pas ! On a bu et mangé ensemble, on a parlé de tout et de rien, puis il en est venu à me proposer un marché. Ce marché consistait à engrosser sa femme en échange de cent pistoles et de mon silence. J'ai accepté : je suis seul à courir les routes, qu'avais-je à perdre ? Et cent pistoles, je ne les gagne pas dans l'année ; le marché était trop alléchant pour que je le refuse. Nous avons convenu d'un lieu, une grange isolée, par une nuit sans lune, où il m'a amené sa femme. J'ai reçu cinquante pistoles, le reste était convenu après la naissance : c'est la raison de ma présence dans le pays. François Mauron a refusé de me donner les cinquante autres pistoles. J'ai appris qu'il voulait même mettre au tribunal sa première femme, alors je me suis renseigné ; c'est facile avec mon métier, je voyage, je vois du monde, j'écoute, je questionne, et c'est pourquoi j'ai décidé de rompre le pacte et de parler. J'ai compris que c'était un mauvais homme, sans parole, avare et cupide. Et, ajouta-t-il en regardant Michelle, vous ne méritez ni son courroux ni sa vengeance.

Il en avait terminé de son récit, il n'avait plus rien à ajouter, mais il devait consentir à mettre par écrit, sur la demande du prêtre, qu'il était le père de l'enfant de Marguerite Maillard, né le 5 septembre de cette année 1704. Ce billet suffisait à anéantir toutes les tentatives de procédure que pourraient intenter les Mauron à l'encontre de Michelle. Le curé déposa la précieuse déclaration en lieu sûr. Michelle, qui allait de surprise en surprise, n'avait pas prononcé un mot, elle avait écouté avec consternation le récit du colporteur. Elle était désormais, et grâce à lui, à l'abri et protégée de leurs attaques. Elle venait de vivre des heures éprouvantes, elle pensa à Bertrand et à leur enfant, elle posa ses mains sur son ventre comme pour mieux le protéger. Le colporteur avait pris congé et Michelle devait maintenant aller jusqu'au bout de ses aveux.

— J'ai une confession à vous faire, mon père.

Le curé n'avait donc pas tout entendu, il y avait autre chose. Il semblait soudain fatigué et vieilli.

— Je porte en mon sein un enfant dont Bertrand Coustolle est le père.

— Cette nouvelle, répondit-il, me réjouit autant qu'elle m'attriste, car vous n'ignorez pas que cet enfant a été conçu dans le péché, je ne pourrai vous absoudre que si vous consentez à réparer votre faute en vous mariant.

Michelle confia au curé qu'elle gardait du mariage un souvenir qu'elle voulait effacer de sa mémoire. Elle n'était pas encore prête à envisager cette idée.

— Vous êtes sûrement la plus charitable de mes paroissiennes, la plus pieuse et la plus généreuse, mais, aux yeux de la religion chrétienne, vous vivez dans le péché et votre enfant n'en sera pas moins un enfant illégitime, ce que je serai contraint d'écrire sur le registre paroissial.

Le curé était las, il n'était pas de taille à affronter un discours avec Michelle qui aurait fatalement le dernier mot.

— Mais, mon père, cet enfant portera le nom de Bertrand, c'est lui qui le mènera sur les fonts baptismaux.

Elle usait d'une naïveté déconcertante. Quoi qu'elle en dise et en pense, cette conduite passerait au sein de la paroisse pour honteuse et scandaleuse, d'autant que certains, qui avaient déjà décelé leur liaison, la réprouvaient.

— Mais enfin, continua Michelle, quel tort faisons-nous ? Nous sommes l'un et l'autre libres de nos mouvements. Même si on nous voit ensemble, quel mal y a-t-il ?

Décidément et une fois encore, le curé pensa qu'il ne pourrait trouver les arguments pour convaincre sa paroissienne que le mariage serait la seule et la plus sage des solutions.

— J'espère, dit-il en désespoir de cause, que vous y réfléchirez en votre âme et conscience, je vous engage à prier, tout comme je vais le faire pour vous y convaincre.

Messire Arnault repensa à Mathurin, le jour où il chercha vainement à l'empêcher de se battre contre des soldats armés, ne pouvant lui faire prendre conscience de la gravité de son geste. La fille était aussi obstinée et insoumise que son père.

Michelle avait fièrement déclaré sa grossesse devant maître Roche, plus déconcerté que jamais. Elle avait devancé les questions que l'homme de loi était tenu de lui poser quant à l'identité du père de son enfant, à son intention de porter plainte contre lui et à lui demander des dommages et intérêts.

— Cet enfant est le fruit de notre amour et non le résultat d'un acte dicté par la concupiscence ! avait répondu dignement Michelle.

Il n'était en aucun cas question de demander réparation puisqu'ils désiraient tous deux cet enfant auquel Bertrand donnerait son nom. Maître Roche ne crut pas bon de lui rappeler le devoir qu'elle avait de veiller sur le fruit qu'elle portait en son sein, tant c'était chose évidente. Le ventre de Michelle s'arrondit, et son état devint vite notoire dans la paroisse. Il ne fut bientôt plus question que du commerce déshonnête qu'elle entretenait avec Bertrand Coustolle. On n'avait tout simplement jamais vu pareille façon de vivre. Ni l'un ni l'autre ne dissimulaient leur inclination, et ils vivaient comme mari et femme, à la seule différence que chacun d'eux possédait sa propre maison et qu'ils n'y vivaient pas ensemble. Et on continua de chercher en vain une réponse à la question que chacun se posait : pourquoi Bertrand n'épousait-il pas Michelle puisqu'ils étaient libres tous les deux ?

Michelle ne se cachait plus pour paraître au bras de Bertrand, forçant l'admiration des uns et aiguisant la jalousie des autres. Messire Arnault supportait autant qu'il le pouvait les brimades de sa servante, de loin la plus médisante des commères. Comment n'avait-il pas pu ramener sa brebis égarée ? Pourquoi tolérait-il un tel scandale au sein de sa paroisse ? Michelle et Bertrand étaient au centre de toutes les discussions, de toutes les calomnies, de tous les commérages. Michelle ne s'en souciait guère et continuait de donner de l'ouvrage à beaucoup de journaliers trop heureux de manger grâce à elle. Michelle était de plus en plus rayonnante au fur et à mesure que le terme de ses couches approchait. Elle fit venir près d'elle Marguerite Coustolle, la sœur de Bertrand, qui avait acquis une solide réputation de matrone et un savoir-faire enseigné par François Mauriceau, célèbre accoucheur venu prodiguer ses cours en la ville de Bordeaux. Marguerite était l'une des rares femmes à avoir été instruite auprès du médecin renommé et à avoir reçu le titre de sage-femme jurée, elle était l'épouse d'un docteur en médecine de Libourne. Elle vint, accompagnée de son mari, Pierre Rodion, et de son père, Clément Coustolle, assister Michelle. Un chirurgien, un médecin et une matrone ! C'était du jamais vu que Michelle accepte et ose la présence de deux hommes pour enfanter ! Bien qu'ils fussent ses beau-frère et beau-père, et encore pas officiellement, il ne s'agissait pas moins d'hommes et il n'y avait à Vanzac aucune femme qui aurait supporté pareille présence en tel cas ! Seules les maîtresses du roi accouchaient avec à leur chevet des médecins, Louis le quatorzième n'ayant aucune confiance dans les matrones.

Quant à Michelle, elle n'avait cure de toutes ces stupides croyances ancestrales et se fiait plus à l'efficacité des connaissances des hommes de science. Elle avait à cœur que son enfant vienne au monde dans les meilleures conditions. Elle restait confiante, bien que beaucoup d'autres autour d'elle n'eussent pas survécu à leurs couches. Radegonde Boulle, l'épouse de son fermier, rendit l'âme en mettant au monde des jumeaux qui ne vécurent pas. Louis Garreau, un riche laboureur à bœufs de la paroisse, vit périr ses deux premières femmes à moins de deux ans d'intervalle, dans les mêmes circonstances : elles avaient contracté la fièvre puerpérale. Quant à Anne Cormenier, elle agonisa pendant une semaine et mourut d'épuisement. Marguerite Godet ne put expulser son enfant qui se présentait par le bras et mourut dans d'atroces souffrances. Françoise Clousy, la femme de René Jacques, refusa l'intervention d'un chirurgien qui voulait tenter de faire une césarienne, pratique contraire aux dogmes de l'Eglise. Elles furent six, dans la seule et même paroisse de Vanzac, à mourir en moins de deux ans des suites de leur couches, et toutes avaient refusé la présence d'un chirurgien qui peut-être aurait pu sauver sinon l'enfant, du moins la mère. Une véritable hécatombe due, certes, à un manque de connaissances et d'hygiène, mais surtout à de ridicules préjugés que Michelle considérait comme révolus. Elle n'était pas de celles qui s'entouraient d'amulettes pour faciliter leur délivrance. A quoi bon arborer autour du cou une pierre d'aigle, une ceinture bénie ou une peau de vipère autour de la cuisse ? Tout cela n'était pour Michelle que sottises d'un autre âge.

Le 3 mars 1705, deux mois avant son quarantième anniversaire, Michelle mit au monde un garçon sans la moindre difficulté, de sorte que Pierre Rodion et Clément Coustolle n'eurent pas la peine d'intervenir et de mettre en pratique leur art et leur savoir. Messire Arnault, bien que fort courroucé, baptisa dès le lendemain l'enfant qui fut prénommé Pierre et à qui on donna comme parrain Pierre Rodion et comme marraine Marguerite Coustolle, ses oncle et tante.

Trois ans plus tard, le 17 janvier 1708, le curé Arnault baptisa Clément Coustolle, troisième enfant de Michelle et de Bertrand dont le grand-père paternel, maître chirurgien, fut le parrain. Louis Arnault n'avait pu convaincre Michelle la rebelle d'entrer dans la légalité en épousant le père de ses enfants. Bertrand, à l'issue de la cérémonie, et alors que les cloches sonnaient à toute volée, remit à messire Arnault une bourse. Celui-ci la prit, non sans un regard lourd de reproche à l'intention de Bertrand. Il l'entraîna vers la sacristie où il allait rédiger l'acte de baptême.

— Quand parviendrez-vous à la convaincre que je ne pourrai pas toujours fermer les yeux sur votre conduite ?

Le prêtre avait beaucoup vieilli, il se voûtait sous le poids des ans et semblait de plus en plus las. Il avait pardonné sa conduite à Michelle, elle qui ne manquait aucun office et se montrait si généreuse envers lui. Mais les autres paroissiens se liguaient maintenant contre lui et ne lui pardonnaient pas son inconstance. Ils ne toléraient plus qu'on vive ainsi dans le péché et c'est à lui qu'on imputait cette faute.

— Vous savez aussi bien que moi à quel point le mot mariage la contrarie.

Bertrand avait depuis longtemps épuisé tous les arguments pour tenter de justifier leur situation.

— Comprenez-moi, Bertrand, la plupart de mes paroissiens sont scandalisés et ne comprennent pas pourquoi je permets et je pardonne votre façon de vivre. Je ne sais comment dissiper leur courroux…

Il hésita à poursuivre, mais la situation était devenue trop grave pour qu'il la taise plus longtemps.

— On me menace d'en informer notre évêque. Si tel était le cas, je serais lourdement blâmé et vous seriez excommuniés. Comprenez-vous ce que cela veut dire ? Et les conséquences pour vous et vos enfants ? Bertrand, je suis vieux et fatigué, laissez-moi achever ici mon ministère dans la paix et la sérénité.

Bertrand avait écouté les paroles du prêtre avec gravité et comprit que le vieil homme souffrait de la situation.

— Je suis depuis longtemps prêt à l'épouser, mais je suis impuissant à le lui faire entendre.

Bertrand obéissait au bon vouloir de Michelle, il l'aimait aveuglément et ne voulait en aucun cas risquer de la fâcher en la contraignant au mariage. D'ailleurs, il n'avait pas à se plaindre de leur mode de vie, qui faisait d'eux d'éternels amants, toujours heureux de se retrouver. Et ce n'était pas le bruit public qui pourrait le faire changer d'avis. Mais, cela, il se garda de l'avouer. Néanmoins, les propos du curé avaient un goût amer, et Bertrand prit conscience de toute leur gravité.

— Promettez-moi au moins d'essayer de lui parler, faites-lui comprendre que je ne serai pas toujours là et que, malgré tous mes efforts pour la protéger, je serai contraint d'obéir à la volonté de notre évêque.

Le curé retira d'un tiroir le registre dans lequel il consignait tous les baptêmes, mariages et enterrements de la paroisse et entreprit de rédiger l'acte de baptême qu'il venait de donner. Bertrand remarqua l'écriture, d'ordinaire si appliquée et régulière, qui vacillait et tremblait, et, comme si écrire lui coûtait des efforts, il usa même d'abréviations, ce dont il n'était pas coutumier, et ajouta une clause audit acte qui était ainsi rédigé : « Clément fils naturel et non légitime de Bertrand Coustolle et de Michelle Garnier a été bapt par moy le 17 de janvier 1708, a été parrain Clément Coustolle, chirurgien, et marraine Marie Dodin, lesdits Bertrand Coustolle et Michelle Garnier ont promis de se marier. »

Bertrand comprit qu'une menace pesait lourdement sur leur avenir. Il ne pouvait en effet promettre à messire Arnault qu'elle accepterait. Cependant, cette dernière phrase apaiserait peut-être les rumeurs et prouverait au moins l'engagement du prêtre à réaliser sa mission.

# QUATRIEME PARTIE

# Le temps des épreuves

Pour mieux affirmer son esprit d'indépendance, Michelle avait fait agrandir sa maison en lui ajoutant une aile en retour d'équerre avec une chambre haute. Ce pavillon conférait à sa demeure un aspect de logis noble, d'autant qu'elle avait fermé la cour d'une muraille dans laquelle avait été percé un porche pour laisser le passage aux attelages. Il lui fallait de la place depuis qu'elle avait agrandi sa famille et qu'elle logeait en plus Marie Duret, engagée à plein temps pour la seconder dans ses tâches ménagères.

Bertrand n'avait pas tenu envers messire Arnault sa promesse de faire part à Michelle de ses inquiétudes. Il savait que son orgueil était le plus fort et que ce n'était pas le bruit public qui la contraindrait au mariage. Le curé avait écrit sur son registre les baptêmes de Pierre, de Marie et de Clément, ses trois enfants illégitimes certes, mais déclarés comme étant ceux de Bertrand Coustolle. Là était l'essentiel, ses enfants n'étaient pas des bâtards. Mais Michelle n'avait pas conscience des risques réels engendrés par ses caprices et son bon vouloir de vivre dans cet esprit de marginalité et d'indépendance. Personne ne pouvait comprendre ce qui la poussait à agir de la sorte alors qu'aucun obstacle ne l'empêchait d'épouser le père de ses enfants. Seules son obstination à vouloir prouver qu'une femme pouvait agir seule et une farouche aversion pour le mariage, ce serment religieux qu'elle s'était juré de ne jamais renouveler, la confortaient dans ses positions. On eût dit qu'elle se complaisait à vivre différemment et à s'attirer les foudres de ses contemporains.

Bertrand et elle vivaient chacun de leur côté, s'occupaient chacun de leurs affaires et se retrouvaient en famille ou dans la couche de la chambre haute du pavillon. A chacun de ces moments privilégiés, Bertrand n'osait rompre l'harmonie de leur intimité, ces instants de volupté où elle s'offrait à lui avec le même abandon, la même générosité que la première fois. Aussi retardait-il chaque fois le moment de lui parler.

Quant à messire Arnault, il y avait renoncé, sachant que tout discours sur le sujet était d'avance voué à l'échec. Elle savait toujours trouver grâce auprès du prêtre par ses bonnes actions et sa générosité pour les œuvres. Il ne pouvait à la fois la réprimander et la remercier, l'absoudre de ses péchés et la condamner aux flammes de l'enfer. Il n'ignorait pas que, l'enfer, elle l'avait connu pendant les dix ans passés chez les Mauron. Il comprenait et lui pardonnait presque son aversion pour le mariage. Ce mariage qu'il n'aurait jamais dû bénir, connaissant le fond de son cœur. Pourtant, c'était lui qui lui avait arraché ce « oui » fatidique, et cela il ne l'oublierait jamais, pas plus que son visage métamorphosé par la souffrance. Il l'avait contrainte à l'obéissance. C'était lui, le responsable de son malheur. Il aurait pu empêcher ce mariage, parler à Mathurin, il n'était peut-être pas encore trop tard, et il n'avait rien fait. Il était condamné à vivre avec ses éternels remords, conscient qu'il aurait pu éviter à Michelle toutes ces années de peine et de labeur, de misère et de malheur. Il traînait ses regrets comme un prisonnier son boulet. Si elle s'était échappée de ce purgatoire, c'était par sa seule volonté. Pour toutes ces raisons, il respectait la vie de Michelle, tout en n'ignorant pas qu'elle était contraire aux dogmes de la sainte Eglise.

En ce 24 décembre 1708, Bertrand installait une énorme bûche dans la grande cheminée, tandis que Marie s'activait à préparer le repas de Noël et que Michelle s'emparait d'une poignée de sel dans le coffre. Elle en arrosa la bûche, puis, à l'aide d'un rameau bénit, elle fit un signe de croix. Bertrand prit dans ses bras son fils aîné et ils récitèrent avec Marie Duret le Pater. Puis Michelle, Bertrand et Petit Pierre, qui allait sur ses quatre ans, se préparèrent à partir pour la messe de minuit, tandis que Marie garderait les deux plus jeunes en surveillant la cuisson du repas de réveillon qu'ils prendraient au retour.

Emmitouflés dans leur cape de laine, ils prirent le chemin de l'église. Michelle tenait à la main une lanterne, et Bertrand avait entre les bras son fils aîné. La nuit était noire et on apercevait un peu partout de multiples halos qui étaient autant de paroissiens se rendant à la messe de minuit. Malgré le froid vif, on venait de partout, même des villages les plus retirés. Les tisserands de chez Ansonneau, le chirurgien de chez Rousseau, à la limite de la paroisse de Léoville, les meuniers de Chamballon, tous étaient là. On avait même amené, sur une civière à cause de ses nombreuses infirmités, le vieil Antoine Martineau avec ses cent ans passés qui faisaient de lui une curiosité. On l'avait toujours connu vieux, même les anciens, et nul ne savait son âge exact, mais on disait qu'il était né sous le règne du roi Henri. Pour lui, cette messe de minuit serait la dernière. Il ne manquait que Mathurine Pinsonneau, Anne Bourdon et Jeanne Martin, qui n'étaient pas encore relevées de leurs couches. Pour Catherine Blanchet et Jeanne Nézereau, le chemin à pied jusqu'à l'église fut long et pénible en raison de leur ventre alourdi, puisqu'elles devaient accoucher dans les prochains jours. Quant à maître Pierre Roche et à son épouse, Magdeleine Dupuy, ils allèrent entendre la messe à Messac, le prieur n'étant autre que Louis Roche, frère du notaire, d'autant que quelques différends concernant les limites de leur domaine mitoyen l'opposaient à messire Arnault. Le parvis de l'église ressemblait à un champ de foire.

L'arrivée de Michelle et de Bertrand souleva quelques regards tant hostiles qu'admiratifs, et quelques remous s'échappèrent des rangs, affirmant la désapprobation générale. Mais nul ne pouvait rester indifférent au charme qui se dégageait de leur couple. Michelle, qui serrait le bras de Bertrand, n'ignorait pas ce comportement quasi général vis-à-vis d'elle lorsqu'ils paraissaient ensemble publiquement, mais elle avait pris le parti d'en sourire. Elle pensa qu'il en faudrait, des générations, avant de faire admettre cette façon de vivre qui était la sienne. Ils se séparèrent pour prendre place, elle parmi les femmes, Bertrand, qui tenait toujours Petit Pierre dans ses bras, parmi les hommes. Là encore, il s'agissait d'une aberration qu'elle ne s'expliquait pas.

— Quelle honte ! Monsieur le curé devrait leur interdire l'entrée de l'église !

C'était Jeanne Robert qui avait chuchoté à l'intention de Catherine Martin qui ne tarda pas à rétorquer.

— Y a pas de justice pour les catins de son espèce !

En s'installant dans les deux rangées, chacun y allait de son opinion, les bruits de voix étant couverts par le martèlement des sabots qui claquaient sur le dallage.

— Regarde comme Michelle est belle !

Marguerite Louassier l'observait de sa place sans qu'elle s'en aperçût.

— Elle est bonne aussi, mais pourquoi ne veut-elle pas épouser son Bertrand ? Moi, à sa place…

Mathurine Duret, la sœur de Marie, enviait Michelle.

— Mais tu n'es pas à sa place, lui rétorqua sa voisine. Elle a peut-être ses raisons…

— Que la raison ignore ! J'ai peur qu'avec tous ceux qui sont contre eux ça finisse mal. On dit que l'évêque en serait informé !

Lorsque messire Arnault apparut, chacun se tut ; la messe pouvait commencer et on écouta sans comprendre toutes ses homélies en latin que chacun aurait pu néanmoins réciter par cœur. Au moment de la communion, une rumeur d'indignation se fit entendre lorsque Michelle se fit remettre le corps du Christ. C'était toujours Catherine Martin qui marquait le plus sa réprobation.

— Y a qu'à Vanzac qu'on voit ça !

— D'après ce qu'on dit l'évêque va mettre de l'ordre dans tout ça ! rétorqua Jeanne Robert.

Après la communion, on chanta Noël et chacun reprit la direction de son village après avoir rallumé torches et lanternes, d'autant que certains devaient traverser la forêt de la Bauche pour rentrer.

Le lendemain, Michelle eut la primeur d'avoir à sa table messire Arnault. Il avait dû décliner nombre d'invitations pour satisfaire celle de Michelle, au risque de décevoir certains paroissiens. Il espérait trouver assez d'énergie pour lui parler sérieusement et profiter de ce jour de la naissance du Christ pour tenter de l'infléchir. Il devait lui faire part de la conjuration qui se tramait, des menaces, qui pesaient contre eux, d'en informer l'évêque. Michelle avait permis à Marie Duret de passer cette journée de Noël chez ses parents et elle avait elle-même préparé le repas. Quant à Bertrand, il avait rejoint sa famille à Orignolles. Un pain cuit de la veille fleurait bon le froment et un lapin en gibelotte mijotait dans une petite marmite en terre. Michelle accueillit avec joie son convive.

— Je suis très heureuse que vous ayez accepté mon invitation en ce jour bénit de la Nativité.

— Si je suis là, et si j'ai accepté de partager votre repas, c'est pour vous faire part de la gravité de la situation.

Messire Arnault avait l'air sombre et las.

— Mais que se passe-t-il de si grave ?

Michelle affichait une totale incrédulité et refusait de considérer la situation comme critique. Ce n'étaient tout de même pas ces sottes rumeurs qui se colportaient depuis des années à son égard qui allaient lui dicter sa conduite. Qu'elle soit contrainte de s'y plier serait prouver sa faiblesse et elle n'avait nullement l'intention de céder à ce genre de menace. Bien sûr, elle avait entendu le remous à l'église lors de la communion et elle avait vu les regards hostiles. Tout cela, elle ne l'ignorait pas.

C'en était trop, messire Arnault devait faire montre de plus de sévérité et affirmer davantage son autorité !

— Vous bafouez les lois de l'Eglise, ma fille !

Il avait haussé le ton, contrairement à son habitude, et Michelle marqua un temps de surprise.

— Votre conduite, continua-t-il sans fléchir la voix, est contraire à ce que nous enseigne la religion catholique que vous prétendez servir.

Michelle avait accusé le coup et ce fut elle qui baissa le ton. Elle n'avait encore jamais entendu messire Arnault lui tenir ce genre de discours.

— Mais enfin, pourquoi ? Ne vous ai-je pas maintes fois prouvé ma foi et ma piété ?

— Vous vous égarez dans votre obstination, et, si vous persistez, vous encourez les pires dangers.

Messire Arnault continua son sermon qu'elle n'osa troubler, à court d'arguments. Ce n'étaient ni ses dons d'argent ni sa générosité qui pouvaient racheter ses péchés, même si, jusque-là, il avait fermé les yeux et à peine osé quelques remarques.

Il lui démontra qu'il n'était pas un jour sans qu'on lui reprochât son mode de vie, sans qu'elle fût honteusement montrée du doigt, et que le résultat de cette colère générale pouvait aboutir à une enquête du Saint-Office, visant à en informer l'évêque. Michelle était atterrée, elle ne comprenait pas pourquoi on s'acharnait à lui en vouloir de vivre différemment des autres. Ses lèvres tremblaient, les révélations du curé l'avaient accablée et elle ne savait plus que faire ni que répondre.

— Il faut que vous compreniez que vous devez épouser Bertrand Coustolle le plus tôt possible pour faire taire ce scandale qui vous éclabousse autant que moi et neutraliser cette conspiration qui nous menace, vous et moi.

Michelle était atteinte dans son orgueil. Elle, la femme qui se voulait libre, on voulait la contraindre à rentrer dans le rang. Sa façon de vivre dérangeait donc à ce point pour qu'on en avertît l'évêque en personne ? Michelle avait promis au curé de réfléchir. Il partit avec le sentiment d'avoir franchi un pas.

Elle avait rapporté la conversation du curé à Bertrand, qui n'ignorait rien de la situation et qui ne sut quoi lui conseiller. En ce qui le concernait, une seule chose comptait : il aimait Michelle et il se rangerait à sa décision. Il s'était fait à l'idée qu'il lui faudrait affronter les foudres de l'enfer, mais, à ses côtés, il était prêt à tout. Il s'accommodait fort bien de leur vie anticonformiste. Pourquoi en effet cette vie-là qui leur convenait si bien à tous les deux devrait-elle changer ?

Quelques jours passèrent et on célébra le Nouvel An avec l'espoir de voir Michelle obéir et se ranger. Elle finit par promettre à messire Arnault d'épouser bientôt Bertrand, dès que leurs affaires leur laisseraient un temps de répit. Février était le mieux choisi pour cette célébration, c'était le mois où les travaux des champs accordaient une rémission avant l'entrée dans le carême, longue période de jeûne et d'abstinence. Michelle s'était engagée à donner au 15 janvier la date de leurs futures épousailles afin de permettre à messire Arnault d'en publier les bans les trois dimanches précédant la cérémonie nuptiale. C'est ainsi que les rumeurs s'apaisèrent.

Michelle avait du mal à trouver le sommeil depuis sa discussion avec le prêtre. Elle n'acceptait pas cette odieuse façon qu'on avait de vouloir lui imposer ses droits et ses devoirs. Elle vivait mal le fait qu'on lui dictât sa conduite. Et pourtant elle n'avait pas le choix, pas plus que le droit de menacer le ministère de messire Arnault. Un événement venait de défrayer la chronique dans la paroisse de Messac.

Louis Roche, le prieur, venait d'être récemment transféré, sous l'autorité du roi, au couvent de Verteuil en Angoumois. Tous ses paroissiens s'étaient ligués contre lui, lui reprochant la mauvaise tenue des registres paroissiaux en même temps que ses faits de chasse et de braconnage. Leur requête avait abouti à l'exil de leur curé. Si elle s'obstinait à ne pas vouloir épouser Bertrand, il pourrait bien advenir de fâcheuses sanctions contre ce pauvre Louis Arnault qui n'était en rien responsable de son choix de vie. Elle se sentait vaincue, blessée et humiliée dans son amour-propre.

Elle aurait aimé gagner du temps pour réfléchir et surtout ne pas s'incliner aussi facilement. Il lui fallait trouver le moyen de conserver cette sacro-sainte liberté à laquelle elle était si attachée. Elle voulait envers et contre tout se démarquer des autres femmes, elle s'était tant de fois juré qu'elle n'aurait point de maître ! Pourtant, le doute s'était emparé d'elle. Dieu pouvait-il l'abandonner, ne plus lui accorder sa sainte protection, son pardon et sa miséricorde ? Avait-elle le droit de mettre en péril la vie éternelle de ses enfants ? Messire Arnault lui avait dressé un tel tableau de l'enfer qu'elle en tremblait encore d'effroi.

Mais, si Michelle tremblait et ne pouvait trouver le sommeil en cette nuit du 6 janvier 1709, c'était aussi et surtout à cause du froid qui régnait dans son logis. Elle avait pourtant un bon feu dans la cheminée de sa chambre haute. La soirée avait été particulièrement chaleureuse en compagnie de ses fermiers, Pierre Gallay et Michel Tourneur, invités avec leurs épouses à tirer les rois et à déguster de délicieuses galettes de froment confectionnées avec du beurre et du miel. Dans la salle basse, près du foyer, autour de la grande table, Michelle avait servi son meilleur vin pour accompagner les galettes dorées encore chaudes et conversé avec eux de la tenue des terres, des travaux restant à accomplir avant la trêve et du croît des bêtes. Bien que respectueux envers cette femme qui leur procurait travail et nourriture, qui les comprenait puisqu'elle était issue du même milieu qu'eux, ils avaient osé lui poser la question fatidique qui leur brûlait les lèvres.

— Est-il vrai, madame Michelle, que vous allez épouser monsieur Bertrand ?

C'était Michel Tourneur qui avait parlé. Ils espéraient qu'elle leur livrât elle-même la réponse, heureux à l'idée que cesseraient tous ces mauvais bruits qui ternissaient son image et les mettaient mal à l'aise.

— Je suis bien obligée de me ranger puisqu'on m'y oblige ! leur avait-elle répondu avec une certaine affliction et en esquissant un pauvre sourire.

Ils avaient pris congé d'elle après cette veillée. Le temps était humide, mais il ne gelait pas. Alors pourquoi avait-elle si froid ? Etait-elle souffrante pour ne pouvoir réprimer ses frissons ?

Michelle était seule cette nuit-là dans son grand lit à courtines, sans la chaleur rassurante de Bertrand près duquel elle aurait pu se blottir pour mieux lutter contre ce froid pénétrant auquel elle n'était pas accoutumée. Malgré son épaisse courtepointe de laine et son lit de plumes, elle ne parvenait pas à se réchauffer. Près d'elle, dans son berceau de bois, Clément dormait profondément ; elle percevait son souffle léger et régulier, ce qui l'apaisa. Quant à Pierre et à Marie, ils dormaient dans la chambre basse avec Marie Duret. Michelle se leva sans bruit, alluma une chandelle, l'approcha du berceau et contempla pendant quelques secondes le visage poupin de son fils, l'enveloppant de sa tendresse maternelle, rassurée par son sommeil. Elle enfila prestement sa jupe de droguet et son caraco de même étoffe, ajouta une couverture dans laquelle elle s'enroula et descendit les degrés qui menaient à la chambre basse. Elle fut saisie par un air glacial qui fit vaciller la flamme de sa chandelle et lui fit prendre conscience qu'il s'agissait bien des conditions météorologiques et non d'une indisposition. Elle ouvrit la porte dans un grincement de paumelles et découvrit Marie Duret, elle aussi emmitouflée dans sa cape de grosse laine, qui tenait Pierre sur ses genoux devant la cheminée qui crépitait et dans laquelle une énorme bûche avait été disposée.

— Vous non plus, vous ne pouvez dormir ?

Marie tentait de bercer Pierre qui gémissait.

— Le froid m'a réveillée et je m'inquiétais pour vous.

Elle s'approcha de la cheminée, prit son fils des bras de sa servante et remarqua qu'il grelottait. Il lui souffla de sa petite voix d'enfant de quatre ans qu'il avait froid. Michelle se mit à lui frictionner les membres, ce qui sembla l'apaiser.

Les deux femmes s'étonnèrent de la vigueur du froid, que pourtant elles avaient l'habitude d'endurer. Des hivers rigoureux, elles en avaient connus ; ceux de 1693 et 1694 en particulier avaient été singulièrement éprouvants. Chacun avait encore en mémoire l'épidémie qui avait frappé la paroisse de Fontaines, décimant des familles entières et faisant pas moins de cent seize victimes. Michelle avait souffert des restrictions. Elle aussi avait mêlé à la farine de froment un peu d'orge et de seigle pour confectionner son pain. Puis des années meilleures étaient venues à partir de 1700, le siècle nouveau apportant des températures plus clémentes l'hiver, dosant chaleur et pluies, de sorte que chaque année les récoltes étaient abondantes.

Mais cette nuit-là n'avait rien de comparable : c'était un froid sournois qui engourdissait les deux femmes dans chacun de leurs mouvements, qui s'insinuait sous les courtepointes de plumes, malgré le feu et leurs pelisses. La bise sifflait en courbant la cime des arbres et s'infiltrait par toutes les fissures, jusqu'aux plus imperceptibles. Elle semblait vouloir traverser les murs. Marie avait préparé une infusion de sauge qu'elle tendit à Michelle. Pierre s'était endormi dans les bras de sa mère, qui le reposa délicatement dans son petit lit. Des courants d'air firent vaciller les chandelles et claquer une porte qui résonna dans le silence de cette nuit glaciale. Marie voulut remettre de l'eau dans le chaudron suspendu à la crémaillère et s'aperçut avec effroi qu'une chape de glace recouvrait le seau. Elle étouffa un cri de surprise qui attira aussitôt Michelle près de l'éguire*. Elles échangèrent un regard rempli de stupeur. C'était la première fois qu'elles voyaient l'eau geler dans la maison. Elles perçurent au dehors de curieux craquements. Quelle heure pouvait-il être ? Michelle avait perdu toute notion de temps, tant cette nuit leur sembla longue. Elles n'entendirent pas les coqs chanter, eux aussi trop surpris par ce froid aussi vif que subit. Elles achevèrent leur veille, recroquevillées près de la cheminée, guettant les premières lueurs du jour qui tardait à se lever.

— Il n'y aura bientôt plus assez de bois, il faudra aller le quérir dehors.

Marie n'osait affoler Michelle lorsqu'elle déposa dans l'âtre la dernière bûche.

— N'aie crainte, il va bientôt faire jour et nous pourrons sortir au bûcher.

En effet, une maigre clarté commençait à s'infiltrer au travers des contrevents. Michelle, malgré ses muscles engourdis, endoloris par le froid et l'inaction, se leva et se dirigea vers la porte. Elle tourna la clé et actionna le loquet en tirant vers elle. Quelle ne fut pas leur surprise quand elles découvrirent la campagne recouverte d'un tapis d'une blancheur immaculée et un ciel plombé de gros nuages prêts à déverser d'autres quantités de neige ! Les deux femmes furent saisies par la morsure du froid comme si elles eussent été transpercées par ses flèches de glace. Des congères s'étaient formées, poussées par le vent du nord, et par endroits la neige pouvait atteindre jusqu'à un pied. La bise avait cessé de gémir. Michelle et Marie fixaient désespérément ce manteau qui avait tout englouti sous son épaisseur. Le paysage qui s'offrait à leurs yeux était empreint d'une désolante majesté.

Alors que Michelle s'employait à faire dégeler le pain auprès de l'âtre, un hennissement la tira de ses songes. Elle se précipita et reconnut Bertrand dont la carriole était chargée de bois. Il lui tendit un lièvre qui n'avait pas survécu à la violence des frimas.

— Je m'installerai ici pendant la durée de ce mauvais temps et, ajouta-t-il, ironique, même si je n'y suis pas invité !

Il fallait faire économie de bois et il convenait de ne chauffer qu'une seule demeure. Michelle sourit en l'embrassant. Elle préférait bien entendu savoir Bertrand à ses côtés, surtout par ce temps. Mais il la rassura en lui disant que cela ne durerait pas et qu'il serait aussi vite congédié. En attendant, ils ne mourraient pas de faim et il se délecta à l'avance du civet que Michelle et Marie allaient confectionner.

— Enfin, cette neige fera le plus grand bien aux blés ! Bien que je n'aie aucun souvenir d'avoir connu un tel froid ni vu autant de neige !

Quatre jours plus tard, les températures, loin de s'améliorer, avaient encore chuté. Le sol était plus dur que de la pierre et on pouvait désormais passer le Lariat non seulement à pied, mais avec bœufs et charrettes. Chacun restait enfermé dans son logis, pensant qu'il ne s'agissait que d'une courte période de froid, bien que plus intense qu'à l'accoutumée. Mais les jours passaient, toujours plus longs, plus tristes et plus angoissants puisqu'au 25 janvier il faisait toujours aussi froid. La neige atteignait parfois jusqu'à quatre pieds de haut, les chemins creux et les terres qu'elle avait engloutis ressemblaient à des fleuves et à des océans de glace. De mémoire d'homme, on n'avait jamais connu telle froidure. Louis Maurin à Paris et monsieur de Savignac à Bordeaux notaient et relevaient scrupuleusement chaque jour les températures avec leur thermomètre à esprit de vin. Dix-huit jours durant, il gela jusqu'à moins vingt-cinq.

Bien sûr, messire Arnault n'assurait plus ses offices, il ne pouvait faire subir à ses paroissiens ces températures polaires que lui-même n'aurait pas pu supporter. Il se terrait près de l'âtre comme bon nombre de ses fidèles. Que pouvait-on faire d'autre en attendant des jours plus cléments, sinon faire fondre la neige pour abreuver les animaux qui ne sortaient pas de l'étable ? La nuit, où les températures étaient les plus basses, on entendait les arbres éclater sous l'effet du gel, et l'écho des détonations, semblables à des coups de mousquet, se répercutait dans toute la contrée. Le lendemain, on constatait dans les troncs de grandes fissures, parfois larges comme la main. On ramassait les perdrix rouges, les pinsons, les alouettes ou les merles, que le froid et la faim n'avaient pas épargnés. Quant aux volailles, elles eurent les pattes et les crêtes gelées, et les poissons disparurent sous les épaisseurs de glace qui recouvraient fleuves et rivières. Les abeilles ne survécurent pas davantage.

Michelle était blottie dans les bras de Bertrand, mais elle ne dormait pas, inquiète des conséquences qu'un tel temps pouvait engendrer pour l'avenir. Ils avaient certes plus de réserve de grain qu'il n'en fallait pour passer l'hiver et ensemencer, mais le pourraient-ils si le gel persistait ? Déjà, au minage, le prix des grains avait triplé. Il devenait même dangereux de les convoyer jusque-là, les attaques se multipliaient sur les grands chemins comme celui de la Grolle à Barbezieux. Michelle, en accord avec Bertrand, avait décidé de ne pas spéculer sur le prix des blés, donc de ne pas le vendre. Si l'argent ne rentrait pas, tant pis ! l'essentiel était de ne pas mourir de faim et d'en faire bénéficier leurs fermiers.

Bien entendu, on ne parlait plus de mariage ; les commères avaient désormais d'autres sujets de préoccupation. Chacun devait tenter de survivre à la faim et au froid. Les voyageurs poussés sur les chemins étaient retrouvés morts, et la terre était si dure qu'on ne pouvait même pas creuser leur fosse. Sous la halle de Baignes, de Montendre et de Jonzac, on avait, sur ordre du roi, fait allumer de grands feux pour réchauffer la population et on distribuait aux pauvres honteux, comme on nommait les plus miséreux, de grands chaudrons de soupe. La situation était critique ; les noyers, les châtaigniers et bon nombre d'autres arbres fruitiers étaient gelés et ne produiraient plus, de même que la plupart des vignes. Le désastre était total.

— Le froment est passé à dix-neuf livres le boisseau. Aucun de nous ne pourra payer ce prix !

Pierre Gallay était désespéré en évoquant devant Michelle et Bertrand la gravité de la situation.

— Je sais, mon brave Pierre, mais ne vous inquiétez pas, vous ne manquerez pas de pain, nous y veillerons.

Bertrand rassura son fermier et lui apprit qu'ils ne vendraient pas leur grain.

— Oh ! merci, monsieur Bertrand ; si tout le monde était aussi bon que vous, plutôt que de s'enrichir sur le dos des pauvres !

Un craquement de pas sur la neige gelée attira l'attention de Bertrand. C'était Jacques Louassier qui venait réquisitionner sa charrette et son cheval. Deux pauvres mendiants avaient encore été retrouvés morts sur la grand route. Qu'allait-on en faire, d'autant que cette semaine il y avait eu quatre morts, Anne Fagot, André Breau, Catherine et Marie Fort, qu'ils attendaient une sépulture ? Le sacristain qui faisait office de fossoyeur ne pouvait toujours pas creuser les tombes. Il faudrait sûrement les ensevelir dans l'église, même si cette place de choix était ordinairement réservée aux notables qui payaient le prix pour cela. Mais c'était le seul endroit où l'on pouvait creuser. Et, comble de malheur, les loups rôdaient près des maisons, affamés et plus menaçants que jamais.

A la fin de janvier, les températures semblèrent s'adoucir ; la neige fondait, transformant chemins et champs en véritables bourbiers où bœufs et charrettes s'encassaient. Dix jours plus tard, l'hiver qu'on croyait fini reprit son offensive et la neige se remit à tomber durant toute la première semaine de février. Le vendredi de carême, Bertrand découvrit avec consternation que tous les blés étaient gelés. A cela s'ajoutaient les vignes, de nombreux arbres fruitiers ; seul le noyer qui trônait au beau milieu des ruages, protégé par les murs des habitations, semblait, par miracle, épargné.

Si le vin gelait dans les barriques, le pain sur la table et l'eau dans la cruche, l'encre aussi gelait au bout de la plume que tenait Michelle, laquelle, malgré le désastre de la situation, continuait à faire scrupuleusement les comptes de ses fermes. Mais l'avenir n'était guère brillant : le vin, certes, manquerait, mais aurait-on du pain ? Si l'on ne récoltait rien cet été, comment ensemencer à l'automne ? Mais cela ne s'était jamais vu et elle n'osait croire à pareille catastrophe.

— Nous ne pouvons prendre le risque de ressemer au printemps, il n'y aurait pas d'épis ! déclara-t-elle à Bertrand qui restait songeur.

— Nous devrons semer du maïs et de l'orge, dit-il, résigné.

— Mais la baillarge* vaut la moitié du prix du froment !

Ils n'auraient cependant pas d'autre choix. L'orge serait la céréale salutaire.

— Bertrand !

Michelle appelait d'une voix désespérée. Elle traversa la cour sans prendre garde à l'averse diluvienne qui s'abattait sur elle et à la fange qui éclaboussait ses jupons. Elle le retrouva dans la grange où il s'occupait des bêtes avec Pierre Gallay.

— Bertrand, Pierre a la fièvre, il délire ; il faut aller quérir sur-le-champ maître Rousseau, le chirurgien.

Elle venait de découvrir son fils aîné tout tremblant de fièvre. Il avait mal supporté le froid de l'hiver et une méchante toux s'était installée, lui déchirant la poitrine. Bertrand, malgré la pluie et le dégel qui s'amorçait enfin en ce mois d'avril, sauta sur son cheval et partit à bride abattue chez le chirurgien, au village de chez Rousseau, le dernier hameau de la paroisse, après la forêt de la Bauche.

Il fallait parer au plus pressé et il était hors de question de faire venir de Libourne le beau-frère de Bertrand, médecin. Quant à Clément Coustolle, son père, il était décédé quelques mois auparavant.

Les traitements et médications de maître Rousseau, qui consistaient en quatre prises de corail, de blanc de baleine, quatre onces de manne* et de l'opiate*, demeurèrent sans effet. Il vint pourtant chaque jour et opéra une saignée à chacune de ses visites. Pierre, agité par de violents spasmes, délirait depuis bientôt trois jours et trois nuits pendant lesquels Michelle ne l'abandonna pas une minute, lui prodiguant soins et attentions. Vaincue par la fatigue et le désespoir, Michelle s'assoupit près du petit lit qu'ils avaient disposé auprès de la cheminée. Bertrand arpentait nerveusement la chambre, abattu par tant de misère et de malheur. Lorsque Michelle s'éveilla, il suggéra d'aller chercher l'aide de messire Arnault.

— Par ce temps, c'est pure folie, il ne viendra pas ! Il ne voudra jamais lui administrer les derniers sacrements !

Michelle se mit à sangloter à l'idée que son fils pourrait aller en enfer par sa faute.

— Je suis la seule responsable de ce malheur, continua-t-elle en hurlant sa douleur.

Bertrand ne l'écouta pas, quitta la maison et prit la direction du presbytère. Il découvrit quelques instants plus tard le vieil homme, que le terrible hiver avait éprouvé, recroquevillé devant la cheminée à sécher ses vêtements trempés.

— Je vous en prie, notre petit Pierre va rendre l'âme, vous devez l'aider.

Bertrand supplia le vieux curé qui avait tant fait pour eux. Catherine Frouin, sa servante, voulut s'opposer au nouveau départ de messire Arnault, mais il reprit sa cape qui, non encore sèche, fumait près de la cheminée et il suivit Bertrand. Catherine Frouin les regarda partir sous la pluie battante et glacée en ruminant de rage contre Michelle, cette femme qui ne respectait pas les commandements de Dieu et pour laquelle il aurait marché jusqu'au bout du monde !

— Si son fils se meurt, c'est un châtiment de Dieu ! Il fallait bien d'une façon ou d'une autre qu'elle paie ses fautes ! pensa tout haut la servante de messire Arnault.

Mais Pierre était une pauvre petite victime innocente qu'il ne pouvait laisser sans secours, c'était son rôle et son devoir de pasteur.

Pierre agonisait, ses petites mains crispées contre la couverture qui ne parvenait plus à le réchauffer. Michelle, à son chevet, étouffait ses sanglots, de plus en plus convaincue qu'elle était en train de payer ses fautes, que son fils était le sacrifice, le prix à payer pour avoir voulu satisfaire son orgueil. Comment avait-elle pu être aussi aveugle, aussi inconsciente ? Comment Bertrand pourrait-il lui pardonner ?

Pierre rendit l'âme peu de temps après l'arrivée de messire Arnault. Tous ensemble, ils récitèrent la prière des morts. Michelle était inconsolable, mais elle garda les yeux secs pendant la suite des prières et la veillée du corps. Louis Arnault se sentait de plus en plus las. Il voulut une fois encore tenter de convaincre Michelle qu'il était encore temps de racheter ses péchés.

— Je vais moi aussi bientôt rejoindre mon Seigneur, moi, son indigne serviteur, qui aurais tant aimé bénir votre union, mais vous ne m'en laisserez pas le temps !

— Je vous promets d'épouser Bertrand, mais vous savez bien que les temps que nous venons de vivre et que nous vivons encore ne nous en ont pas donné le loisir.

Michelle savait qu'en d'autres circonstances elle aurait dû être mariée à Bertrand.

— Vous n'ignorez pas non plus que le plus dur reste à faire. Comment allons-nous vivre, alors que nous ne sommes pas sûrs de pouvoir manger demain ?

La situation était en effet dramatique. Les récoltes réduites à néant, c'était la misère partout. La disette et les épidémies commençaient à se propager. On en était réduit à faire du pain avec des racines d'asphodèle, sorte de tubercule qui, après avoir bouilli deux fois, était réduit en marmelade, séché, puis transformé en farine que l'on mélangeait au seigle. Et une fois n'est pas coutume, les caisses de l'Etat étaient vides, toujours à cause des guerres et des travaux pharaoniques du roi, mais Louis le quatorzième n'était pas responsable de cet hiver si rude et si opiniâtre. Il prit néanmoins des mesures pour éviter les émeutes et les séditions et pour empêcher les spéculations. Les ventes et les déclarations de stocks furent sévèrement contrôlées et on réétalonna le boisseau du minage de Montendre qui fut réglé désormais à trente-six livres au lieu de quarante. Dans un tel climat où la préoccupation première de chacun était de survivre, comment pouvait-on penser au mariage ? Il faudrait attendre des jours meilleurs. En cette fin avril, les travaux redoublaient d'intensité : on semait partout de l'orge, jusque entre les rangs de vigne, dans les jardins où choux et poireaux achevaient de pourrir.

Messire Arnault avait promis à Michelle, dont la générosité s'était révélée à l'égal de sa demande, une place dans l'église pour la dernière demeure de son petit Pierre, quatre pas à main gauche des fonts baptismaux, en plus d'un grand nombre de messes de requiem.

Huit jours après la mort du fils de Michelle, messire Arnault, épuisé et anéanti par les épreuves et le poids de ses remords, rendait son âme à Dieu après quarante-cinq ans de service dans la paroisse de Vanzac. Abandonnant Michelle sans protection. Il fut inhumé dans le sanctuaire, à main droite du maître-autel, par le révérend père Guy Cordelier, en présence des prêtres des paroisses voisines.

La paroisse de Vanzac dut attendre un an avant qu'on lui envoie un nouveau curé, les services divins étant assurés à tour de rôle par ceux des paroisses voisines.

Le 10 juin, Michelle était allée entendre la sainte messe en la paroisse de Messac. Le prieur, neveu du précédent, toujours en pénitence au couvent de Verteuil, se servit des malheurs qui venaient d'accabler le pays pour en retirer certaines conclusions morales et religieuses et déclamer des sermons propres à infléchir la conduite des fidèles. Il ordonna des prières publiques pour apaiser la colère du Seigneur justement irrité contre ses fidèles. Dieu avait voulu par la famine et la maladie châtier son peuple. A Saintes, une procession fut organisée pour demander du beau temps : il y avait en effet plus de quatre mois qu'il mouillait* sans discontinuer. Les édits et les déclarations du roi étaient également lus au prône.

Michelle exposa à Bertrand, qui n'avait pu suivre la messe, les dernières nouvelles.

— Nous sommes tenus de déclarer nos réserves de grain sous peine d'amendes ou de confiscations.

— Le roi veut lutter contre les spéculateurs, c'est bien légitime. Les greniers sont bien fournis et les marchés sont vides !

— Et les redevances, continua Michelle, pourront désormais être payées en orge : quatre boisseaux d'orge contre trois de froment. De plus, les terres vacantes pourront être ensemencées et seront exemptées de fermage.

— Voilà en effet une nouvelle intéressante !

De nombreuses autres mesures avaient été prises pour tenter de sauver le royaume d'une famine certaine. Pour permettre le glanage, on ne pouvait plus faire pacager les bêtes moins de trois jours après l'enlèvement des récoltes. Il fut fait interdiction aux nobles de chasser pour qu'ils n'endommagent pas les cultures. Quant aux vols de grain, ils furent soumis à la peine de mort.

— Il faudrait que cesse cette maudite pluie, qui va retarder la germination, et ne parlons pas des fenaisons !

Bertrand était inquiet. Cette récolte d'orge devait les sauver et tout le monde l'attendait avec impatience.

On dut pourtant fabriquer du pain à base de pois, de fèves et même de glands mêlés à la farine d'orge. De même, pour pallier le manque de vin, on concocta des boissons toujours à base d'orge, cette céréale salvatrice, et de grains de genièvre.

Bertrand était revenu de Bordeaux, vidé et anéanti par le spectacle des pauvres miséreux qu'il avait rencontrés, hantant les rues de la ville.

— Ils ont le visage décharné, pâle et livide ; c'est pitoyable à voir !

Et encore Bertrand voulut-il taire à Michelle tous ces individus faméliques, privés de travail et réduits à la mendicité, lancés sur les chemins, certains agonisant sur le pavé, d'autres grattant la terre à la recherche de racines et d'herbe. Il était si outré de douleur qu'il préférait garder pour lui ces horribles images d'une misère aussi extrême.

Les épidémies se propagèrent par tout le pays de septembre 1709 à juin 1710 : fièvres pourpres, putrides et malignes, flux de sang, pleurésies et véroles. Combien de malheureux errant sur les routes furent trouvés morts sans qu'on puisse même les identifier !

C'est en cette fin d'avril 1710 que se présenta enfin le nouveau curé, messire Charles Lamoureux. Grand, maigre, le visage anguleux, sombre et accentué par un froncement de sourcils qui lui infligeait un air sévère et peu complaisant, il était l'opposé de messire Arnault. A quarante ans, messire Lamoureux avait servi dix ans en qualité de secrétaire de monseigneur l'évêque de Saintes. Il se voyait nanti des bénéfices de la cure de Vanzac et proclamé prêtre curé de ladite paroisse selon son titre de docteur en théologie.

Michelle appréhendait que les paroissiens se liguent de nouveau contre elle avec la complicité de leur nouveau curé. Oseraient-ils reprendre l'offensive après tout ce qu'elle avait fait en leur faveur pendant cette année terrible ? Oublieraient-ils qu'elle avait organisé des distributions de pain aux moments les plus critiques, qu'elle avait favorisé les initiatives d'entraide, mis à la disposition du village son four, qu'elle avait partagé son pain et son grain ? Elle n'était pourtant pas la seule à avoir quelques réserves, mais les autres ne l'avaient pas fait. Elle n'avait pas exigé de ses fermiers le paiement de la rente pour ne pas les affamer ni les endetter. Elle avait été soutenue et encouragée par Bertrand dans toutes ces dispositions, et, avec l'aide de son amie Marie Eustelle Arnault, ils avaient partagé leur semence d'orge pour pouvoir semer dès le printemps 1709. Heureusement, les récoltes de 1707 et de 1708 avaient compté parmi les plus miraculeuses et leur abondance avait permis des réserves plus que suffisantes.

Qui aurait pu faire davantage et mieux ? Au plus fort du froid, Michelle avait organisé, en même temps qu'un grand feu, une distribution de soupe devant l'église, avec du pain fait de blé, d'avoine et d'un quartier de graisse. Elle avait ainsi pu nourrir une soixantaine de pauvres. Elle renouvela plusieurs fois l'opération avec toujours le même dévouement, le même don de soi et le même désintéressement. Après une telle charité, comment aurait-on pu lui jeter la pierre et faire une nouvelle fois d'elle l'objet des plus odieux et des plus scandaleux commérages ? Chacun ou presque dans la paroisse avait bénéficié de ses largesses.

Pourtant, la mort avait fauché nombre d'entre eux, vaincus et affaiblis par l'âge, la maladie et la malnutrition. Mais qu'en aurait-il été si elle ne s'était mobilisée avec autant d'ardeur et d'énergie ? Elle s'était battue et avait lutté contre ce fléau auquel beaucoup n'auraient pas survécu sans son opiniâtreté et son esprit de solidarité. Elle n'oublia personne parmi les plus démunis, les plus âgés ou les plus isolés, malgré les rigueurs du temps ou les épidémies.

Pourtant, en ce printemps de 1710, alors que l'espoir était revenu dans tous les cœurs, que les terres reverdissaient d'un tapis de blé en herbe, que les jardins regorgeaient des premières légumineuses, pois, fèves, gesses*, des bruits sournois de mariage recommencèrent à se faire entendre un peu partout. Plus rien ne pouvait désormais contrarier ce projet. Si les langues envenimées s'étaient tues et n'avaient pas mis leur menace à exécution, c'était parce qu'elle avait promis à feu messire Arnault. Les bans de mariage devaient être lus et publiés le 15 de janvier comme elle l'avait déclaré. Mais, à ladite date, il n'y eut pas d'office pour la simple raison qu'il gelait à moins vingt !

Messire Charles Lamoureux n'avait pas encore pris le temps de faire la connaissance de ses nouveaux paroissiens. Sa première préoccupation avait été de prendre possession de sa cure, non sans se plaindre de certains désagréments. Aussi eut-il aussitôt recours à maître Roche pour faire un procès-verbal de l'état de la maison presbytérale. Michelle, qui se trouvait précisément chez le notaire pour renouveler un acte de fermage, s'entretint avec lui du nouveau curé.

— Messire Lamoureux est fort mécontent de son logement, et cela en raison de quelques carreaux cassés, de quelques tommettes à remettre ou d'un morceau de mur à griffonner !

— Jamais feu messire Arnault ne s'en est plaint ! l'assura Michelle qui connaissait le différend qui opposait l'ancien curé au notaire.

— Je vous acertaine* que beaucoup seraient heureux d'être aussi bien logés ! Vous rappelez-vous le curé de Mérignac qui n'avait même pas de maison presbytérale et qui fut contraint de se loger au cabaret ?

L'affaire avait en effet fait grand bruit en 1706. Mais la cure de la paroisse de Vanzac était une belle bâtisse avec un étage, qui comptait au rez-de-chaussée deux chambres basses séparées par un collidor* ouvrant au dehors par une grande double porte de chêne bien ferrée, un salon à manger, une cuisine et un cellier, le tout d'agréables dimensions et ayant sur la place* des carreaux de terre cuite. Un escalier au fond du collidor menait à un grenier et à une vaste chambre haute dans laquelle les lames du parquet de chêne s'organisaient à la façon des fougères. La cour était fermée par des murailles percées de deux portails, dont l'un permettait l'accès au cimetière et l'autre au jardin. Dans la cour, outre un colombier, une grange, une écurie et une basse-cour étaient attenantes à ladite muraille. Trois journaux de terres, prés et bois composaient le domaine qui possédait, en plus d'un verger, un vivier auquel on accédait par un sentier bordé de vingt-huit ormeaux centenaires.

— Ne croyez-vous pas qu'il faut être bien ingrat pour ne pas apprécier un tel domaine ? demanda maître Roche.

Michelle hocha la tête pour confirmer les dires de son interlocuteur.

— Je connais les différends qui vous opposaient à messire Arnault, mais je crains que notre nouveau curé ne soit pas aussi apprécié de ses fidèles qu'il le fut.

— Je le crains également, d'autant qu'étant mon plus proche voisin il ne tardera pas à me chercher d'autres ennuis quant aux limites de nos propriétés.

— Avez-vous entendu le timbre sec et sans chaleur de sa voix, et la rigueur de son allocution au prône de dimanche ?

— Non, ma chère, je continue, ne lui en déplaise, à entendre la messe de Messac dispensée par mon neveu.

Maître Roche était toujours aussi fasciné par le charme de Michelle et avait coutume de s'adresser à elle avec le même zèle qu'envers une grande dame.

— Eh bien, à l'avenir, si notre nouveau curé ne met pas plus de bienveillance dans ses discours, je vous imiterai ! rétorqua Michelle.

A cet instant, la cloche se mit à battre comme le dimanche à l'appel des fidèles. Michelle et maître Pierre Roche échangèrent un regard intrigué. Que se passait-il pour que l'on cloche de cette façon un jour ouvrier ? S'il s'était agi du feu ou d'un grave problème, on eût sonné le tocsin. Mais la cloche continuait de battre avec autant de force et, poussés par une curiosité bien légitime, ils sortirent de l'étude et gagnèrent l'église toute proche. Ils aperçurent, s'en revenant des champs, le cerceau ou le bigot sur l'épaule, Mathurin Garreau, Pierre Barrit, François Nézereau et beaucoup d'autres, tant hommes que femmes et enfants, qui convergeaient vers l'église. Bientôt, un grand nombre de paroissiens furent assemblés sous le ballet. Michelle et le notaire se joignirent au groupe qui ignorait autant qu'eux la raison de cette émotion populaire. Une heure durant, on se relaya sur ordre du curé pour battre du baffroy jusqu'à ce que tout ce que comptait la paroisse en hommes et femmes valides fut présent. Un jeune garçon demanda au peuple de s'assembler dans l'église afin que messire Lamoureux pût s'adresser à eux. On prit place comme pour entendre la messe, et, quand la cloche se fut enfin tue, le nouveau curé apparut, sortant de la sacristie. Il avait l'air plus sévère que jamais, le visage dur, les traits empreints d'une colère mal contenue. Tous les fidèles avaient le regard tourné vers lui et appréhendaient avec fébrilité une terrible nouvelle.

— Mes frères, je vous ai fait rassembler pour vous faire part de mon mécontentement. D'abord, je trouve une maison curiale indigne de loger le prêtre que je suis. Qui d'entre vous accepterait une habitation où il manque la moitié des carreaux aux croisées, des tommettes sur la place, des serrures aux portes, et des murs menaçant ruine ? Mais cela est bien peu, je constate en outre qu'on enlève les récoltes avant que je ne puisse faire prélever ma dîme qui est au treizain, je vous le rappelle, ce qui est déjà bien peu ! Désormais, j'exige de choisir mes gerbes et mes fruits avant leur enlèvement. La troisième raison qui m'a poussé à vous faire assembler sera de vous signifier que je ne marierai point ceux et celles qui feront établir leur contrat de mariage chez maître Roche pour la seule et unique raison que c'est un fripon qui dépouille la veuve et l'orphelin, un coquin et un maraud !

Ces derniers propos auxquels nul ne s'attendait soulevèrent une exclamation de la foule à laquelle le prêtre fit mettre fin. Le sieur curé venait assurément de prendre connaissance des pièces du procès qui avait opposé son prédécesseur à maître Roche. Procès qui n'avait toujours pas été conclu et que messire Lamoureux allait s'empresser de reprendre. Le notaire, malgré cette algarade, lança un regard mi-désolé, mi-amusé, à l'intention de Michelle qui ne s'offusqua pas des propos acérés du curé. Telle était donc la raison qui avait fait interrompre les travaux de tous les paroissiens à cette heure de relevée* !

La plupart d'entre eux n'étaient pas prêts à quitter les services d'un notaire auquel ils avaient affaire depuis de nombreuses années sous prétexte qu'il déplaisait au nouveau curé. Feu messire Arnault n'avait jamais ordonné cela, malgré le procès qui les opposait. D'ailleurs, le notaire, qui détenait les secrets de famille, était un confident et un conciliateur.

Bertrand, qui était absent lors de l'allocution impromptue de messire Lamoureux, revint de sa surprise après le récit que lui en fit Michelle. Ce prêtre faisait décidément tout pour se rendre désobligeant aux yeux de ses fidèles. Mais ce que Michelle craignait le plus était sa réaction quand il apprendrait qu'elle vivait dans l'illégalité. D'ailleurs, elle trouvait surprenant qu'il n'en fût pas déjà informé. Il y aurait bien quelqu'un pour s'en charger s'il ne le découvrait pas lui-même à la lecture des registres paroissiaux. Elle ne serait pas épargnée par les sermons dont feu messire Arnault lui avait toujours fait grâce. Michelle s'arma de courage pour se préparer à affronter les foudres du nouveau prêtre. Elle savait cependant qu'elle n'avait pas de motifs sérieux à opposer pour justifier sa conduite passée. Mais lui aurait sûrement des arguments infaillibles, et Michelle serait réduite à l'obéissance. Elle regrettait maintenant que son union avec Bertrand n'ait pas été bénie par son vieil ami Louis Arnault, puisque tôt ou tard, de gré ou de force, elle y serait contrainte.

— Ainsi, il est notoire que vous faites avec le nommé Bertrand Coustolle un commerce déshonnête, que vous avez contracté avec lui la copulation charnelle dont seraient issus trois enfants illégitimes ! Il est inconcevable que feu mon prédécesseur ait pu seulement accepter de vous laisser franchir la porte de la maison de Dieu dans un tel état de péché !

Messire Charles Lamoureux n'avait pas tardé à visiter Michelle lorsqu'il avait lu dans le registre paroissial la naissance de ses trois enfants illégitimes et sa promesse de mariage. Il s'était à peine annoncé et était allé droit au but. Il ne tolérerait pas une paroissienne vivant dans le péché tant que durerait son ministère. Il fulminait de colère, bien décidé à revenir avec une promesse écrite.

— Sachez, messire Lamoureux, que j'ai chèrement acquis ma liberté en obtenant, il y aura bientôt vingt ans, la dissolution de mon premier mariage…

Il ne laissa pas Michelle poursuivre.

— Parce que vous préférez sans doute la liberté à l'excommunication ? répliqua-t-il de sa voix âpre.

C'est alors qu'il brandit de sa poche un pli écrit de sa main à l'intention de l'évêque. Il le tendit à Michelle qui en prit connaissance.

— Cette lettre, comme vous le constatez, fit-il, surpris qu'une femme sût lire, dénonce votre odieuse conduite afin que j'obtienne de Monseigneur l'Evêque votre excommunication si vous ne me donnez pas sur-le-champ votre consentement au mariage. Libre à vous de vous engager sur la voie de la raison ou bien de vous exposer à de graves sanctions, lourdes de conséquences.

Michelle savait qu'elle n'aurait aucun pouvoir sur ce prêtre, ni le moindre argument pour justifier son mode de vie. Aussi renonça-t-elle à poursuivre la discussion. Elle s'assit à sa table à écrire et s'engagea par le présent billet à épouser Bertrand Coustolle. Michelle tendit au curé le morceau de papier, daté et signé, sans un regard.

— Puis-je obtenir de vous en échange la promesse de détruire votre lettre pour l'évêque ?

Devant une femme aussi déterminée, le prêtre ne sut que répondre ; il la défia du regard, s'empara du billet signé de Michelle et, en s'approchant de la cheminée, il ressortit de sa poche l'autre pli qu'il entreprit de jeter aux flammes.

— Quand aurai-je le plaisir de bénir votre union ? lui demanda-t-il, non sans fatuité.

Michelle lui remontra qu'il n'était pas sans ignorer que le mois de mai qui s'annonçait n'était pas favorable aux célébrations nuptiales, pas plus que les mois d'été où les fenaisons, les moissons et les battages retenaient les paysans aux champs de la pointe du jour au soleil couché. Quant aux mois d'automne, ils étaient occupés par les vendanges, les labours et les semailles ; il n'y aurait guère qu'au début de 1711…

— Je ne vous donne pas un jour de plus !

Après avoir toisé Michelle avec autant de sévérité et d'âpreté qu'un juge envers une criminelle, il tourna les talons. Michelle ne se donna pas la peine de le raccompagner : il avait bien su trouver la porte pour entrer, il la retrouverait donc pour sortir. Elle, la rebelle et l'insoumise, venait de perdre une bataille, certes, mais pas la guerre. Elle avait une dernière carte à jouer, qu'elle abattrait en temps et en heure. Ce maudit curé voulait la marier, il la marierait donc, mais ce n'était pas pour autant que son mode de vie changerait.

Ces moissons de 1710, chacun les attendait avec l'impatience qu'on imagine après deux années sans le moindre épi de froment ou de seigle. Elles s'annonçaient sous les meilleurs auspices et les espoirs ne furent pas déçus. On engrangea dans les greniers de beaux épis blonds remplis de promesses. Les vendanges furent médiocres ; il avait fallu replanter tous les ceps gelés ; seuls les jeunes plants bien exposés avaient résisté. Puis, à l'automne 1710, on sema avec toujours le même espoir au cœur : ne jamais plus connaître la faim qui avait déchiré tant de ventres creux. Il en était ainsi de l'éternel cycle des saisons. Arriva l'année 1711, et la trêve de l'hiver, le repos de la nature et un peu celui de l'homme. Messire Lamoureux signifia aussi froidement qu'à son ordinaire qu'elle n'avait plus qu'un mois pour mettre à exécution son projet de mariage. Il annonça publiquement les bans pendant les trois derniers dimanches de janvier et la date de la bénédiction pour le 9 février. Ironie du sort : il y avait trente ans jour pour jour qu'elle avait épousé François Mauron, un anniversaire qu'elle eût pourtant préféré ignorer.

Messire Lamoureux n'avait pas omis de prendre rendez-vous chez maître Nouhet en son étude du Foucaud, paroisse de Bran. Il voulait ainsi obliger les nouveaux époux à se conformer à ses désirs. Mais Michelle, qu'il n'avait pas consultée, demanda que le rendez-vous pour le contrat de mariage eût lieu trois jours après la bénédiction nuptiale, prétextant que la date choisie par le prêtre ne lui convenait pas. Mais la raison était tout autre. Elle s'excusa auprès de maître Roche, dont le procès avec messire Lamoureux avait repris de plus belle, et le pria de ne pas lui tenir rigueur de cette infidélité contraire à sa volonté. Que le notaire soit rassuré, Michelle reprendrait ses services auprès de lui très bientôt.

Michelle épousa comme convenu Bertrand le 9 février de l'année 1711. Toute la paroisse s'était réconciliée pour accueillir et acclamer le couple sous des hourras d'enthousiasme. Beaucoup de Vanzacais étaient soulagés de la voir enfin rentrer dans la légalité et revenue à la raison. Peu comprenaient l'ambivalence de sa personnalité : rebelle et charitable à la fois, pieuse et pourtant coupable du péché, insoumise et généreuse, Michelle, aux yeux de tous, incarnait le bien et le mal, comme si ces antagonismes étaient indissociables. Nul n'avait compris qu'elle voulait tout simplement être elle-même, c'est-à-dire quelqu'un de différent des autres, voulant montrer le chemin d'une autre vie. Elle avait échoué parce qu'on l'en avait empêchée, mais au moins aurait-elle essayé. Elle espérait que cet acharnement à vouloir vivre autrement resterait gravé dans les mémoires, les écrits, que sa vie deviendrait tout simplement une légende.

Trois jours après la bénédiction de leur mariage, Michelle et Bertrand étaient attendus chez maître Nouhet pour la signature du traditionnel contrat de mariage, presque aussi important que la cérémonie elle-même. Messire Lamoureux, qui leur avait imposé sa présence en tant que témoin, les attendait de pied ferme chez le notaire. Le prêtre tenait à remplir sa mission jusqu'au bout. Il avait consacré une page entière de son registre paroissial au mariage de Michelle et de Bertrand, consignant par la même occasion la dissolution de son premier mariage avec François Mauron qui en avait contracté lui-même trois autres depuis. Lequel François était de nouveau veuf de sa quatrième et dernière épouse. Le père et la mère Mauron avaient rejoint dans la tombe les trois épouses de leur fils.

Jean Chaillou et François Daudain avaient été requis pour être aussi témoins du contrat. Maître Nouhet avait fait installer les nouveaux époux et messire Lamoureux autour d'une petite table encombrée de rouleaux de papier, d'encriers et de plumes. Il choisit la meilleure qu'il trempa dans l'encre noire et commença à la faire crisser sur le parchemin… « Aujourd'hui, douzième de février de l'année 1711, furent présents de leurs personnes Bertrand Coustolle, fils de défunts Clément Coustolle et Anne Nadaud, demeurant à la Font de Bertin, et Michelle Garnier, fille de défunts Mathurin Garnier et Marie Souef, demeurant au village de chez Vigné, paroisse de Vanzac, lesquels se sont joints ensemble depuis près de douze ans et ont contracté entre eux la copulation charnelle dont seraient issus trois enfants… » Le notaire, qui n'avait pas l'habitude de commencer les contrats de mariage en ces termes, dut se reprendre et demander aux époux les conventions prises entre eux.

— Où avez-vous choisi de faire votre demeure, chez Vigné ou à la Font de Bertin ?

C'est alors que Michelle, qui n'avait encore rien dit, prit la parole, non sans une certaine assurance qui déconcerta le notaire.

— Il n'est nullement question de faire condemeurance, maître Nouhet ; veuillez noter, je vous prie, que nous continuerons à faire chacun notre demeure, le préparlé à la Font de Bertin et moi chez Vigné.

Messire Lamoureux se leva si brusquement de sa chaise en entendant les propos de Michelle qu'il la renversa. Il était furieux d'un tel aplomb de la part d'une femme, chose à laquelle il n'était point accoutumé.

— Le sacrement du mariage impose à la femme de vivre sous le toit de son mari ! Enfin, sieur Coustolle, vous êtes le seigneur et le maître de votre épouse légitime, l'autorité vous revient de droit ! Je vous rappellerai que, dans la lettre de saint Paul aux Ephésiens, les femmes doivent soumission à leurs maris !

Michelle était outrée, mais elle s'attendait à une contre-offensive. Quant à Bertrand, il commençait à s'amuser. A son tour, Michelle se leva de sa chaise pour répondre au curé.

— Je vous rappelle, messire Lamoureux, que je n'ai pas épousé saint Paul, mais le sieur Bertrand Coustolle, et que je ne dois soumission à personne d'autre qu'à moi-même !

Le notaire écoutait, de plus en plus déconcerté.

— Bon, alors, que dois-je écrire ? A qui dois-je donner l'autorité ?

— Inversons pour une fois les rôles, et honneur aux femmes !

C'était Bertrand qui venait de donner la réponse au notaire sous le regard ahuri et exacerbé du curé qui n'eut d'autre choix que de ravaler sa colère.

— Et vos enfants ? demanda le notaire.

— Bien entendu, nous les légitimons pour qu'ils soient nos héritiers et qu'ils nous succèdent par moitié, précisa Michelle en accord avec Bertrand qui opina de la tête.

— Et vos biens, les mettez-vous en commun ?

Le notaire préférait procéder par interrogations avant de mettre par écrit les informations recueillies.

— Il n'a jamais été question de mettre nos biens, tant meubles qu'immeubles, en commun, pas plus que notre argent.

Cette fois, ce fut Bertrand qui prit la parole afin de montrer qu'il avait la même conception des choses que Michelle. Décidément, le tour que prenait la discussion l'amusait de plus en plus.

— Veuillez, s'il vous plaît, ajouter ceci, dit Michelle à l'intention du notaire : « Afin que nul ne l'ignore, nous nous sommes pris pour mari et femme, Bertrand et moi, seulement et uniquement pour faire taire les rumeurs qui considéraient que notre union était odieuse et scandaleuse ! »

Le notaire roula des yeux ahuris qui allaient de Bertrand à Michelle en passant par un messire Lamoureux blême de rage. La préparlée, qui sentit l'hésitation du notaire, appuya sa requête :

— Maître Nouhet, j'insiste pour que ma supplique soit immortalisée par votre plume. J'ai à cœur qu'à l'avenir mes descendants et n'importe quel autre quidam sachent que ce mariage ne m'a été dicté et imposé que par la rumeur et non par nos libres consentements.

Le notaire s'appliqua donc à traduire le vœu de Michelle Garnier, tandis que le curé enfonçait ses ongles dans le cuir de sa sainte bible pour contenir sa colère.

A l'issue de ce contrat, qui n'était en rien semblable à ceux que maître Nouhet avait l'habitude de rédiger, il ressortait que Michelle avait l'entière liberté et propriété de ses biens, restait maîtresse de ses droits, et que les deux époux continueraient de faire demeure chacun chez soi. Les choses ainsi voulues par Michelle étaient donc clairement exprimées par écrit, là était l'essentiel. Messire Lamoureux faillit à plusieurs reprises s'étouffer de rage, exaspéré par la conduite de Michelle qui venait de lui rendre la monnaie de sa pièce.

C'est la tête haute que Michelle alla désormais entendre la messe dans la paroisse voisine de Messac en Saintonge, imitée en cela par beaucoup d'autres. Les rumeurs s'étaient apaisées, puis enfin tues, pour laisser place à d'autres… Mais le souvenir et l'histoire de Michelle Garnier devaient rester gravés pour toujours dans le cœur et la mémoire des Vanzacais.

Michelle Garnier mourut le 3 février 1730. Elle fut inhumée par l'abbé Roche et repose sous une dalle de l'église Sainte-Quitterie de Vanzac, auprès de son fils Pierre et de son époux Bertrand Coustolle, ainsi qu'elle l'avait souhaité.

## GLOSSAIRE

Acertainer : affirmer de façon certaine.
Acrerie : chose de peu de valeur.
Amener : vêler.
Andain : rangée d'herbe fauchée.
Apparaux : agrès d'un moulin.
Baillarge : orge de printemps.
Balin : drap de lit.
Ballet : appentis.
Ballasse : matelas rempli de paille d'avoine.
Banche : argile crayeuse.
Bigaillons : marchands de vaches.
Bigot : pioche à deux fourchons.
Brasse : ancienne mesure que l'on prend les deux bras tendus.
Bugée : lessive.
Cabinet : ancien nom de l'armoire.
Cadène : grosse poutre.
Cerceau : outil à un côté tranchant et un autre fourchu.
Cerne : emplacement qui entoure un moulin à vent.
Chambre chauffatoire : pièce principale où se trouve la cheminée.
Chareuil : lampe à huile.
Chasseron : garçon meunier qui porte la farine chez les clients.
Chevrier : scieur de long monté sur le bois et qui tire la scie vers le haut.
Clias : fléau à battre le grain.

Colombard : cépage blanc.
Cossonné : vermoulu.
Couroir ou collidor : couloir.
Dail : ancien nom de la faux.
Denier vingt : intérêt de 5 %.
Devanteau : tablier qu'on mettait devant la jupe.
Diable : vase de terre servant à la cuisson à l'étouffée des marrons.
Douillat : cuve de bois pour transporter la vendange.
Eau ardente : ancien nom donné à l'eau-de-vie.
Eguire : évier.
Encasser : embourber.
Enoiser ou énougeler : casser la coque des noix pour extraire les cerneaux destinés à faire de l'huile.
Escardeur : celui qui carde la laine.
Fadet : fée, sorcière.
Fagneux : boueux.
Fener : faner, faire sécher le foin.
Formoger : enlever le fumier de l'étable.
Galerne : vent de nord-ouest.
Ganipote : fantôme.
Garde-geneuil : morceau de bois dans lequel les lavandières se mettaient à genoux pour laver et se garantir de l'eau.
Garouil : maïs.
Gesse : ancienne légumineuse à longue tige et à graines farineuses se consommant comme les petits pois ou les fèves.
Heure de relevée : temps de l'après-midi.
Houssine : baguette flexible de bois servant à frapper.
Jède : jatte de terre large et évasée.
Journal : ancienne mesure de superficie des terres et prés avoisinant le tiers d'un hectare.
Lariat : petite rivière arrosant la commune de Vanzac.
Manne : exsudation d'eucalyptus.
Métives : ancien nom des moissons.

Minelle : corbeille en paille et écorce de ronce.
Mistelle : ancien nom donné au pineau.
Mongettes : haricots blancs.
Mouiller : pleuvoir.
Nore : belle-fille.
Opiate : suc de pavot.
Panouille : l'épi de maïs dépouillé de son grain.
Paux : piquet servant à soutenir les ridelles d'une charrette.
Place : sol.
Ponne : cuvier en terre pour couler la lessive.
Préparlé : futur époux.
Quenouillon ou fuseau : petit instrument en bois tourné qui sert à tordre et à enrouler le fil lorsqu'on file à la quenouille.
Rapt : viol.
Remeuil : pis de la vache.
Reparonne : toile grossière de lin.
Ruage : ensemble des abords d'une cour de ferme.
Sap : bois de peuplier.
Sellot : petit tabouret à trois pieds.
Tierçon : ancienne mesure variable selon les régions et pouvant aller jusqu'à 600 litres.
Timbre : grande auge de pierre pour faire boire le bétail.
Tuble : tuile de terre cuite.
Vime : osier.